ONDE ESTÃO AS NOSSAS KARENS?

PSICOGRAFIA ▪ **Regina Célia**
DITADO POR ▪ **Nélia Sotto**

Copyright© 2024 by Literare Books International
Todos os direitos desta edição são reservados à Literare Books International.

Presidente do conselho:
Mauricio Sita

Presidente:
Alessandra Ksenhuck

Vice-presidentes:
Claudia Pires e Julyana Rosa

Diretora de projetos:
Gleide Santos

Capa:
Candido Ferreira Jr.

Projeto gráfico e diagramação:
Alexandre Alves

Revisão:
Maria Catharina Bittencourt e Ivani Rezende

Consultora de projetos:
Amanda Leite

Impressão:
Gráfica Paym

Dados Internacionais de Catalogação na Publicação (CIP)
(eDOC BRASIL, Belo Horizonte/MG)

C392o Célia, Regina.
        Onde estão as nossas Karens / Regina Célia. – São Paulo, SP: Literare Books International, 2024.
        304 p. : 16 x 23 cm

        ISBN 978-65-5922-805-8

        1. Ficção brasileira. 2. Literatura brasileira – Romance. I. Título.
                                                                CDD B869.3

Elaborado por Maurício Amormino Júnior – CRB6/2422

Literare Books International.
Alameda dos Guatás, 102 – Saúde– São Paulo, SP.
CEP 04053-040
Fone: +55 (0**11) 2659-0968
site: www.literarebooks.com.br
e-mail: literare@literarebooks.com.br

MISTO
Papel produzido a partir
de fontes responsáveis
FSC® C133282

SUMÁRIO

Apresentação.. 7
"Onde estão as nossas Karens?"............................. 11

CAPÍTULO I ▪ Partindo para o Brasil........................... 13
CAPÍTULO II ▪ O desencarne de Camila....................... 19
CAPÍTULO III ▪ A vida em Santarém........................... 25
CAPÍTULO IV ▪ A despedida de Francisco.................... 28
CAPÍTULO V ▪ Belos esclarecimentos.......................... 35
CAPÍTULO VI ▪ A carta de Thafic............................... 38
CAPÍTULO VII ▪ Uma grande oportunidade................... 43
CAPÍTULO VIII ▪ O sonho.. 47
CAPÍTULO IX ▪ A fuga para Manaus........................... 51
CAPÍTULO X ▪ Os empecilhos são grandes................... 58
CAPÍTULO XI ▪ A viagem para a Europa...................... 62
CAPÍTULO XII ▪ O educandário................................. 66
CAPÍTULO XIII ▪ O encontro com Irmã Gertrudes........... 69
CAPÍTULO XIV ▪ Karen vê a luz................................. 74
CAPÍTULO XV ▪ Karen perde a liberdade...................... 79

ONDE ESTÃO AS NOSSAS KARENS?

CAPÍTULO XVI ▪ A tragédia com Adelle............................. 85

CAPÍTULO XVII ▪ Mediunidade: dom precioso 90

CAPÍTULO XVIII ▪ A carta de Karina 96

CAPÍTULO XIX ▪ O pressentimento de Karen 100

CAPÍTULO XX ▪ A sentença 104

CAPÍTULO XXI ▪ A recusa de Karen em viver 108

CAPÍTULO XXII ▪ Um encontro no plano espiritual 113

CAPÍTULO XXIII ▪ O nascimento do filho de Allan e Françoise 120

CAPÍTULO XXIV ▪ O desaparecimento de Afonse 124

CAPÍTULO XXV ▪ Uma pista sobre Afonse 130

CAPÍTULO XXVI ▪ A comunicação espiritual de Karen............... 137

CAPÍTULO XXVII ▪ Françoise chega ao Brasil 141

CAPÍTULO XXVIII ▪ A carta de Marie............................... 145

CAPÍTULO XXIX ▪ Ame todas as crianças como se fossem suas 150

CAPÍTULO XXX ▪ O encontro de Mariana com Françoise 156

CAPÍTULO XXXI ▪ Nascem as filhas de Marie, Laisinha e Naara........ 160

CAPÍTULO XXXII ▪ As três Karens................................. 164

CAPÍTULO XXXIII ▪ Pistas sobre Afonse............................ 169

CAPÍTULO XXXIV ▪ O arrependimento de Thafic..................... 174

CAPÍTULO XXXV ▪ Um alerta para Boris 178

CAPÍTULO XXXVI ▪ As três Karens se encontram.................... 183

CAPÍTULO XXXVII ▪ A viagem para o Rio de Janeiro 192

CAPÍTULO XXXVIII ▪ O rapto das Karens 200

CAPÍTULO XXXIX ▪ A fuga de Boris com as três Karens 207

CAPÍTULO XL ▪ A decisão de Françoise............................ 213

CAPÍTULO XLI ▪ O destino das Karens............................ 219

CAPÍTULO XLII ▪ O encontro de Marie............................. 225

SUMÁRIO

CAPÍTULO XLIII ▪ A grata surpresa de Françoise. 234

CAPÍTULO XLIV ▪ O reencontro das três Karens. 242

CAPÍTULO XLV ▪ A troca de identidade 248

CAPÍTULO XLVI ▪ A revelação do baú 252

CAPÍTULO XLVII ▪ Um breve encontro com Afonse 257

CAPÍTULO XLVIII ▪ Vamos, antes que seja tarde demais! 260

CAPÍTULO XLIX ▪ As revelações 267

CAPÍTULO L ▪ O encontro da família Barella com suas Karens 270

CAPÍTULO LI ▪ O confronto dos Barellas com os Salles 276

CAPÍTULO LII ▪ A confissão de Allan 281

CAPÍTULO LIII ▪ O encontro de Françoise com Afonse 284

CAPÍTULO LIV ▪ A necessidade de perdoar 289

CAPÍTULO LV ▪ A reconciliação 294

Comentário final. 301

APRESENTAÇÃO

Após o livro "Enfim, o caminho", senti a grande necessidade de continuar a história da família Barella.

A Colônia da Semeadura, com sua benevolência e maturidade, forneceu-me, no decorrer desta obra, informações sobre alguns personagens com suas lições de vida, para que todos tomassem ciência de que o sucesso está em corrigirmos nossos erros, transformando-os em acertos.

Quanta experiência! Quanto aprendizado os leitores poderão adquirir com os fatos apresentados nas páginas de: "Onde estão as nossas Karens?"

Este livro proporcionará uma leitura dinâmica e de fácil assimilação. Seus capítulos comprovam a proteção de Deus nas coisas mais simples. Reforça o valor do amor como âncora bendita para a retificação de nossos enganos, sublimando nossas mentes.

Encaminha-nos para conclusões que a princípio achamos injustas. Porém, com a continuidade da leitura, elas nos revelam que não existem penas, nem gozos e, sim, consequências de nossas próprias atitudes.

Mesmo após a morte do corpo físico, as ligações espirituais permanecem no processo de auxiliar aqueles que ainda estão na carne, comprovando que os laços espiritu-

ONDE ESTÃO AS NOSSAS KARENS?

ais de parentes e amigos não são laços frouxos, mas apertados.

Em suas páginas, encontramos fenômenos e fatos elucidados pelo Espiritismo.

Felizes daqueles que conhecem essa Doutrina e desempenham tarefas de amor ao próximo, como orientou-nos o Mestre Jesus.

Afortunados também são os que usam seu livre-arbítrio com discernimento e aceitam as circunstâncias tortuosas do hoje, pois confiam e trabalham para sua transformação e regeneração.

Boa leitura.

Nélia Sotto

Oferecimento

Ofereço esta obra aos meus familiares, principalmente aos meus pais, José e Odette, as boas orientações para que hoje eu fosse o que sou.

Agradecimento

Aos meus filhos Marcel, Lívia, Ralf e meu esposo Pierre que tanto me incentivaram a publicar esta obra, pois já estava psicografada desde 1998.

"ONDE ESTÃO AS NOSSAS KARENS?"

Este romance é continuidade da vida da família Barella, retratada no primeiro livro da autora, "Enfim o caminho".

Sua leitura prenderá os leitores nos fatos singulares desta família, vinda da Europa para o Brasil no início do século XX, fixando inicialmente moradia na região amazonense de Santarém em convivência com os índios Tapajós.

O desenrolar dos acontecimentos da vida dos personagens nos traz aspectos de toda natureza como amores, perigos, fuga, amparo, cura, dramas, conflitos, traição, perdas, sequestro, abandono, esperança, reencontro e reconciliação.

A sublime conduta de Francisco Renato é marcante em todas as suas páginas. Não podemos esquecer o caráter determinado da bela Françoise, instrumento para o reencontro das três Karens, desaparecidas desde a tenra idade, raptadas na cidade de Recife pelo cigano Boris, movido por sentimentos antagônicos de ciúme e rancor.

Em todos esses momentos, não faltou a proteção de Deus para todos com a presença constante dos amigos espirituais a nos ofertar ensinamentos tão positivos.

CAPÍTULO I

PARTINDO PARA O BRASIL

A vida na França não estava tranquila. O capitão médico Francisco Renato e sua família, bem como o casal de amigos Efigênia e Dorneles, sentiam grande vontade de partir para a América, a Nova Terra.

O velho doutor ultrapassara oitenta anos e seus cabelos nevados davam-lhe experiência para a grande aventura. Era um homem alto, de tez rosada e de compleição física forte, apesar da idade. Algo marcante eram seus olhos castanhos esverdeados que refletiam grande força para os que com ele conviviam.

A decisão tomada por todos é que fossem para terras brasileiras. Era importante providenciarem desde documentos até as medidas mais simples, para que nada fosse empecilho à imigração, inclusive a venda de suas moradias a fim de que capitalizassem recursos para a grande empreitada.

O médico procurava ficar em dia com as notícias. Ele colhera informações de que no Brasil chegara o fim da escravidão.[1] Aquele país estava aberto para a livre entrada

----

1. O fim da escravidão no Brasil ocorreu em 13 de maio de 1888.

ONDE ESTÃO AS NOSSAS KARENS?

de pessoas que tivessem boa saúde e fossem capazes de trabalhar, com exceção de asiáticos e africanos[2]. Isso certamente abriria as portas não só para a família de Francisco, como também para a de Efigênia.

Após a conclusão dos preparativos para a grande viagem, as famílias de Francisco e Efigênia partiram com destino ao porto de Marselha, na França.

No trem, Francisco notou que sua filha Karina estava silenciosa. Atencioso, ele se aproximou, tentando dialogar; contudo, ela não tinha vontade de falar.

A jovem distanciava-se. Seu pensamento estava preso na imagem desolada de Magda, sua irmã, a pedir-lhe perdão antes do desenlace. O seu coração de mulher fora sufocado quando Dario, seu namorado, enganara-a com sua própria irmã.

Por isso, o pai, sabedor da razão do seu silêncio, interrompeu seus pensamentos:

– Querida, talvez seu sofrimento esteja vivo porque ainda não perdoou Magda. Quando não desculpamos alguém é como se nos prendêssemos a uma cela. Trancados, vemos a felicidade livre, mas ela não está ao nosso alcance, mal sabendo que a chave está em nossas mãos: o perdão.

Karina, ao sentir a preocupação dele, olhou-o com ternura e compreendeu a verdade em suas palavras.

Francisco, ao constatar que a filha reagia aos seus esclarecimentos, prosseguiu:

– A mágoa é o pior gérmen. É filha do egoísmo. Ore a Deus e a Jesus que abrande os seus sentimentos. Aproveite este momento! Iremos para um outro país. Liberte-se!

Dizem que a escravidão não é compatível com o homem. Porém, muitas vezes, somos nós mesmos que nos acorrentamos. As correntes são elos inferiores a nos prenderem.

Devemos alforriar o nosso coração! Do contrário, o chicote da infelicidade nos ferirá fundo a alma, trazendo marcas até mesmo para as outras vidas.

....

2. Pelo Decreto de 1890, o Brasil não queria saber de negros e asiáticos.

PARTINDO PARA O BRASIL

Quando entrarmos no navio para a América, quero que você deixe aqui tudo o que é ruim.

Karina, motivada pelo pai, esqueceu as desilusões e passou a interagir com todos, mudando seu comportamento.

Os dias passaram. Já no navio, via-se alegria no rosto de uns, a esperança em outros e a dúvida e incerteza no semblante de muitos.

A filha de Francisco, com seus cabelos aloirados até a cintura e olhos azuis, encantava a todos os passageiros, principalmente os rapazolas. No entanto, era indiferente aos olhares, dedicava o tempo da viagem somente ao aprendizado do Português. Buscava tudo que lhe fosse útil.

Sueli, simpática passageira do navio que dominava essa língua, ofereceu às famílias emigrantes ensinar-lhes o básico para que pudessem se expressar melhor no Brasil.

Da grande embarcação, Francisco admirava as estrelas, como fazia no tempo de militar. Tantas e tantas vezes viajara, contudo, sem os familiares. Agora podia dizer que vivia um bom momento em sua vida, não completo, pois sua bela esposa Laísa e suas filhas Magda e Dayana já tinham partido deste mundo em trágicas condições.

O doutor via-se como a iniciar uma nova jornada. Os anos não lhe pesavam. Gozava de boa saúde. Tinha novas expectativas, pois conseguira reunir junto a si os filhos Thafic e Karina, depois de muitas lutas e desatinos. Além do mais, com ele estavam Camila, esposa de Thafic e ainda sua graciosa netinha Laisinha.

Camila era filha do seu saudoso irmão, Adelson. Também faziam parte da viagem: Fátima, sua cunhada e mãe de Camila; Tonha, a sua auxiliar inseparável; sua grande amiga Efigênia, junto com seu esposo Dorneles e sua filha da primeira união, Catarine.

Francisco conhecera Efigênia quando era ainda muito jovem, na localidade de Caiena[3] – Guiana Francesa – onde trabalhara como médico.

Após longo tempo de percurso, os passageiros constataram a presença de aves marinhas no céu, que demonstrava sinais de terra próxima. O navio começou a cumprir seu itinerário, passando a ancorar em vários locais diferentes.

....

3. Caiena / Guiana Francesa, ali Francisco trabalhou como médico e conheceu Efigênia (ver livro "Enfim o caminho" da mesma autora).

ONDE ESTÃO AS NOSSAS KARENS?

Mais experiente e responsável pelos amigos e parentes, Francisco teria que decidir rapidamente onde ficariam, pois Camila não passara bem durante a longa viagem. Sentia-se nauseada e tonta.

O velho doutor diagnosticou que sua nora estava grávida. Ele, então, resolveu que na próxima parada desembarcariam, para não prejudicar a saúde da futura mãe.

Após alguns dias, a nau aportou na Vila de Santarém,[4] na região norte do Brasil.

Todos ficaram encantados com a beleza da localidade, especialmente com as praias que os rios de águas cristalinas formavam.

Eufóricos por pisarem em terra firme, Dorneles e Francisco foram procurar um abrigo para pernoitarem com suas famílias, enquanto os demais aguardavam com suas bagagens nas dependências do pequeno ancoradouro.

Naquele dia e por mais duas semanas, a família Barella e os demais amigos residiram no salão paroquial da pequena capela que havia em Santarém.

Ao saberem que Francisco era médico, os moradores do local ofertaram-lhe um terreno amplo, bem situado, e ainda ajudaram na construção de suas casas.

Em poucos dias, ergueram-se as moradas. Eram construções simples de madeira rústica, assoalhadas de pedra dos rios, telhado em sapê muito bem trançado que davam um ar de modéstia e de acolhimento.

Após o término da construção das moradias, Dorneles e Thafic providenciaram ferramentas para a plantação. A terra era fértil e produtiva.

Efigênia demonstrou grande interesse na arte cerâmica. Logo aprendeu com as índias a fabricação de vasos e fazer esteiras e cestos com juta.

Nas horas de maior movimento, ajudava Francisco na enfermagem em atendimento aos moradores.

O médico dedicado trabalhava com ardor, pois muitos precisavam dele.

....

4. Santarém no Pará é conhecida por Pérola do Tapajós foi elevada a Vila em 1758.

PARTINDO PARA O BRASIL

Até mesmo Camila, banhada pelo sol tropical, recuperou-se rapidamente dos enjoos e, para preencher bem o tempo, aprendeu a confeccionar chinelos.

Laisinha, neta de Francisco, com seus três aninhos, mostrava-se curiosa a todos os fatos. Encantava-se em observar o voo majestoso das aves com suas plumagens coloridas e ouvir os gorjeios orquestrados vindos da mata tropical.

Dorneles estava sempre acompanhado de Catarine. Ele esquecia até que ela não era sua filha de sangue, de tanto que a amava. A pequena era filha da primeira núpcia de sua esposa, Efigênia.

Fátima, mãe de Camila, com auxílio de Tonha esmerava-se na fabricação de doces em compota com as frutas da região.

Karina ainda não dominava perfeitamente o Português. Nas horas de folga se entretinha em aprender, para ser mais útil. Após seis meses, ela já falava o idioma local com tamanha perfeição que fez, debaixo de uma árvore frondosa, a sua escola. Era inteligente e possuía o dom para ensinar.

Camila era uma gestante muito feliz! Nem na gravidez de Laisinha sentira-se tão bem!

Até que numa bela manhã nasce Allan, um menino robusto e orgulho de Thafic, que o exibia a todos que vinham visitá-lo.

A mãe radiante via o filho com o maior deleite: era saudável e muito belo. De olhos azuis, cabelos negros e encaracolados como os de Thafic.

Apesar de transcorrido tudo bem durante o parto, Francisco estava preocupado. Alguns nativos haviam contraído malária e os cuidados com Camila e Allan deveriam ser redobrados. Ele recomendou a Thafic que toda água usada deveria ser fervida e que protegesse seus leitos com cortinados de voal para evitar a picada dos mosquitos. Temia o contágio das doenças tropicais.

Infelizmente, no décimo dia do nascimento da criança, Camila começava a dar sinais evidentes de febre.

Francisco foi chamado às pressas pelo filho. Ele constatou que não era malária. Até que, após avaliar melhor o caso, explicou-lhe:

– Filho é febre puerperal. Começa com calafrios. Tem vômito e dores de cabeça. Há grande sensibilidade debaixo do ventre e suspensão do leite materno.

ONDE ESTÃO AS NOSSAS KARENS?

O velho doutor era previdente. Trouxera da Europa grande quantidade de medicamentos.

Foram dias e dias de muita atenção a Camila, mas, para tristeza de todos, ela, no estado de convalescença da febre puerperal, contraíra conjuntamente a malária. Francisco ficou admirado, pois, apesar da gravidade do caso, ela conseguiu sobreviver. Infelizmente, agora já não era a mesma. Seu sistema nervoso fora afetado. Tinha pouco interesse pela vida.

Thafic, revoltado com o quadro doentio da esposa, ficou transtornado e passou a ver Allan como culpado do seu estado deplorável. Não o queria mais! Deixara-o aos cuidados de Karina e Efigênia que, por mais que fizessem para mudar-lhe de ideia, nada fazia-lhe voltar atrás.

Allan tornava-se a cada dia mais esperto. Era cercado de atenção por todos, com exceção de Fátima, sua avó e de Thafic, seu pai.

Francisco e Dorneles persuadiam Thafic pelo mal que fazia ao filho em ignorá-lo. Ele não os ouvia. Mantinha-se distante dele e revoltado com a vida.

CAPÍTULO II

O DESENCARNE DE CAMILA

O tempo passara, Allan completara sete anos de idade. Era hora de aprender a ler e a escrever, porém ele apresentava problemas sérios na fala.

Com quase noventa anos, Francisco sentia-se desgastado e isso o preocupava, pois, ao olhar o pequeno Allan, seus olhos enchiam-se de lágrimas.

O neto chamava-o de pai, já que Thafic não o tratava como filho. Muito pelo contrário, tratava-o como intruso. Culpava-o pela enfermidade de Camila.

– Pobre Thafic – pensava Francisco. Ele poderia viver feliz, mesmo com a enfermidade da esposa. No entanto, sua revolta era tamanha! Ele era mais doente que a própria Camila que, apesar de alheia a quase tudo, era meiga e não perturbava ninguém. Thafic, não! Deixou de amar Allan, tão necessitado de apoio!

A mãe não o reconhecia, por causa da doença. O pai deveria suprir esta lacuna e não o fazia! Ele lançava no filho todo o seu ódio e afirmava que seu nascimento marcara sua infelicidade.

Abalado, Allan crescia tristonho. Não tinha o hábito de brincar. Apesar da insistência de Francisco, ele se distanciava das outras crianças. Preferia ajudá-lo a organizar as medicações no ambulatório.

ONDE ESTÃO AS NOSSAS KARENS?

O menino colocava no tão querido avô todo o seu amor para compensar as suas desventuras.

Karina, pacientemente, alfabetizava o sobrinho e exercitava-lhe a fala. Com o tempo, a sua dicção se tornava mais clara e correta.

Efigênia cantava belas canções para o afilhado, proporcionando-lhe alegria e bons sentimentos.

Laisinha demonstrava muito amor e carinho pelo irmão. Mesmo assim ele sofria. No fundo do seu coração, desejava a atenção do pai. Realmente, ele culpava-se pela moléstia da genitora de tanto ouvir isso, através do mesmo.

Em uma linda tarde de domingo, Francisco caminhava com Allan apreciando as veredas de Santarém, contando-lhe as aventuras no tempo de capitão do exército. Seu neto, livre dos olhares repreensivos de Thafic, pronunciava melhor as palavras.

Alegre por aquele momento agradável, fala ao avô dos seus sentimentos de menino:

— Vovô, quando eu crescer quero ser médico como o senhor!

— Será que, um dia, eu poderei curar a mamãe?

Francisco nesta hora vê os olhos do neto cheios de lágrimas e da voz que antes saía clara, desatina-se a trocar letras e a ter dificuldades de expressar-se.

O avô, procurando dar-lhe segurança, pega suas mãozinhas que estavam frias e um tanto trêmulas e ora a pedir a Deus que o proteja. Ele era propriamente mais seu filho do que de Thafic.

Neste instante, eles sentem uma paz intensa. O espírito de tio Hirto[5], ali presente os envolve com amor. Com seu clarinete toca para ambos, a banhar de luz aquele lugar.

Sentados na relva, Francisco e Allan adormecem. Momentaneamente desligados de seus corpos físicos, visualizam a presença espiritual do menino clarinetista e de Laísa, aproximando-se.

Ela achega-se ao neto e o envolve com um abraço e logo depois parte sem pronunciar uma só palavra.

....

5. Tio Hirto, assim chamado, foi irmão da mãe de Francisco, quando encarnado. Desencarnou na adolescência e tinha muita afinidade espiritual com Francisco. Ver livro "Enfim o caminho" da mesma autora e a audionovela no canal: Belas Mensagens e Músicas.

O DESENCARNE DE CAMILA

– O que será que ela tinha vindo fazer ali? Somente abraçar o neto? – avaliava Francisco.

Hirto interrompe seus pensamentos e entrega-lhe o clarinete. Afirma que Allan deveria preencher seu dia a dia com a boa música, pois ela cura as feridas da alma.

– Hei, Francisquinho! Compre um igual para ele! Sua dicção vai melhorar.

Francisco sorri e neste sorriso demonstra que tio Hirto tinha razão. Repassa o instrumento musical para o menino que embevecido distrai--se e não dá atenção ao que diziam.

– Hirtinho, acredito que Laísa não tenha vindo aqui apenas para abraçar o neto? Onde ela foi? Por que não conversou conosco? O que se passa?

– Francisco, sua sobrinha não está bem. Talvez não passe de hoje nesta Terra. Suas mazelas físicas terminam aqui, por esta encarnação. É o momento de Camila partir. É espírito vitorioso. Ela já cumpriu tudo que necessitava nesta encarnação.

– Thafic repudiará ainda mais Allan. Ajude-o a não fazer isto! Além de prejudicar o menino, muito mais se prejudicará.

– Você está bem idoso, no entanto Deus lhe concederá mais alguns anos de vida. Assim, será possível dar apoio a sua família e amigos. Principalmente a seu neto, até que ele esteja mais seguro de si.

Francisco desperta sobressaltado com os gritos de Thafic que vinha acompanhado de Karina. Preocupado, escuta o relato desesperado do filho:

– Papai, só o senhor pode me ajudar. Camila está tendo convulsões uma após outra. Procurei-o em toda parte. Sua maleta está comigo. Por favor, não a deixe morrer!

Thafic estava aflito. Amava tanto a esposa que não poderia aceitar a sua perda. Queria-a mesmo doente.

Francisco, lépido, dirige-se para casa do filho. Ao chegar no local, ele ora a Deus e pede forças. Encontrou Camila desmaiada e também Fátima. Não sabia a quem socorrer primeiro a mãe ou a filha. Rapidamente, ele recorre a Efigênia, que se aproxima para auxiliar.

21

ONDE ESTÃO AS NOSSAS KARENS?

Thafic, em estado de pânico, teve de ser afastado e amparado por Dorneles, pois prejudicava o ambiente, principalmente a própria enferma.

Enquanto o médico auscultava os batimentos cardíacos da paciente, Efigênia visualizava a presença de Laísa que sinalizava calma e confiança. Ela aguça ainda mais sua sensibilidade e vê quando Camila afastava-se do corpo físico.

Com habilidade, os amigos espirituais desligavam-lhe o cordão de prata[6]. Em estado letárgico, seu espírito é levado carinhosamente para o plano espiritual, acompanhado dos protetores Laísa e tio Hirto.

Alegria para os amigos espirituais ao ver a libertação de Camila deixando aquele corpo doente. Tristeza por saberem que, principalmente, Thafic e Fátima sofreriam muito. E o pior, revoltados passariam a ser mais cruéis com Allan.

Após o sepultamento, Francisco procurou conversar com Thafic. Ele relembrava dos conselhos que tivera do tio Hirto.

Infelizmente, ele não queria ouvir nada! Amargurado afastava-se cada vez mais de todos.

No plano espiritual, Laísa e tio Hirto inspiravam Thafic em todas as oportunidades que tinham.

Laísa, que fora sua genitora, orientava o filho através dos sonhos para que ele aceitasse Allan. Mostrava-lhe o amor filial como arma eficaz para a boa convivência familiar.

Thafic amava muitíssimo a mãe e era um bálsamo quando a encontrava no estado de desdobramento.

Francisco e Allan sempre acordavam aos primeiros raios de sol, enquanto todos dormiam. Isso era necessário para o atendimento à comunidade ribeirinha e até mesmo aos índios que confiavam no trabalho do velho doutor.

Numa bela manhã de verão, Francisco e seu neto iniciavam o serviço de limpeza e organização do pequeno ambulatório médico, ao lado da moradia.

....

6. Cordão de prata é um cordão fluídico de cor argêntea que liga o corpo físico ao perispírito que se rompe no desencarne. Referência bíblica: Eclesiastes 12.6 "Antes que se rompa o cordão de prata e se quebre o copo de ouro e se despedace o cântaro junto à fonte e se quebre a roda junto ao poço."

O DESENCARNE DE CAMILA

Inesperadamente, surge Thafic com uma mala pesada em suas mãos e para a surpresa de ambos, dirige-se a Allan:

— Meu filho, sempre coloquei em você a culpa do que aconteceu a sua mãe.

Amei Camila tanto, tanto e nossa alegria foi tamanha quando soubemos que ela esperava um bebê. Já tínhamos Laisinha, ventura de nosso coração e saber que poderíamos ter um menino encheu nossos corações de expectativas. Porém, quando você nasceu, sempre pressenti que algo não estava bem. Isso se confirmou no décimo dia quando sua mãe apareceu muito doente. Coloquei a culpa em você que de nada contribuiu para isso.

— Perdoe-me Allan! Você não é culpado! Nunca foi!

— Partirei para o Nordeste. Provavelmente lá a vida será mais fácil e poderei acumular dinheiro para torná-lo um médico. É o mínimo que posso fazer por você, depois de tê-lo desprezado tanto. Trabalharei com afinco para preparar tudo para você e sua irmã irem ao meu encontro mais tarde.

Thafic ficou com lágrimas nos olhos. Era a primeira vez que falava com carinho ao pequeno Allan.

O menino estava feliz com as palavras que ouvira. Isso era algo profundo, como se fosse uma brisa suave a refrigerar o seu corpo infantil.

— Que bom! O pai lhe pedir perdão! Prometia ajudá-lo a ser um médico!

Não acontecia o mesmo com Francisco que estava apreensivo. Alegrava-se em ver o filho pedindo perdão ao neto, mas entristecia-se em vê-lo partir. Sabia-o muito depressivo e nesta situação a família seria fator importante para dar-lhe apoio.

Tentou dissuadi-lo da viagem.

— Thafic, como poderá ir para tão longe e deixar seus filhos e a todos nós? Além do mais, como poderá manter-se financeiramente?

— Pai, não posso demorar. A embarcação já está no cais. Não voltarei atrás em minha decisão. Eu não posso perder esta oportunidade, os amigos que conheci me prometeram um trabalho naquela região.

— O Nordeste tem grandes fazendas de cana-de-açúcar e me disseram que pessoas de avidez como eu poderão prosperar. Logo enviarei notícias. Sempre saberão como eu estou.

ONDE ESTÃO AS NOSSAS KARENS?

Sob o olhar atônito de Francisco, o filho sai apressado. Ao longe, volta-se com um aceno e repete seu pedido:

– Pai, cuide de Allan e de Laisinha para mim. Eu preciso começar uma vida nova. Eu juro que quando eu prosperar vou levar todos comigo.

A cabeça de Francisco rodava. Como ele, um velho de quase noventa anos, poderia cuidar de duas crianças?

O médico rememorava quando ele abandonara a família e deixara Laísa e os quatro filhos. Agora, a história repetia-se! Thafic abandonava os filhos sob a proteção de um velho.

– Não! Não poderia estar acontecendo tudo aquilo – refletia Francisco.

Francisco pede a Allan que o aguarde por alguns momentos e sai para colocar seus pensamentos em harmonia.

No caminho, encontra a filha que trazia seu desjejum. Tristonho, relata a ela sobre a decisão do seu irmão.

Disfarçando sua decepção, Karina procura confortar o pai.

– Papai, somos uma família e juntos conseguiremos prosseguir. Por agora, Thafic está confuso! Em breve, ele voltará para nós! Confie na providência divina.

CAPÍTULO III

A VIDA EM SANTARÉM

Thafic partira para o Nordeste e não enviara mais notícias, deixando todos desalentados.

Laisinha com seus doze anos, achava-se órfã, sem a mãe e o pai que se fora.

Allan se identificara com a música, seu avô encomendara para ele um clarinete, a um tripulante de um navio. Ele já lia e escrevia bem. Sua dicção melhorava notavelmente. Nos momentos em que o avô caminhava com ele, ensinava-lhe o Francês e o Espanhol. O menino tinha esperança que um dia Thafic, o levaria para concretizar seu sonho que era a Medicina.

Francisco atendia os índios na aldeia e sempre levava Allan com ele.

Os Tapajós eram pacíficos e tinham pelo seu avô e por toda sua família um grande respeito.

Francisco não aprovara a ausência do seu filho Thafic, no entanto esforçava-se para demonstrar alegria em decorrência dos exemplos que deveria dar a Laisinha e a Allan, tudo fazia-lhes para amenizar a falta do genitor.

Fátima, insensatamente em contato com Allan, lançava-lhe suas mágoas e suas desventuras. Era como se ela transferisse toda sua infelicidade nos ombros do menino, porém ele estava livre desde o dia em que o pai lhe pedira perdão.

ONDE ESTÃO AS NOSSAS KARENS?

Francisco contava para seu neto a história de Fátima, a fim de que entendesse que a avó era ainda uma pessoa mentalmente doente. Se ele desejava ser médico, deveria começar desde já a ter essa compreensão.

Karina nunca encontrara alguém que lhe compartilhasse a doçura e a grandeza de mulher. Continuava no trabalho de alfabetização e isto lhe preenchia os dias.

Efigênia e Dorneles já possuíam fortes amizades em Santarém e mantinham comércio de roupas e calçados. Enfim, um pequeno negócio que garantia à família o sustento.

Catarine, filha de Efigênia, já era uma mocinha dedicada e carinhosa. Todos tratavam-na bem naquela localidade.

Efigênia continuava com sua tarefa mediúnica com discrição. Aproveitava ocasiões que estava com os pacientes de Francisco para passar-lhes as belas palavras do Evangelho de Jesus.

Dorneles era um homem sincero e bom. O defeito que tinha na perna nem o incomodava como antes. No entanto, o que ainda o angustiava era a saudade que sentia do seu filho que desencarnara em tenra idade, em um acidente[7].

O que o consolava era a recordação das suas palavras. Elas foram ditas em uma ocasião especial, quando o espírito de José se mostrou materializado graças à mediunidade de efeitos físicos de sua esposa Efigênia.

"– Papai, quando deixei a vida física foi porque assim estava determinado no plano espiritual. Saiba que não foi sua culpa eu ter caído daquele cavalo. Eu, meu pai, tinha que passar por tal prova. Estava na hora. Minha passagem aqui seria bem curta. Fui e sou feliz por ter sido o seu filho, mas quero lhe dizer algo muito importante. Mamãe precisa tanto do seu companheirismo e apoio. Não beba mais, meu pai. A bebida em excesso é um tormento da alma e nos aproxima das trevas.

Além de destruir famílias, ainda nos condena à morte antecipada. Ela nos leva a abismos e sintonizamos com espíritos que vivenciaram esses dramas na carne. Cuide de seu corpo com carinho e respeito, ele lhe foi emprestado pelo Pai Maior."

7. Ver o livro "Enfim o caminho" da mesma autora com a história inicial dos personagens na Europa e a audionovela no canal: Belas Mensagens e Músicas.

A VIDA EM SANTARÉM

Dorneles compreendia que o filho, mesmo em outro plano, estava sempre ligado a ele e sua esposa Efigênia. Pedia a Deus que José recebesse suas orações em forma de luz, onde estivesse. Ele acreditava que a prece era uma força que impulsionava a alma e chegava até aqueles que amamos.

CAPÍTULO IV

A DESPEDIDA DE FRANCISCO

— Venha até aqui, Allan! Eu preciso do seu auxílio!

O rapaz, ao ouvir a voz suplicante de Francisco, correu ao encontro dele. Ele não estava bem! Afinal, aos noventa e oito anos, seu coração fraco pelas lutas do dia a dia avisava-o que o seu tempo na Terra seria curto.

Allan socorreu o avô, pois aprendera meios para auxiliá-lo na falta de ar que atualmente era frequente. Fez tudo o que pode, mas dessa vez os batimentos cardíacos do seu herói estavam fracos, bem descompassados.

O neto de Francisco chamou Efigênia e Karina que vieram também assisti-lo.

Por três dias, o amado doutor sofreu de dispneia cardíaca, contudo Allan não o deixava um só minuto. Dormia ao seu lado e, na mínima agitação, ele socorria o avô com grande dedicação.

Várias vezes o jovem chorava, sem que Francisco pudesse ouvi-lo. Esforçava-se para mostrar ao seu herói que confiava na sua recuperação. Lembrava-se das suas recomendações: – "Guarde uma coisa, se você quer ser bom médico, nunca mostre desânimo quanto ao estado de seus pacientes. O doente precisa de alegria e de ânimo. Mesmo que alguma coisa grave aconteça, diga a

A DESPEDIDA DE FRANCISCO

eles sobre Deus, sobre Jesus. Afirme que a dor é passageira e que tudo ficará bem!".

Allan observava o estado aflitivo do avô e, provavelmente, não teria muito tempo de vida, por isso seus olhos não paravam de lacrimejar. Apesar do esforço que fazia para disfarçar, Francisco viu-o encolher-se num canto para abafar o pranto.

Karina passou a liberar seus alunos sempre mais cedo com a intenção de substituir o sobrinho nos cuidados com Francisco. Mesmo assim, ele não o deixava um só minuto.

Faltavam poucos dias para o casamento de Catarine e, mesmo acamado, o velho doutor recordava-se disso. Seria ele, Karina, Allan e Laisinha os padrinhos da união dela com Wando. O noivo era um comerciante que ela conhecera, através do seu padrasto Dorneles.

Francisco tinha que melhorar e realmente melhorou! Saiu daquela crise e pôde assistir à cerimônia simples da querida Catarine com Wando.

Ali, o Juiz de Paz passava poucas vezes. Com a Nova República, a união dos casais no Brasil tornara-se diferente. Agora, ele também era válido, não somente no religioso, mas também no civil. Por isso, vários noivos aguardavam a sua vinda.

Para a tristeza de Efigênia e Dorneles, Catarine mudaria de Santarém. Entretanto, prometia de três em três meses visitá-los. Traria encomendas para sua mãe e a todos que amava. Ela se comprometeu, também, a investigar o paradeiro de Thafic, ao que a família Barella alegrou-se muitíssimo.

A fase da fraqueza orgânica de Francisco passara. Allan se alegrou com isso. O velho doutor procurava repousar às tardes e só trabalhar pela manhã, a fim de poupar sua energia.

Catarine cumpriu o que prometera, vindo visitar sua família e os amigos na Vila de Santarém. Ela residia em Salvador por causa dos negócios do marido. Trazia notícias jubilosas das belezas da capital baiana, todavia, Francisco e a família não estavam interessados. Infelizmente, Catarine ainda não tinha notícias de Thafic, mas se comprometia a continuar procurando-o.

Efigênia não cabia em si de contentamento vendo a filha tão realizada. Prestativa, ela trouxera presentes para todos. Especialmente para

29

ONDE ESTÃO AS NOSSAS KARENS?

Fátima, presenteou-a com um livro de receitas da saborosa culinária baiana. Para Tonha, trouxe uma cuscuzeira de modo que ela fizesse o tão apreciado cuscuz.

Catarine e Wando ficaram com seus parentes e amigos por pouco mais de quinze dias, mas foi o suficiente para matar as saudades. Ao despedirem-se, notaram felicidade em todos, com exceção de Francisco que perdia as esperanças de rever seu filho Thafic.

Certa manhã, quando Francisco conversava com Aneci, uma bela e simpática índia, nascida naquela região, notou que Allan olhava-a, atraído pelo seu encanto. De cabelos negros e lisos que caíam até a cintura, olhos amendoados e sorriso cativante, despertava em seu neto grande fascínio.

Ela era filha legítima dos índios tapajós[8] e morava na tribo situada nas redondezas de Santarém.

Francisco não se admirou quando ela ficou atraída por Allan, pois, aos dezessete anos, o rapaz tinha um porte forte e olhar que chamava atenção de qualquer mulher. Seus olhos azuis pareciam um pedaço do céu. Seus cabelos negros encaracolados deixaram a índia apaixonada.

O avô alegrou-se com o interesse de Allan pela moça. Ela seria um refrigério para o coração do neto. Pela sua idade e estado de saúde, ele poderia partir a qualquer momento e sua ausência seria bem preenchida por Aneci.

A partir daquela ocasião, os dois jovens ficaram enamorados e o romantismo fazia parte das suas vidas.

Por mais de uma semana, Allan aguardava no mesmo lugar e no mesmo horário a bela Aneci. Em um desses encontros, ela levou-o até sua tribo, o que deixou entre os índios uma certa interrogação.

Entre os índios, o casamento entre os seus iguais era de total importância. Muitas vezes, jovens índias se interessavam pelos brancos. Quando isso acontecia a tribo fazia tudo para que o enlace não se concretizasse. Por isso, o cacique tratou de prender Aneci, a fim de que ela não se encontrasse com Allan, impedindo-a de seus encontros habituais.

Na hora apraz, Allan não vendo Aneci, resolveu ir até a tribo procurá-la.

A DESPEDIDA DE FRANCISCO

O cacique recebeu o rapaz com respeito e explicou-lhe que a união entre um branco e uma índia não poderia dar certo. Cauteloso, também não anunciou para Aneci a visita do moço.

A tribo tinha uma consideração especial pelos Barellas, pois, ao chegarem em Santarém, só fizeram o bem. Eram corteses e trabalhadores. Mesmo assim, os tapajós[8] não aprovavam o namoro de Aneci com Allan.

Allan agradeceu a boa acolhida, mas não se deu por vencido. Rememorava quando o filho do cacique adoecera e fora seu avô quem o curara. Em razão disso, esperava que Francisco mudasse aquela realidade.

O neto de Francisco chegou em casa esbaforido e ansioso para conversar com seu avô sobre Aneci. Infelizmente, não era uma boa hora, uma nova crise cardíaca abalava a saúde dele.

Allan correu para chamar Karina e Efigênia para auxiliá-lo. Tudo foi feito. Dessa vez, era mais grave. Medicamentos, banhos, chás, nada surtia efeito!

Francisco, no seu estado agonizante, visualizava Allan andando para lá e para cá. Ele chorava, ora nos ombros de Efigênia, ora nos ombros de Karina.

Ao notar o desespero de Allan, Francisco pede proteção a Deus. Nesta hora, Laísa e tio Hirto chegam dando-lhe energias que o sustentam.

Graças aos amigos espirituais, o estado de saúde do doutor melhora subitamente. Portanto, ele pede licença a Efigênia e a Karina para dialogar com o neto.

– Allan, você sabe que sou um velho de quase cem anos. Devo agradecer a Deus por ter me presenteado o dom da vida até esse momento. Hoje, você é um rapaz inteligente e saudável e não o menino de há tempos atrás!

– Karina, Laisinha, Fátima, Dorneles, Tonha e Efigênia precisam de sua fortaleza. Aconteça o que acontecer, não os abandone! Sei que, em breve, seu pai dará notícias.

Francisco olha para um ponto qualquer como se buscasse Thafic.

....

8. Os Tapajós foram um grupo indígena, atualmente considerado extinto, que habitava as proximidades dos rios Madeira e Tapajós.

ONDE ESTÃO AS NOSSAS KARENS?

O filho nunca mais dera notícias, em dez anos de ausência. Não sabia sequer a cidade onde morava.

Allan, emocionado, interrompe seus pensamentos:

— Vovô, não vá agora! Ainda não sei caminhar sem os seus passos e decidir sem os seus conselhos!

— Meu querido neto, Deus não abandona nenhum de seus filhos. Você agora é tão forte que sou eu quem precisa de seus cuidados. Como paramédico, você pode muito bem entender que chegar a minha idade é raro. Devemos a todo instante agradecer ao Criador por esta bênção.

— Mas vovô!

Francisco não o deixa completar. Com voz trêmula, continua:

— Allan, você também tem Aneci. Em breve, poderá formar uma família com ela.

Nisso, o avô nota sinal de grande desalento no olhar do neto.

— Meu avô querido, os índios prenderam Aneci e disseram que apesar da grande amizade que nos tem, não desejam a nossa união! Estou só! Muito só!

Allan chora e se aflige. Debruça na cabeceira da cama, quando Francisco fitando-o, decide:

— Vá até a tribo! Chame os pais de Aneci e também o cacique. Diga que venham até aqui, pois estou morrendo e desejo falar-lhes.

— Não! Não o deixarei! E se...

Allan ia completar, mas o choro embargou-lhe a voz.

Ao ouvir a voz de desespero do rapaz, Karina, Efigênia, Dorneles, Laisinha, Tonha e Fátima que esperavam do lado de fora, entram no recinto.

O médico, recostado na cama, olha para cada um dos familiares e amigos. Com voz fraca, comenta sobre Allan e Aneci, ao que todos se entreolharam surpresos.

— Vocês devem apoiar Allan e Aneci. Estou fraco e já vivi o bastante. Talvez, Thafic...

E a voz de Francisco ficou embargada pela emoção.

Preocupada, Karina pede ao pai que repouse para amenizar a crise.

Aproveitando a aproximação da filha, Francisco orienta-lhe:

— Karina, por que você não deixa o remorso de lado? Sinto, minha

A DESPEDIDA DE FRANCISCO

filha, apesar de sua luta e dedicação aos outros, que você ainda não se realizou. Fecha-se! É como uma flor, cujo botão não se abriu. Quero que perdoe Magda e também seu antigo namorado Dario. Lembra-se que sua irmã, no momento derradeiro do seu desencarne, nos pediu indulgência para com seus erros. Já lhe falei tantas vezes que a falta de perdão nos faz adoecer. Abra o seu coração! Se alguém lhe bater à porta, permita um novo amor!

– Paizinho fique tranquilo! Perdoo Magda e abrirei meu coração para um novo começo! Perdoo também a Dario!

Através do conselho de seu pai, desta vez Karina se libertava. Com bons sentimentos, ela atrai o espírito de sua irmã que, emocionada, abraça-a e lhe agradece o tão esperado perdão.

O velho doutor um tanto desligado do corpo físico, ora via Laísa, ora tio Hirto e agora sua filha Magda que lhe fala em pensamento:

– Papai, muitos lhe aguardam na Colônia da Semeadura.[9] No entanto, ainda existem algumas horas suas na Terra.

Francisco pega nas mãos de Karina e balbucia:

– Karina, vejo sua irmã Magda e ela lhe agradece de tê-la perdoado. Que bom seria se Dayana também pudesse estar aqui!

Naquele instante, uma grande surpresa se fez. Irmã Sílvia aproxima-se e ele sente uma emoção grandiosa. A querida Irmã lhe diz:

– Renatinho, brevemente você terá um encontro com Adelson, seu irmão. Tanto ele como Dayana renascerão. Você já tem uma nova missão a cumprir no plano espiritual. Irá ajudá-los na preparação para suas novas reencarnações.

Francisco Renato desperta deste desdobramento e vê Allan, Aneci e os índios chegarem.

Todos os familiares e amigos estavam presentes naquele momento. Ali reunidos, eles aguardavam suas palavras finais e estas eram para o cacique:

– Cacique, sei das leis do seu povo, contudo nosso Deus é um só e

....

9. Colônia Semeadura é uma moradia no plano espiritual, onde os espíritos que ali vivem são caracterizados pelo objetivo comum do amor exemplificado. Ela é ligada à Colônia de Santa Maria e a dos Samaritanos.

ONDE ESTÃO AS NOSSAS KARENS?

nosso Mestre é o mesmo. Por isso, peço-lhe que aprove o casamento do meu Allan com Aneci! Eles se amam! Meu neto é paramédico e continuará cuidando de todos, em meu lugar.

Os pais de Aneci, também presentes no local, olham para o cacique e esse para Allan. Ali mesmo, à frente de todos, o chefe dos índios promete unir o casal. Afinal, o velho doutor era muito respeitado por eles.

Ele não podia contrariar o pedido de um moribundo, em seu leito de morte. Isso traria maus presságios para o seu povo. Ainda mais de alguém que sempre lhes fizera o bem.

Francisco, emocionado, fita um a um e naquele olhar de bondade. Promete zelar-lhes de onde estivesse. Em paz, ele despede-se dos familiares e amigos. Parte para o plano invisível, amparado pelos amigos espirituais, deixa saudades e uma grande ânsia de renovação em todos!

CAPÍTULO V

BELOS ESCLARECIMENTOS

O sepultamento de Francisco ocorreu com muita paz. Somente Allan, parecia perdido, porém com o carinho de Aneci, sentia-se mais confortado.

Naquela mesma manhã, os amigos e familiares de Francisco conversavam. Efigênia expressava-se com sabedoria sobre o valor da vida, aproveitando para consolar a todos. Falava do desencarne, mostrando que somos espíritos eternos e úteis em outra dimensão.

Aneci e Allan compenetrados absorviam cada palavra de Efigênia. Os olhos da índia brilhavam ao ouvir a mensagem da médium, inspirada por um espírito presente no ambiente que dirigia a ela:

– Aneci, sei que sua tribo prega o deus Sol, a deusa Lua e a deusa das matas. Existem sim, os espíritos que realmente protegem cada pedacinho dessa majestade que é a Terra com suas florestas, seus mares, seus rios, os pequenos e grandes animais. Cada um de nós também tem um espírito guardião que nos encaminha em nossa jornada. Somos o halo de Deus, a chama e a própria presença da divindade. Deus está em toda parte, como força criadora dos céus, das águas, do ar e em tudo que habita a vida.

ONDE ESTÃO AS NOSSAS KARENS?

— A vida é um dom divino, ofertado pelo Criador. Não existe a morte, apenas uma perda da roupagem física. Por isso, devemos valorizar esta passagem provisória na vestimenta carnal, de forma a perdoarmos e amarmos o nosso irmão como Jesus nos ensinou. Francisco foi um exemplo para todos nós em sua dedicação ao próximo, principalmente à família.

Fátima fica atenta às palavras de Efigênia. Precisava seguir aqueles ensinamentos, pois necessitava aceitar o neto. Ele não fora culpado pela morte de Camila. Por várias vezes, repetia isso para si mesma, no entanto, repentinamente, mudava suas ações e agredia Allan. Não seguia o vigiai e orai tanto preconizado pelo Mestre Jesus.

Por tudo isso, Allan não a chamava de avó. Entristecia-se ao lembrar-se das frases que ela lhe desfechava, principalmente quando era pequeno. Era chamado de criminoso e de ladrão da vida da própria mãe. Queria tanto entendê-la e abraçá-la. Era uma repulsa que, por mais que lutasse, gritava dentro dele.

O rapaz estava muito sensibilizado com a perda do avô, mas o amor de Aneci preenchia um grande espaço em seu coração. Pretendia casar-se com ela o mais breve possível, já que o pedido do velho doutor tinha sido aprovado pela tribo.

Os preparativos do enlace estavam avançados e ele pensava como seria bom se seu avô estivesse presente em sua cerimônia matrimonial!

Isso fora tão intenso que, na noite anterior ao seu matrimônio, ele lhe apareceu em sonho. Ao vê-lo, o neto beija as suas mãos repetidas vezes e, o olhando com amor, abre seu coração:

— Vovô, eu sinto tanta a sua falta! Viver sem a sua presença me é difícil! Tenho Aneci, tia Karina, tia Efigênia, meu amigo Dorneles e Laisinha, porém o senhor é insubstituível. Sinto falta de seus conselhos e da sua presença amiga. Me sinto só!

Francisco contém a emoção. Com voz firme e carinhosa lhe diz:

— Allan, quando Deus levou-me, na realidade, deu-me até chance demais na carne. Desencarnei com quase cem anos e lúcido. Isso foi um grande presente do Criador.

— Você sabe que meu corpo não suportava mais vestir o meu espírito. Deus me deu a alegria de conviver com você até a idade em que se apresentava como um homem. Aos dezoito anos, você está na véspera de casar-se e constituir sua própria família.

– Meu neto querido, fortaleça-se e terá, não em mim, mas em você mesmo, as boas respostas para sua vida.

E, assim, Francisco despede-se de Allan e deixa no ambiente uma grande e divina paz.

CAPÍTULO VI

A CARTA DE THAFIC

— Que dia lindo! – disse Catarine a Wando, quando chegaram à Vila de Santarém.

Wando reconhecia que a jovem esposa amava aquele local, os familiares e amigos que ali residiam, por isso proporcionava-lhe a oportunidade de visitá-los nas suas viagens naquelas terras.

Catarine foi recebida com euforia. Dessa vez, passaria ali mais de dois meses. Isso felicitou a todos, principalmente Efigênia e Dorneles. Ela se trajava com elegância, como nunca o fizera.

Laisinha admirou-se com suas vestimentas e o penteado majestoso que usava. Para ela, Catarine a princípio parecia outra pessoa, porém, após alguns minutos, sabia que era a mesma. Simples, cordial e companheira.

A filha de Efigênia trazia para Allan e Laisinha uma bela novidade, notícias de Thafic.

À tarde, ao saber da chegada de Catarine, Allan veio acompanhado de Aneci com a finalidade de apresentá-la aos amigos recém-chegados.

Apesar da surpresa sobre a escolha do neto de Francisco em querer casar-se com uma índia, Catarine recebe-os com amabilidade. Convida-os a entrar e inicia uma conversação amistosa. Adiante, entrega-lhe três cartas: uma para ele, outra para Laisinha e outra para Francisco, pois Thafic não tinha conhecimento do seu desencarne.

Allan guarda a carta do avô com carinho e relata a Catarine a sua partida. Abre a sua missiva com grande emoção. Leu-a sentado a um canto do pequeno ambulatório.

Aneci ficara conversando com Catarine que aproveitou a oportunidade para conhecê-la melhor.

A índia era simples, no entanto, tinha uma inteligência apurada e tudo questionava. Era amorosa e, em poucos minutos, conquistou o coração de Catarine que se arrependia de tê-la desmerecido.

Sobre o desencarne de Francisco, a filha de Efigênia sentira-o de longe.

A ausência do velho doutor era marcante. Tudo tinha o seu toque. No entanto, ela procurava alegrar-se por estar ali naquele lugar maravilhoso, com os que amava.

Após a leitura da carta de seu pai, Allan levou Aneci para a tribo. Ao retornar, dirigiu-se à casa de Efigênia, a fim de conversar sobre os fatos informados por seu pai.

Efigênia sempre dormia bem tarde. Preferia deixar tudo arrumado para o dia seguinte, por isso atendeu o afilhado com ânimo e convidou-o para entrar.

Sentados na pequena sala, dialogavam sem que ninguém os incomodasse. Allan foi o primeiro a falar:

— Madrinha, hoje recebi através de Catarine uma carta de pa... de...

Ao sentir a dificuldade de Allan em pronunciar a palavra pai, Efigênia completa:

— Sim, de seu pai Thafic!

Meio encabulado, o rapaz continua:

— Sim. Ele escreve algumas coisas importantes. Necessito que a senhora me ajude.

E entrega o papel a Efigênia que o lê, em voz alta:

"Meu filho,

Talvez você estranhe tê-lo chamado assim. Aprendi aqui, na distância, o valor da família e quero reuni-los ao meu coração. Casei-me com

ONDE ESTÃO AS NOSSAS KARENS?

uma moça simples e educada. Seu nome é Naara. Ela é oriunda de uma família cabocla, lutadora e muito trabalhadeira.

No mês passado, esteve aqui um médico amigo que reside em Portugal. Aproveitei a ocasião para falar de você e sobre a sua pretensão na Medicina. Falei de papai. Ele me disse que tendo sido "nosso pai", médico do Exército, é facílimo arrumar um local, tanto para morar como a oportunidade de realizar seu sonho. Você poderá cursar os estudos médicos na França, ou na Espanha, ou até mesmo em Portugal.

Soube por Catarine que nosso pai está enfermo. Vou revê-los em breve! Ao visitá-los, caso você queira vir comigo, peço que avise através de Wando. Atualmente, construí uma casa onde há vários cômodos, podendo todos virem morar comigo e com Naara.

Aí vai também uma carta para meu maravilhoso pai e outra para a minha querida filha Laisinha.

Espero que papai esteja bem quando esta mensagem chegar.

Com saudades, Thafic"

Efigênia olhou firme para Allan e pediu reflexão sobre o que leram juntos.

Ela sugeriu ao afilhado que analisasse melhor sobre o conteúdo da missiva, convidando-o para que dormisse ali mesmo. Arrumou-lhe uma rede para que repousasse e, na manhã seguinte, mais sereno, decidisse o seu projeto futuro.

Afinal, Thafic escrevera sobre a oportunidade de Allan estudar na Europa e convidara os demais familiares e amigos para morarem em Recife, junto a ele e sua esposa.

Em seu quarto, Efigênia observava Dorneles e uma dúvida pairava em sua mente: ele aceitaria viver longe de Santarém? Depois daqueles anos, suas vidas estavam organizadas. Não tinham riquezas, mas viviam felizes dentro das possibilidades. Seu esposo não era homem para abandonar aquilo que estava dando certo. Para ela, seria bom ficar mais próximo de Catarine. Seria uma grande felicidade para o seu coração de mãe. Conversaria com ele, antes mesmo de falar com a família Barella.

Tanto Allan como Efigênia demoraram para dormir naquela noite. O pouco que dormiram sonhavam com Thafic e seu rosto sorridente ao recebê-los.

40

A CARTA DE THAFIC

O Sol já atravessava as frestas de madeira rústicas da casa, mostrando a sua majestade.

Ela se levantou apressadamente e, para seu espanto, não encontrou nem Dorneles e nem Allan no repouso. Ambos já haviam levantado e, pelo que observou, conversavam no pomar.

Seu esposo costumava visitar este local todas as manhãs para ouvir o canto dos pássaros e saborear as frutas tropicais.

Allan estava pensativo e, em virtude disso, necessitava aconselhar-se com Dorneles. Ele era bom amigo, contudo não tinha a sabedoria e vivência de Francisco, mas sempre fora afetuoso e o tratava como um filho.

Os dois amigos sentaram-se sob uma árvore frondosa, onde o perfume das flores exalava no ar e irradiava uma atmosfera suave no ambiente.

O neto de Francisco iniciou timidamente o diálogo e lhe contou sobre a carta.

Atencioso, Dorneles analisou tudo muito bem e afirmou:

— Faça de conta que o Dr. Francisco está aqui ao meu lado. O que você acha que ele diria?

Allan não conseguia imaginar, mas tentou chegar ao que Dorneles propunha. Conhecedor das ideias de Francisco, ele fala:

— Meu avô diria para que eu ouvisse o meu coração.

— E o que pede o seu coração?

— Está dividido. Tenho Aneci. Não sei se ela iria aguardar-me. Se eu for estudar na Europa como vou casar-me? São coisas diferentes! Estou entre o amor e a profissão. Desejo ser médico, contudo quero também Aneci. Eu a amo e já dei a minha palavra que me caso com ela.

— Allan, você é tão jovem para este compromisso! Já sabe que seu progresso retardará. Será um homem simples, principalmente casado com uma índia.

— Nunca tive um convite como este! Será que Aneci esperará por mim?

— As índias não são livres, provavelmente quando você voltar, ela já estará casada com um índio da sua tribo e com meia dúzia de indiozinhos.

Allan ficou enraivecido em pensar em sua amada casada com outro e decidiu, então, ficar. Seria feliz com o amor de Aneci!

ONDE ESTÃO AS NOSSAS KARENS?

Dorneles não disse mais nada. O amor de Allan pela índia era sincero e o casamento deles já estava por acontecer pelos próximos dias.

E assim aconteceu: Allan e Aneci casaram-se em uma cerimônia dentro dos costumes indígenas.

Catarine, juntamente com o esposo participaram da solenidade festiva. Alguns dias após se despedem. Levavam informações insatisfatórias para Thafic; o desencarne de Francisco e o casamento de Allan com a índia Aneci.

CAPÍTULO VII
UMA GRANDE OPORTUNIDADE

Em uma noite tranquila, Efigênia procurou sintonizar-se ainda mais com os bons espíritos. Orou com fé e pediu a Jesus que a fizesse um bom instrumento para o trabalho a que fora inspirada. Após a prece, ela adormeceu profundamente.

O relógio marcava uma hora e dez da manhã, quando uma equipe de espíritos se reuniu em um salão no plano espiritual. Ali estavam Laísa, Francisco, tio Hirto, Irmã Sílvia e Efigênia[10], único espírito encarnado daquele grupo. Apreensivos, eles aguardavam alguém e este alguém parecia demorar.

Algum tempo se passou e Dayana se apresenta em espírito. Estava abatida, porém, ao visualizar os que amava, sorriu um sorriso largo e de ar desanimado, transformou-se em ares de grande alegria e abraços.

Laísa foi a primeira a falar-lhe:

— Minha filha, sabemos que você tem forte ideia de desistir desta nova jornada. Por que se acovarda desta maneira? Afinal, você tem todos nós ao seu lado para apoiá-la!

---

10. No estado de emancipação da alma, a pessoa encarnada pode realizar incursões no plano astral. Através de sua sintonia é assistida por bons ou maus espíritos. Mantém a ligação fluídica ao corpo pelo cordão de prata.

43

ONDE ESTÃO AS NOSSAS KARENS?

Dayana olha para todos denotando medo. O novo fazia-a estremecer. Não falou coisa alguma, no entanto, sua expressão dizia tudo.

Francisco, que a observava, falou-lhe firme e, ao mesmo tempo, carinhosamente:

— Confiamos em você, minha filha! Deixe para trás o desânimo que a sucumbiu na vida passada.

Desta vez, Dayana envergonhou-se e baixou os olhos.

— Querida, se você desencarnou prematuramente na última jornada, nesta você tem que se firmar. Renascer é oportunidade para não repetir os mesmos erros! Não se acovarde! É tempo de conquistar uma consciência mais plena e a confiança no Criador é a chave para isso.

Ela refletia as sábias palavras do seu pai, quando Irmã Sílvia pegou-lhe as mãos e as beijou com carinho. Reafirma a fala de Laísa e de Francisco e acrescentou:

— De que tem receio?

Dayana, deixou brotar lágrimas que corriam, sem que ela pudesse retê-las e, como num desabafo, respondeu com voz embargada:

— Irmã Sílvia, eu tenho medo da cegueira e da mediunidade. A cegueira me fez triste e desprovida de defender-me e a mediunidade só me trouxe desilusões. Se for para ser cega e médium, prefiro realmente não renascer. Foram expiações difíceis para meu espírito imaturo. Afirmo que, se ambos os problemas eu tiver, não renasço!

Irmã Sílvia continua:

— Dayana, saiba que o nosso livre-arbítrio existe até certo ponto. Se os instrutores de nossa colônia acharem que você deve renascer, mesmo que desta vez recuse a ficar, retornará adiante e perderá a oportunidade de escolha e terá seus encargos aumentados por você mesma.

Tio Hirto, sempre alegre, sorriu para Dayana. Deixou o clarinete por momentos e falou:

— A teimosia não é característica ruim. Só quem é teimoso e perseverante vence! Sua falta de fé é que a deixa à mercê da cegueira. Ela nada mais é que seu estado de culpa do passado. Deus não impõe a escuridão. É você mesma que nunca se perdoou, demonstrando fraqueza. Por que você acha que renascendo ficará cega outra vez? Devido aos seus atos, seu perispírito maculou-se, mas a continuidade desta mácula cabe

UMA GRANDE OPORTUNIDADE

a você retirá-la ou não. Perdoe-se! Pense que Deus a quer feliz e saudável para vencer essa nova etapa de sua vida.

— Então quer dizer que nascer cega dependerá do meu estado íntimo?

— Sim!

— Como conseguir não ser cega?

— Como ser sã é o que você deve perguntar-se, Dayana. Precisa amar a vida e as pessoas, sendo útil e, acima de tudo, perdoar-se. Deus ofertando-lhe uma nova oportunidade. Diga a si mesma: eu quero ser sã, perfeita! Eu amo a vida! Respeito meu semelhante, amo-os! Amo a Deus e me amo!

Agora, Dayana estava decidida, no entanto, uma dúvida surgiu-lhe:

— E a mediunidade? Esta me fez errar, desde há tempos!

— Veja uma coisa — disse Efigênia — eu sou médium e sou feliz. Agradeço, a cada dia, o dom desta sensibilidade tão especial que Deus, a providência divina, me presenteou para esclarecer-me e auxiliar as pessoas. Sendo médium, sinto em mim o sentimento dos desencarnados e passo a ser mais amorosa. Muitos veem a mediunidade como martírio, com sofrimento. Se pensam assim, assim será! Somos o que pensamos e vivemos aquilo que acreditamos!

— A mediunidade é um privilégio que nos abre as portas para mais sabermos, evoluirmos, ajudando-nos e aos que nos cercam. Pobres daqueles que a veem como peso, pois, naturalmente, ela não é!

— Na Terra, muitos são médiuns ostensivos,[11] porém seus sentimentos são vazios. Acham-se lesados por Deus e se revoltam. Fogem desse compromisso tão importante e se complicam. Seriam mais úteis e felizes se conduzissem-se ao estudo e disciplina.

— Deus presenteou-nos com a mediunidade, ofertando um caminho mais rápido para nossa evolução espiritual. Ser médium não é ser lesado do nosso direito de escolha e, sim, ter a oportunidade de corrigir nossas más inclinações, oriundas de outras vidas, como, por exemplo, a indiferença aos sofrimentos de nossos semelhantes.

....

11. Todo aquele que sente, num grau qualquer, a influência espiritual é, por esse fato, médium. Médium ostensivo, por sua vez, é aquele em que isso é mais evidente. Ver O *livro dos médiuns* de Allan Kardec.

ONDE ESTÃO AS NOSSAS KARENS?

– Ser médium não é um peso e nem punição. É uma grande oportunidade de socorrermos aqueles que nos buscam, tanto do plano físico como do espiritual. Assim, na seara do Cristo seremos semeadores do bem.

Todos estavam admirados com as sábias palavras de Efigênia, principalmente Dayana que, para felicidade daquele grupo, disse com voz firme:

– Eu não recusarei o renascimento. Só peço se acaso fique cega...

Delicadamente, Francisco a interrompe:

– Dayana, você só será cega se não se perdoar. Dependerá apenas de você. Minha filha, você tem o saber. Aplique-o!

E, assim, aquele encontro findou-se.

Os amigos aguardavam confiantes o renascer de um espírito muito amado: Dayana, a futura filha de Allan Barella e da índia Aneci.

CAPÍTULO VIII

O SONHO

Após três meses de união, Allan teve um sonho muito significativo com o avô Francisco e a avó Laísa. Neste sonho, ambos lhe entregavam uma menina com olhos nublados e tristes. Eles pedem-lhe confiança e resignação.

Na manhã seguinte, o esposo de Aneci comentou sobre o episódio com sua madrinha Efigênia que lhe fez um grande esclarecimento.

— Meu afilhado, isso indica que Francisco e Laísa apresentaram-lhe sua futura filha. Provavelmente, é um espírito familiar que necessitará de muito apoio e comprometimento. Vamos aguardar em preces e que ela seja bem-vinda.

Allan ouviu Efigênia com muita atenção. A partir daquele dia, orou fervorosamente e pediu a Deus e ao Mestre Jesus que o fortalecesse e também a sua esposa para que pudessem receber a futura filha de braços abertos.

Alguns meses passaram-se, quando Aneci trouxe uma bela notícia de que estava grávida.

Allan ficou radiante e repetia em sorrisos:
— Serei pai, que alegria!

Ele prometia a si mesmo ser o melhor pai do mundo. Desejava ardentemente que Thafic estivesse ali para vivenciar a alegria de ser avô.

47

ONDE ESTÃO AS NOSSAS KARENS?

Todos estavam felizes na expectativa da chegada do bebê, com exceção de Aneci que se mostrava depressiva. Quase nada conversava! Até que, um dia, procurou Efigênia em sua casa e desabafou:

– Minha amiga, estou com meu coração oprimido. Nunca pensei que meus sentimentos ficariam assim tão negativos com a gravidez. Esses dias, sonhei com uma menina e algo me diz que ela não ficará comigo. Tinha os olhos nebulosos e sem vida.

Efigênia sempre bem intuída, abraçou a gestante e, com olhar amoroso, disse-lhe:

– Aneci, do que você tem medo?

A índia coloca as mãos no rosto e os soluços sacodem o seu peito.

– Efigênia, meu povo nunca aceitaria uma criança com o menor defeito físico. Todas as crianças deficientes são sacrificadas. Se meu neném tiver, como vi em sonho, os olhos sem brilho, tiram-na dos meus braços e sacrificam-na.

– E você, Aneci, o que fará se isto ocorrer?

– Nada poderei fazer! São regras do meu povo. Realmente uma criança que nasce com olhos nebulosos, isto é, cega, como poderá viver neste mundo?

– Você acha que Deus erra? Esse Deus que nos criou daria a uma mãe um filho que ela não pudesse cuidar? As pessoas, Aneci, são muito mais do que o corpo. Possuem alma! Você sabe e seu povo um dia aprenderá que o amor divino é imenso. Se o Criador permite que um dos seus filhos tenha esta ou aquela deficiência, provavelmente será temporária. E quem lhe garante que uma pessoa cega, por exemplo, não possa viver e ser realizada?

– Impossível um cego ser feliz. Nas cores da vida está a felicidade. Não pode alguém que só vê a escuridão ter sucesso!

– Então você concorda que se der à luz a uma menina cega que ela seja sacrificada?

– Eu não! Nunca terei coragem!

– Então ficará com ela?

– Não! Eu a entregaria a meu povo de modo que fosse devolvida a Tupã, para que assim Ele corrija o seu defeito e no futuro retorne perfeita.

O SONHO

— Aneci e se a sua filha conquistar a felicidade, apesar da visão deficiente?

— Não sei! Porém afirmo que se eu gerar uma criança doente. Não a quero!

A gestante sai em correria e Efigênia entristecida busca na oração o apoio dos espíritos amigos para que lhe auxiliem naquela difícil questão.

Anoitecia e a lua clareava de luz aquele lar. Naquele instante a presença de Laísa e tio Hirto se fez evidente para Efigênia.

Ao som do clarinete de tio Hirto, a médium conversa mentalmente com a benfeitora, buscando apoio:

— Laísa, amenize o meu coração. Orienta-me! Como devo proceder caso seja uma realidade o que Aneci me afirmou?

O espírito de semblante suave, com a força de seu amor, pega as mãos de Efigênia e esclarece:

— Minha querida, venho aqui para elucidar algo muito importante que a criança que Aneci espera é minha filha Dayana que foi cega na última vivência na Terra. É ela que retorna através das leis benditas da reencarnação. Estamos fazendo tudo para que retire do seu coração a culpa de uma experiência mal vivida e consiga o equilíbrio e a vitória nesta nova jornada.

— Na realidade, Deus sempre nos dá novas oportunidades. Muitos acham que as doenças são penalidades dadas por Ele, no entanto a maioria das enfermidades são frutos do nosso livre-arbítrio mal usado.

— Nossa Dayana, além de ter ido na reencarnação passada antes do tempo, entregando-se à doença que a consumiu, teima agora em culpar-se de um passado distante.

— Efigênia, se nos perdoássemos e colocássemos em nós o aprendizado sem sofrimento, alcançaríamos o nosso patamar de virtudes e seríamos mais saudáveis e úteis.

— Muitas vezes, somos quais flores murchas e sem perfumes. Nosso Pai onipotente quer um mundo justo, com filhos amorosos e que se ajudam mutuamente no crescimento conjunto de nosso orbe.

— Dayana agora retorna. Devido à auto culpa, traz ainda nódoas em seu perispírito.

— Todos os males são curáveis quando erradicarmos as mazelas espirituais. Muitos de nós somos desregrados no modo de pensar e insensatos

ONDE ESTÃO AS NOSSAS KARENS?

no modo de agir. Incutimos doenças em nós. Isso se agrava ainda mais se entrarmos em sintonia com espíritos de baixa vibração, fortalecendo sentimentos negativos, tais como tristeza, remorso, ódio, mágoa e outros.

— Se a grande maioria das pessoas me ouvissem agora achariam que trago não uma verdade, mas uma utopia!

— O Mestre Jesus nos asseverou há milênios sobre a importância do perdão. Dayana tem que se perdoar para desincumbir-se da deficiência visual. E saber que nascer de novo é ter novas chances de felicidade.

— Era um significativo aprendizado de entender que a culpa nos aprisiona à doença, ao passo que o perdão restabelece a nossa saúde física e espiritual.

CAPÍTULO IX

A FUGA PARA MANAUS

Naquele dia, Aneci acordou indisposta. Allan e Efigênia ficaram a postos. Ela daria à luz a qualquer momento e assim ocorreu.

Dayana renascia para o mundo, agora como Karen Barella. De olhos azuis como o céu, cabelos negros como a noite e pele rosada como a mais linda flor.

— É perfeita! — disse Aneci. — Minha filha é perfeita!

A mãe sorria e chorava ao mesmo tempo.

Allan não cabia em si de contentamento. A felicidade era geral.

Quinze dias se passaram e a menina de olhos brilhantes começou a apresentar sinais de palidez e febre. Manchas avermelhadas apareceram-lhe pelo corpinho frágil.

— É sarampo! — disse Allan. Temos que correr para lhe dar a medicação e os cuidados necessários.

Para a tranquilidade dos familiares e amigos, após alguns dias, Karen melhora. No entanto, Allan nota algo que o deixa preocupado: os olhos. Esses não se abriam perfeitamente. O sarampo cobrira-lhe a vista, deixando sequelas que poderiam ser irreversíveis, caso não fosse tratada a contento.

ONDE ESTÃO AS NOSSAS KARENS?

Após um mês, os pais observam que Karen temia a luz do sol e, quando abria os olhos à noite, uma pele fina nublava seu olhar. Isso deixou-os preocupados e tristonhos.

Aneci escondia sua menina da tribo. Evitava que vissem seus olhos e descobrissem neles algo anormal e a sacrificassem. Lembrava-se do sonho que tivera, arrependendo-se de ter dito que, se acaso a filhinha não enxergasse, não a quereria. Ela já amava Karen com toda a força de seu coração materno.

Certa manhã, quando todos se ausentavam da casa, a jovem mãe deixou Karen dormindo no pequeno cesto e foi pegar água numa fonte próxima para banhá-la. Aproveitando aquele momento, duas amigas da tribo adentraram no recinto, onde estava a pequenina. De olhos ainda fechados, tudo fizeram para que ela os abrissem e assim conseguiram. Verificaram, então, que havia uma pele que cobria ambas as vistas. Assustadas, uma delas disse em voz alta:

— Esta indiazinha é cega! Não vê a luz do sol! Ela não deve viver! Vamos levá-la até o cacique! Não podemos deixá-la no mundo, pois terá uma vida difícil! Será devolvida a Tupã para corrigir a doença.

Neste momento, Allan entra no quarto de Karen e, para surpresa das duas visitantes, ele ouvira o que elas disseram, por isso bradou com as duas:

— Minha filha não é uma índia comum! Nunca deixarei que a sacrifiquem, mesmo se o que dizem é verdade!

Uma das índias repetia:

— É cega! Deve ser devolvida a Tupã!

— Ela não é cega e não será devolvida a Tupã! Tupã não gosta do que vocês fazem, matando seus filhos!

— Não matamos! Só devolvemos! Ser doente não é bom! Ser cego, ainda é pior!

— Karen não é cega! Isto é apenas resultado do sarampo. Uma pele se formou e será retirada. Ela será uma criança normal, como qualquer outra. Eu levarei minha pequenina a médicos e eles a curarão!

Neste instante, Aneci adentra no ambiente, pois de longe escutara a discussão entre Allan e as índias. A sua presença inibe as companheiras da tribo. Elas saem em disparada, gritando que retornariam mais tarde e trariam o cacique para resolver o futuro de Karen.

A FUGA PARA MANAUS

Aneci, desesperada, em prantos, pede a Allan que proteja a filha.

– Allan leve a nossa filhinha! Não deixe que a entreguem ao sacrifício! Vim da margem do rio e sei que hoje partirão alguns passageiros para um navio grande com carregamento de vime. Leve nossa menina!

– Virá comigo?

– Irei!

– Mas... vá agora, enquanto é tempo! Irei mais tarde! Leve nossa filha! Não quero que a sacrifiquem!

Allan pegou os poucos pertences de Karen, alguns alimentos infantis, ficando na esperança de que Aneci fosse mais tarde.

– Por que você não vem agora, Aneci?

– Irei! Deixe-me juntar mais coisas.

– Não pegue mais nada! Venha, Aneci!

– Não posso ir agora! Vá sozinho! Salve a nossa filha!

Allan correu para avisar Efigênia e Dorneles sobre sua viagem repentina, prometendo retornar após resolver o problema de Karen. Pegou o endereço de Thafic, seu pai. Iria procurá-lo. Afinal, a menina era sua neta e certamente ajudá-la-ia.

Efigênia entregou para Allan algumas roupas, o seu clarinete, uma soma em dinheiro e as duas únicas moedas de ouro que possuía, pois sabia que ele necessitaria de recursos materiais.

O jovem pai, ao olhar a pequenina em seu colo, deixa que lágrimas brotem de seus olhos, sem que pudesse contê-las. Abraçou Dorneles e Efigênia e pediu a eles que cuidassem de tia Karina, de sua irmã Laisinha, da avó Fátima e da tão querida Tonha, em sua ausência.

Antes de partir, visitou rapidamente o velho ambulatório de Francisco e pegou alguns medicamentos e os colocou numa pequena maleta que pertencera ao avô. Olhou para um canto qualquer e suplicou a Deus e a Jesus que os protegessem das agruras da vida. Lembrou de Francisco e murmura:

– Vovô, onde o senhor estiver, continue zelando por mim e por sua bisneta.

E, assim, Allan sai daquele local precioso, onde fora palco de tanto aprendizado junto a Francisco.

Agora começava uma grande batalha para ele e para sua filha Karen, ainda tão frágil.

ONDE ESTÃO AS NOSSAS KARENS?

O neto de Francisco, rapidamente encaminhou-se para a margem do rio e logo um canoeiro colocou-se a seu dispor.

A canoa o conduziria pelo pequeno ribeirão que margeava próximo de sua moradia até chegar ao caudaloso rio Tapajós, ponto de atracação do navio.

Allan, dentro da pequena embarcação, aguardava ansiosamente por Aneci. Olhava sempre para trás. A hora passava e, pelo que sabia, não poderia demorar-se, pois o navio partiria a qualquer momento.

Para sua alegria, vê a sua companheira chegar. No entanto, ela diz que não iria. Afirma que não saberia enfrentar a vida em outro lugar e que só atrapalharia. Com olhos banhados em lágrimas, Aneci dirige-se a sua pequenina expressando o seu grande amor. Pede ao esposo que, assim que Karen estivesse curada, retornassem para que vivessem juntos novamente.

Allan não podia acreditar no que acontecia. O tempo corria e, se acaso ele perdesse o navio, seria fatal para filhinha. Sensibilizado pelo olhar de lágrimas de Aneci, insiste mais uma vez, porém, amedrontada em enfrentar o desconhecido, ela prefere ficar.

Um aceno foi a sua despedida gravada na mente de Allan.

O jovem pai, com apenas dezoito anos, soluçava a ponto de o condutor da embarcação comover-se.

O canoeiro era um homem bom e experiente que, apesar da simplicidade, a vida tinha-lhe dado sabedoria. Por isso, ao ver o jovem pai em desespero, aconselhou-o a retornar, prometendo que esconderia a criança para que os índios não a sacrificassem.

Allan não aceitou a sugestão. Então, o bom homem aconselhou-o para que fosse para Manaus e lá desembarcasse com a filha. Pegou em uma bolsa um caderno de anotações e anotou endereços de amigos que poderiam auxiliá-lo e fez um bilhete de apresentação.

A capital amazonense[12] seria um refúgio e uma oportunidade de Allan levar Karen aos médicos que resolveriam o seu problema visual.

O canoeiro falava com calma e tranquilizou o pai de Karen que aceitou a proposta.

....

12. Manaus teve o auge do ciclo de riqueza com a produção da borracha no período de 1880 a 1910.

A FUGA PARA MANAUS

Allan chegou à grande embarcação com sua pequenina, o que deixou os marinheiros curiosos, porém nada perguntaram. Fez o pagamento da viagem e se achegou tristonho com a filhinha nos braços, repousando numa rede que seria o seu leito no grande percurso.

Após um bom tempo de navegação, chegaram à grande cidade, na margem do majestoso rio Amazonas.

Com o endereço dos amigos do canoeiro, foi possível Allan encontrá-los e ser bem recebido. Eles sabiam da necessidade do jovem pai em arrumar um emprego. Deram-lhe uma vaga em um dos armazéns do cais e o encaminharam para um abrigo dos trabalhadores portuários.

Adão, um dos trabalhadores que recebeu Allan, ofereceu-lhe os cuidados a Karen. Sua esposa Angelina era mulher caridosa, acostumada a zelar pelos filhos de outras mulheres que trabalhavam no cultivo e extração do látex dos grandes seringais.

O recém chegado não tinha outra opção a não ser aceitar o emprego simples e árduo de estivador no porto e deixar Karen aos cuidados de Angelina. Entregou-lhe também as duas moedas de ouro que possuía para que fossem guardadas com segurança. Acreditou que se aquela generosa mulher ficaria com sua filha deveria então confiar nela.

Allan precisaria trabalhar, visto a necessidade do tratamento de Karen e a melhor maneira seria juntar dinheiro para levá-la a um bom médico que solucionaria o seu problema visual.

Apesar da dedicação dos companheiros e carinho da esposa de Adão para com a pequenina, Allan vivia deprimido. Percebia nitidamente que ela nada enxergava, por isso se desesperava cada vez mais. Sentia saudades dos amigos e parentes de Santarém. Sua mente buscava Aneci. Sentia sua falta e notava que Karen choramingava muitas vezes e ele tinha certeza que era falta da mãezinha.

As bebidas chegadas no porto, vindas do exterior, começavam a ser atrativas para Allan.

Após o dia de trabalho, ele se refugiava no álcool e passara a não dar atenção à pequena Karen. Quase não a via, deixando-a aos cuidados da esposa de Adão.

Certa manhã, quando Allan partia para o trabalho, Angelina veio dialogar com ele. Trazia Karen no colo. Envergonhado, tomou a filha

ONDE ESTÃO AS NOSSAS KARENS?

em seus braços, pois há mais de quinze dias não a via. Tentou desculpar-se, porém a mulher entregou-lhe as poucas roupas e utensílios infantis da pequenina, e lhe disse:

– Allan desculpe o mal jeito, mas completam hoje dezoito dias que você não visita a sua filha e nem mesmo assume as suas despesas alimentares. Nem mesmo procurou um doutor para examinar os seus olhos. Saiba que muitas doenças na vista, se não tratadas a tempo, são irreversíveis. Marquei uma consulta para ela, com um médico que vem ainda esta manhã no ambulatório aqui próximo. Leve Karen até lá! Talvez seja um início do tratamento e de sua cura.

O pai de Karen agradeceu muitíssimo a dedicação e os cuidados de Angelina para com sua filha. Encaminhou-se até o consultório médico e lá aguardou ansioso o atendimento.

Precisamente, às nove horas, o doutor Castro chegou, acompanhado de sua auxiliar. Cordiais, cumprimentaram a todos e o médico ao passar por Karen acarinhou seus cabelos.

Várias pessoas aguardavam a consulta, porém nenhuma delas demonstrava tanta tristeza como Allan. Ele se virou para a filha e o seu olhar, sem brilho, deu-lhe uma crise de choro convulsivo, ao ponto de precisar ser amparado pela enfermeira e pelo médico.

Após acalmar o jovem pai com palavras confortadoras, foi possível o Dr. Castro examinar a pequena Karen e dar o seguinte diagnóstico:

– O caso de sua filhinha é cirúrgico. No Brasil, ainda não temos recursos para este tratamento. Entrego-lhe aqui o endereço de um hospital no exterior, com médicos especializados e digo mais, partirei daqui há três dias para a Europa. Caso queira me acompanhar, encontre-me no cais do porto em Manaus e procurarei auxiliá-lo no que precisar.

Allan saiu agradecido do ambulatório médico e logo foi contar as boas novidades a Angelina que, rapidamente, tomou a criança nos braços, olhou firme para ela e lhe disse:

– Karen, eu sei que vamos sentir a sua ausência, mas sei também que caso volte para nós ou para sua mãezinha em Santarém, retornará curada.

Angelina beijou delicadamente a criança e a levou para trocar suas roupinhas que estavam sujas e a alimentar.

Com o convite de Dr. Castro, Allan agora mostrava-se bem confiante.

A FUGA PARA MANAUS

Nascia dentro dele uma nova esperança. Sua filha poderia ver a luz do sol e ser mais feliz. Aneci, onde estivesse, saberia que ele não se ausentara do compromisso em levá-la curada, para junto dela, dos parentes e amigos.

Em Santarém, a índia encontrava-se triste e preocupada. Aguardava todos os dias na margem do rio, com olhar ao longe, a volta de Allan e Karen. Na sua simplicidade indígena, ela acreditava que, em pouco tempo, a filha estaria curada e retornaria para seus braços.

Karina e Efigênia solícitas orientavam-na, dando-lhe apoio em suas expectativas. Elas tinham certeza que o caso visual de Karen não era simples e que poderia demorar meses ou até anos para ser solucionado. A convivência com Francisco, médico experiente, deixara para elas preciosos ensinamentos que deveriam ser passados.

Para distraí-la e, principalmente, ser útil, Karina convidou a esposa de Allan para ajudá-la no ensino das letras do alfabeto aos seus irmãos da tribo e também às crianças e adultos da localidade.

A partir de então, Aneci passou a ser uma auxiliar responsável e atuante em lecionar junto a Karina no aprendizado da escrita e leitura para aquela comunidade, o que a fez mais resignada.

CAPÍTULO X

OS EMPECILHOS SÃO GRANDES

Naquela noite, Allan dormiu mais sereno. A esperança retornara em seu coração paterno. Olhou para o lado e, antes mesmo de pegar no sono, tomou em suas mãos a garrafa de uísque caro que ganhara de um dos tripulantes de um navio. Ia abrir o líquido alcoólico que, em seu excesso, afasta a alegria e o bom futuro de muitos. Porém, suas mãos tremeram ao levá-lo à boca. Parecia que alguém lhe tirava daquele ímpeto. Em sua mente, veio a imagem do avô sinalizando que deveria conter aquele desejo nefasto.

O neto de Francisco, tomado por aquela imagem benfeitora, largou a garrafa de uísque e adormeceu.

Seus sonhos naquela noite foram confusos, entrecortados por imagens antigas de um indivíduo alcoolizado e perdedor. Via-se tal como um homem de meia-idade, abandonado pelos familiares, devido ao vício do álcool. Vê-se tal ébrio a procurar asilo nas casas de parentes que lhe fechavam as portas, uma a uma. Em tropeços, encontra uma pequena moradia, onde uma mulher simples, de rara beleza lhe sorri e lhe oferece proteção. Em instantes, a imagem da benfeitora desaparece, ele acorda com suas

OS EMPECILHOS SÃO GRANDES

mãos estendidas a buscá-la, uma saudade imensa lhe sufoca o coração e agitava o seu repouso.

O dia clareou sem que Allan conseguisse decifrar o sonho. Levantou-se ensimesmado e procurou Adão para ajudá-lo a esclarecer a tão confusa visão noturna. O amigo, prestimoso e coerente, era sabedor de que a bebida é hábito infeliz.

Adão, inspirado, aconselhou-o, com importantes advertências:

– Allan, pegue todas as bebidas que ganhou ou comprou, abra-as e jogue bem fundo à terra. Nesse ato, peça a Deus e a Jesus que nunca mais coloque um só gole do álcool na boca. Seus objetivos são nobres em ajudar a filhinha que é cega. No momento, ela só tem a você. Permaneça sóbrio para ela e para o futuro que o espera! Contou-me que deseja ser médico. Realmente, você é diferente de todos nós: inteligente, letrado, conhecedor da Medicina. Não perca a oportunidade de ser útil para os seus irmãos de caminhada. Não conquiste somente um título de médico, mas seja o doutor dos aflitos e desesperados.

O pai de Karen olhava Adão e parecia ouvir o velho avô. As palavras que vinham daquele homem pareciam que eram as palavras que Francisco diria. Entendeu, por si só, aquele sonho. Conhecia as revelações sobre vidas passadas, principalmente através de Efigênia. Provável fosse, ele mesmo, o ébrio do sonho que tivera. Deus concedera-lhe aquela visão para que ele não voltasse a beber na presente reencarnação.

Allan agradeceu ao amigo e colega as importantes orientações e, sorridente, foi para o trabalho redentor. Finalizada as tarefas naquele dia, foi visitar sua filha. Ficou com ela por várias horas. Apesar de tão pequena, sorria e suas mãozinhas tocavam a face do pai. Emocionado, ele prometia, mais uma vez, para si mesmo, que cuidaria para que retornasse a visão dela.

Entardecia quando Allan despediu-se da família de Adão. Na saída, tomou Karen ao colo e beijou seu rostinho várias vezes. Entregou algum dinheiro a Angelina para cobrir os gastos que tivera com a filhinha. Ela não aceitou o pagamento, pelo contrário, aproveitou o momento para entregar-lhe as duas moedas de ouro que havia guardado para ele.

Satisfeito, Allan guardou-as no bolso e o seu salário em um bornal. Esse montante serviria para as despesas da viagem à Europa como, também, para o tratamento de Karen.

ONDE ESTÃO AS NOSSAS KARENS?

No caminho para o seu dormitório, localizado no fundo de um dos galpões, Allan lembrou-se das duas moedas de ouro que estavam em seu bolso e as colocou cuidadosamente no bornal. Elas tinham sido presenteadas por Efigênia.

Perdia-se em seus pensamentos. Recordava-se de sua madrinha, de seus parentes e da querida Aneci, deixados em Santarém, quando notou dois malandros a segui-lo.

Os malfeitores aproximam-se de Allan com um objeto contundente e o golpeiam em sua cabeça, pois intencionavam roubar-lhe as moedas de ouro, pois tinham-no visto guardá-las no bornal.

Ele desmaia e, quando acorda, observa que seu dinheiro e suas poucas moedas de ouro haviam desaparecido. Uma dor na fronte fez com que lembrasse levemente do episódio. Ele sente que o sangue escorre pela sua face. Queria chamar por alguém, mas seus pés e mãos estavam atados. Desesperado, a escuridão não o auxiliava.

Allan passa a noite inteira naquela posição, aguardando que, ao amanhecer, alguém o socorresse. As horas corriam e ninguém passava por ali.

Tristonho, ele recorda que aquele dia era a data exata em que levaria Karen para encontrar-se com Dr. Castro na grande embarcação. Certamente, Adão e Angelina estariam no cais com sua filhinha, os aguardando a fim de se despedirem dele.

Em determinado momento, Allan olha para os céus rogando a Jesus que enviasse alguém para auxiliá-lo. Enfraquecido, com tonturas e dores na cabeça, ele visualiza Francisco ao seu lado a acariciar seus cabelos e cuidar-lhe dos ferimentos. Aquela presença espiritual transmite-lhe confiança e serenidade.

Após algum tempo, para sua alegria, aparece-lhe um indígena muito forte e jovem. Solícito, rapidamente o índio desfaz os nós das suas mãos e de seus pés, despertando-o de um misto entre sonho e realidade.

Allan havia perdido muito sangue. Estava fraco e tonto. O silvícola levanta-o do chão, pega-o no colo, encontra outros índios e, juntos, levam-no até chegar a sua tribo.

O jovem quebrantado pouco falava. Estava muito enfraquecido e não conseguia comunicar-se, contudo, a imagem protetora de Francisco permanecia em sua mente e a dedicação do índio trazia-lhe consolo e esperança.

OS EMPECILHOS SÃO GRANDES

Ao chegarem à tribo, os índios prontamente conduziram-no para uma oca e cuidaram dos seus ferimentos. Logo ofereceram-lhe uma sopa forte à base de mandioca e de peixe pirarucu, revigorando-o.

À tardinha, apesar da forte dor de cabeça, Allan já conseguia expressar-se. Pediu aos índios que comunicassem aos amigos do cais do porto que ele estava ali em recuperação e que viessem buscá-lo.

O cacique decidiu adiar este pedido para o dia seguinte.

Apesar de contrariado, o enfermo reconhecia que era realmente difícil andar pela mata àquela hora. Ele tinha, mesmo, que aguardar!

Estendido em uma esteira dentro de uma das ocas, Allan tinha forte recordação de Aneci, visto que tudo ali fazia-o lembrar-se dela. Entristecido, refletia que o destino lhe dera um golpe duro demais! Estava esvaziado de todo recurso financeiro. Perdera a oportunidade do tratamento da filhinha e ainda quase lhe deram fim à vida.

Naquela noite, ele não conseguia dormir. Estava muito tenso para conciliar o sono. Mais uma vez, a imagem de Aneci vinha em sua mente. Dessa vez, acompanhada de rogativas para que ele cuidasse de Karen e que a levasse curada, para seus braços.

Na manhã seguinte, o jovem índio Jaci acordara aos primeiros raios da manhã e dirigiu-se ao cais, em busca dos companheiros de Allan.

Seus amigos, informados pelo silvícola de todo o acontecimento, vieram prontamente e trouxeram consigo uma maca improvisada para levá-lo aos cuidados médicos em Manaus.

Ao despedir-se, Allan olha comovido para todos ao redor, mas, principalmente, para Jaci. Naquele jovem indígena encontrava-se a bondade e a solidariedade. Ele não tinha nada para recompensá-lo, pois tudo lhe havia sido roubado, porém pedia a Deus que iluminasse seus caminhos.

CAPÍTULO XI
A VIAGEM PARA A EUROPA

Os amigos de Allan levaram-no diretamente para um pequeno hospital na região de Manaus. Os recursos médicos eram precaríssimos, porém foi atendido com atenção por enfermeiros e um médico.

Dr. Elias Bogado era um doutor simpático e brincalhão, ao ver a fisionomia triste do enfermo, tratou de animá-lo. Após três dias de cuidados, Allan estava recuperado, por isso, foi estar com sua filha Karen que era cuidada por Angelina.

Ao chegar à casa de Adão, o neto de Francisco surpreendeu-se. Vários companheiros lá estavam, dando-lhe boas-vindas. Cada um entregou-lhe um percentual do salário para que ele pudesse custear a sua manutenção e o tratamento de Karen.

Allan ficou emocionado com a atitude deles. Aqueles homens recebiam tão pouco e lhe ofertaram de coração um montante que, certamente, daria para ele e a filhinha estabelecerem-se até encontrarem o hospital na Espanha.

Teve a informação que no outro dia sairia um navio para a cidade de Natal, no nordeste brasileiro, porto mais próximo da Europa, que facilitaria o seu propósito de viagem para o tratamento de Karen. Não deveria esperar mais. Agradeceu o empenho de todos para a realização de seu sonho e o de Aneci: de retornar a visão de Karen.

As esposas dos seus amigos ofertaram alimentos infantis, roupinhas, tudo a mais para que ele pudesse ter o mínimo possível de gastos. Era demais para o seu coração! O gesto de todos era um bálsamo e lhe trazia confiança no porvir.

Na data da partida, lá estavam Allan e Karen, acompanhados dos amigos e, principalmente, de Adão e Angelina, que tinham sido verdadeiros presentes em sua vida. Ele agradeceu comovido o auxílio e a despedida fraterna. Seus olhos estavam banhados de lágrimas.

Karen já começara a dar os primeiros passos. Na pouca idade de um ano e três meses, caminhava descontroladamente, devido ao problema visual. O fato de não enxergar dificultava o seu andar.

O jovem pai, ao vê-la tatear e muitas vezes trombar nos objetos à volta, obrigava-se a continuar a jornada em fazê-la curada e retorná-la a Santarém, como prometera a Aneci.

Allan entrou na grande embarcação com Karen em seus braços e sua bagagem, sentando-se em um canto qualquer. A paisagem em volta não o fazia sorrir apesar de belíssima. A filhinha adormeceu logo que entrou no navio. Os tripulantes sabiam de sua história, portanto, a grande maioria procurava dar-lhe apoio. Ele, com seus vinte anos, encontrava-se com uma menininha cega e isso tornava tudo mais difícil.

O jovem pai conquistou várias amizades, em especial com um dos marinheiros que preparava todos os dias as refeições para a frágil criança.

Certa noite, após colocar Karen para dormir, o marinheiro Fugêncio veio ao seu encontro e disse-lhe:

— Meu amigo, estamos próximo ao porto de Natal. Aportaremos lá para desembarcar mercadorias e ficaremos um tempo para manutenção da embarcação. Sei que sua mente está voltada somente para o tratamento de sua filha, na Europa, porém, como você comentou, seu pai mora em Recife, que não é distante de Natal. Então, aproveite para procurá-lo.

Allan agradeceu o bom conselho e se despediu do marinheiro para dormir. Aproveitou a lembrança e buscou o endereço de Thafic na sua maleta e o guardou, com cuidado. No entanto, vinham as lembranças

ONDE ESTÃO AS NOSSAS KARENS?

do trauma da infância, quando seu pai o culpava da doença de sua mãe. Isso provocou-lhe grande tristeza e agitação, prejudicando o seu sono até que, extremamente cansado, adormeceu.

Seu espírito desligado do corpo dialoga com Francisco, seu avô. Ao vê-lo, Allan ajoelha aos seus pés e pede amparo e proteção, como fazia quando era criança.

Sensibilizado, o avô transmite boas energias ao neto, porém, devido ao seu desequilíbrio, ele quase nada absorve. Somente com apoio de Tio Hirto com sua clarineta e Laísa com sua linda voz isso foi possível.

O velho doutor em espírito não apresentava mais a aparência cansada de quando encarnado. De semblante sereno e olhar firme, falava em pensamento, de coração para coração para Allan.

O neto abraçado a ele sentia-se mais calmo e otimista.

Este encontro foi um grande refrigério para sua alma. Agora, ele estava forte e decidido.

O resultado foi tão positivo que Allan, pela manhã, escrevera uma carta para Aneci. Conseguiria um meio de enviá-la quando chegasse em terra.

Os dias se passaram e o desembarque aconteceu. As pessoas que conviveram com ele no navio mostravam-se como velhos amigos, sobretudo o marinheiro Fugêncio que o acolheu, junto a pequena Karen em sua casa, e tudo fazia para alegrá-los.

Allan decidiu não ir a Recife procurar Thafic, pois isso adiaria seus planos de viagem. Preferiu ficar em Natal um tempo, trabalhar e adquirir uma maior reserva para ida à Europa.

A pequena Karen estava silenciosa, como se esperasse algo novo, que seu pai lhe prometera que era ver as estrelas que não conhecia por não as enxergar.

Até chegou o grande dia tão esperado. Allan ingressou na grande embarcação com passos seguros, acalentando dois sonhos, o de ver sua filha curada e realizar seus estudos de Medicina.

A viagem para o continente europeu estava magnífica para ele. Cada lugar que passava, era motivo de grande entusiasmo. Tivera oportunidade de ganhar dinheiro em Natal. Além disso, guardara uma parte da quantia que recebera dos amigos em Manaus.

A VIAGEM PARA A EUROPA

Ao chegar ao Velho Mundo, Allan com a filha desembarcaram no porto de Sevilha, na Espanha. Em primeiro lugar, ele foi procurar uma hospedaria para repousar, pois Karen estava muito indisposta de tantos dias no mar.

Recuperados do desgaste da grande viagem, ele com sua pequenina fora em busca do centro médico indicado por Dr. Castro.

No caminho, ficou muito impressionado com o modernismo da cidade espanhola em contraste com as cidades brasileiras que conhecia. A esplendorosa edificação da universidade enchia-lhe os olhos. Seu coração pulsou! Como desejava ser médico, estudar ali e ter o poder de tratar as pessoas como seu avô fizera!

Em sua mente, passavam as lembranças de Francisco medicando os pacientes com carinho. Via-se também a fazer os curativos que o avô lhe ensinara, desde pequeno.

Allan era fluente no Espanhol e no Francês, aprendera com Francisco. Escrevia corretamente. Calculava números gigantescos como ninguém. Grande cultura fora-lhe passada por seu avô nas costumeiras caminhadas que faziam. Estas lembranças passavam-lhe como um trem veloz.

Logo em frente ao hospital-escola, o jovem pai adentrou, acompanhado por gentil enfermeira que acolhia a pequena Karen nos braços, encaminhando-os ao Centro Médico Oftalmológico.

Ele teve uma grata surpresa quando ouviu de outros pacientes o relato de suas melhoras. Por isso, acreditava que sua menina ficaria bem! Seu coração agora enchia-se de júbilo. Tudo indicava que a vida agora só lhe traria grandes alegrias.

Karen teve diagnóstico positivo por causa de sua tenra idade. As células oculares poderiam regenerar-se, contudo, o tratamento seria longo.

Informado de que havia um educandário há alguns quilômetros dali, o jovem pai pensou que poderia contar com a ajuda desse local para ficar com Karen. Ele precisava trabalhar. Emprego é o que não faltava. A indústria estava em ascensão. Ele relatava em carta as boas novidades para os parentes e amigos em Santarém, especialmente para sua bela esposa Aneci. Quando pensava na índia, seu coração dolorido de saudade trazia-lhe lágrimas sentidas.

CAPÍTULO XII

O EDUCANDÁRIO

Anoitecia quando Allan e Karen chegaram ao orfanato. As portas já estavam lacradas. Mesmo assim, uma freira gentilmente atendeu-os. Seu olhar era suave e introspectivo. Ao ver a pequenina adormecida no colo do pai, ela pronunciou uma frase que o surpreendeu:

– Já aguardava a sua menina! Vocês vieram do Brasil?

Allan balbuciou um "sim", quase em um fio de voz.

Que Irmã de Caridade era aquela que penetrava tão fundo nos seus sentimentos e que lhes adivinhava a origem?

Ela notou a estranheza do recém chegado às suas perguntas. De forma a tranquilizá-lo, enquanto mostrava o caminho para acomodar Karen, contou-lhe um sonho que tivera.

– Meu senhor, venho tendo sonhos significativos.

E, apontando para um aposento pequeno, mostrou-lhe uma placa de bronze que indicava: Sala Irmã Sílvia.

Allan não entendia bem o que a religiosa falava, mas o nome de Irmã Sílvia lhe tocou fundo a alma. Lembrou-se de que o avô, tia Karina e seu pai falavam da meiga "Irmã Sílvia" – Seria a mesma? – pensara ele. Aguardou para certificar-se.

O EDUCANDÁRIO

– Irmã Sílvia – continuou a freira – foi uma das Irmãs de nosso educandário. Foi uma alma boníssima. Anos atrás, ela deixou esta instituição e acompanhou algumas crianças órfãs para um orfanato distante daqui.

Allan estava pasmo. Era o mesmo local onde o seu pai e suas tias tinham ficado quando crianças. Irmã Sílvia! Ele a conhecia através do seu avô. Como Deus o abençoara, ao enviá-los até aquele local.

A Irmã continuava a narrar seu sonho:

– Irmã Sílvia me apareceu em sonho e me mostrou um jovem pai e uma menina de olhos nublados. Após apresentá-los, disse-me: – "Esta instituição um dia negou a estadia a esta menina e hoje a trouxemos de volta. Tratem-na com amor. Ela necessitará de todos. Lembre-se que eles vieram de um país distante.

– Através desse sonho, deduzi que o nosso orfanato passaria a albergar uma criança a qual há anos atrás deixamos de atender. Deduzo que esta criança é a sua filha Karen.

Realmente, a vida após a morte existia. O espírito de Irmã Sílvia guiara seus passos – pensava Allan.

Mais uma vez, Allan deixou-se comover por aquela acolhida. Deus existia muito mais do que ele imaginava!

Ele, após tantas surpresas, despediu-se da Irmã que lhe entregara uma bandeja com fatias de pão e um chá quente. Após alimentar-se, dirigiu-se ao quarto onde Karen dormia. Parou e observou tudo. Em um canto da cama, bem juntinho a ela, uma boneca loura vestida de seda rosa completava o quadro.

Avaliou com tristeza que nunca havia presenteado a filha com uma boneca. Contudo, o que adiantaria se Karen nunca vira a luz do sol? – pensava.

Apesar da boa acolhida daquela Irmã, o jovem sentia-se só. Com o silêncio do local, seus pensamentos foram até Francisco e isso trazia-lhe uma paz em todo o seu ser. Adormeceu. A noite calma lhe acariciava a fronte cansada. Um sono tranquilo lhe reestruturou as forças.

Na manhã seguinte, ao despertar, lembrou-se de que nem se preocupou em saber o nome da dedicada freira que os atendera.

ONDE ESTÃO AS NOSSAS KARENS?

Ouviu sete badaladas do relógio e percebeu que muito havia dormido. Karen já despertara e cantava baixinho uma canção de ninar, enquanto acariciava a boneca. O pai espantou-se. Onde Karen aprendera aquela música? Aproximou-se dela, abraçou-a contagiado, pegou seu clarinete e a acompanhou naquela linda canção.

Após algum tempo, Allan tocou a música preferida de Laísa, a qual Francisco ensinara-lhe na infância.

Naquele momento, a Irmã que o atendera aproximou-se com outras crianças para usufruírem, juntas, daquela cantiga maravilhosa.

Após aquele espetáculo, todos se apresentaram e soube ele que o nome de sua anfitriã era Irmã Gertrudes.[13]

Allan aproveitou a estadia no educandário para auxiliar: arrumou armários, cadeiras e, com sua arte, tocou clarinete para as crianças. Enfim, buscou retribuir a tão boa acolhida.

13. Irmã Gertrudes dirigiu orfanato durante muitos anos na Europa, toda a sua vida dedicou-se ao auxílio cristão. Depois veio morar em terras brasileiras, continuando sua missão sublime.

CAPÍTULO XIII

O ENCONTRO COM IRMÃ GERTRUDES

Irmã Gertrudes era a simpatia em pessoa. O seu amor pelas crianças era evidente em todos seus atos e palavras. Karen teve tanta afinidade com ela que Allan pode trabalhar sossegado, deixando-a aos seus cuidados.

Ainda tão pequenina, ela necessitava de amor maternal e este Irmã Gertrudes dispensava-lhe. Quanto a Allan, vinha visitá-la todos os dias. Gradativamente, com o tempo, sua visita foi espaçando até diminuir para os finais de semana. Até que, acomodado, passou seis longos meses sem vê-la. Esse fato infelicitou a todos e, principalmente, à pequenina.

Ele decidira estudar na França. Saber-se perto das melhores universidades fez com que se dedicasse ao estudo preparatório da Medicina, tão sonhada, para que, num futuro bem próximo, pudesse cursá-la.

Era final do ano e Allan se entrelaçara tanto ao estudo que praticamente se esquecera da filha. Decepcionado, prometeu a si mesmo que pegaria parte do dinheiro acumulado para a Medicina e outra parte para o seu tratamento visual.

ONDE ESTÃO AS NOSSAS KARENS?

Ao retornar ao educandário, Allan encontrou-a com feições rosadas, porém tristes. Ela continuava com grande limitação visual. Via apenas vultos, mas, ao ouvir a voz do pai, abriu o mais lindo sorriso. Ele a abraçou e a aconchegou ao peito, mal conseguia disfarçar o arrependimento, ao contrário dela que não parava de falar de tanto contentamento.

À noite, pediu às Irmãs que deixassem Karen acompanhá-lo à pensão que se hospedara. Queria estar perto dela e também levá-la para um diagnóstico para iniciar seu tratamento.

No dia apraz, para decepção de Allan, o parecer dos médicos foi desanimador. O jovem pai ficou tão abatido que a equipe médica o afastou por alguns momentos da filha, a fim de lhe darem apoio. Ele se mostrava culpado pela situação visual de Karen.

Os doutores, devido ao estado emocional do jovem pai, preferiram continuar com novos exames. Quem sabe, com esse procedimento, ficariam isentos de culpa! – pensavam eles.

Mesmo com todo o esforço para encontrarem um diagnóstico favorável, o parecer da equipe médica foi que o caso clínico de Karen era irreversível.

Este resultado deixou Allan abalado, porém não perdeu a esperança no futuro.

Por alguns dias, Allan travou uma bela amizade com os médicos daquela clínica. Contou-lhes a vontade que possuía em estudar Medicina. Mostrou-se conhecedor do Francês, do Espanhol, do Português e do vasto conhecimento da Enfermagem, fato que chegou ao conhecimento do diretor geral do hospital que o chamou para uma entrevista.

– Sr. Allan, ouvi a sua história através dos meus colegas e me comovi com a sua luta. Por isso, passo-lhe duas cartas: uma para o acompanhamento de sua filha pela equipe francesa e outra para apresentá-lo como aluno. O endereço está contido nos envelopes. Tenho-o, a partir deste momento, como afilhado.

Eram duas notícias boas, como se luzes cintilantes caíssem sobre ele e Karen, por isso Allan foi mais que depressa até Irmã Gertrudes a fim de participar-lhe das novidades.

Ao chegarem, Irmã Gertrudes recebeu-os ansiosa, na expectativa do resultado da consulta médica da menina.

O ENCONTRO COM IRMÃ GERTRUDES

Allan informou-lhe sobre tudo que acontecera, ao que a religiosa ouviu com atenção. Ela quis aproveitar aquele momento importante para falar-lhe. Antes, ela tomou carinhosamente a criança em seus braços e a levou para repousar, a fim de ficar mais à vontade para conversar com ele.

– Meu querido, sei do seu sonho em ser médico e as portas para este estudo serão logo abertas. No entanto, peço que não se esqueça de sua pequenina. O tratamento que virá para ela não é para esses dias.

– Irmã, saiba que amo minha filha e que muito me alegra a notícia de poder cuidar-lhe junto à equipe médica francesa, porém, se a levo agora comigo, não poderei dar-lhe a devida atenção. Peço-lhe que fique com Karen um pouco mais e, em breves dias, retornarei para conduzi-la para o tratamento e para morar comigo de uma vez por todas.

A freira olhou firme para o jovem pai que, apesar de amar a filha, no momento estava mais preocupado consigo e com sua Medicina. Ora a Deus e pede iluminação para que Allan não abandonasse Karen. Receosa que isso acontecesse, volta-se mais uma vez a ele:

– Sr. Allan, nosso educandário é para crianças cujos pais morreram ou estão em circunstâncias das mais difíceis. O senhor tem que ter responsabilidade com sua filha. Além do mais, é quase cega e muito mais amor deve dispensar a ela. Peço que, ao sair daqui, dê-me o seu endereço e de outros parentes. Afinal, nunca me contou se Karen tem mãe ou uma avó. Há necessidade que ela entrelace com a família. Por mais que façamos um bem para uma criança, o abandono dos pais criará nela traumas profundos. Lembre-se do que Jesus nos recomendou de amar ao nosso próximo e este ser mais próximo a você é sua própria filha.

Nesse instante, Allan lembrou-se da mãe tão jovem que desencarnara e do carinho do avô Francisco e seus bons exemplos. Recordou-se de tia Karina, da dedicação de Efigênia, da amizade paternal de Dorneles e do amor de Laisinha, sua irmã tão querida. O avô no plano espiritual não deveria estar feliz pela maneira que dispensava a Karen. Reclamara tanto da forma que Thafic, seu pai, lhe dera e agora pouco fazia de bom para sua filha! E Aneci, será que gostaria de sabê-lo tão indiferente à filhinha?

Após momentos de reflexão, Allan conta toda sua história, incluindo os fatos que o levaram a fugir e chegar à Europa. Enfatizou a nobreza de caráter do avô Francisco, seu grande herói.

71

ONDE ESTÃO AS NOSSAS KARENS?

Concluiu emocionado, em seu relato, que nunca poderia esquecer da índia Aneci, mãe de Karen e do saudoso tempo vivido com ela em Santarém. Finalmente, pegou o endereço do seu pai no nordeste do Brasil e da faculdade em Paris que provavelmente estudaria e entregou tudo à Irmã Gertrudes. Disse-lhe que, no dia seguinte, partiria para França e se comprometeu que, de tempos em tempos, retornaria.

Nos primeiros anos, Allan comunicou-se com sua filha através de cartas e, nesse período, por três vezes, veio visitá-la. Levou-a a médicos especialistas em todas as vezes que viera. No entanto, as notícias sempre eram desanimadoras.

A Medicina ainda não encontrara solução para o caso visual de Karen, deixando o jovem pai descontente e, às vezes, desesperançado.

Todo Natal, Allan viajava para ver a filhinha e a presenteava com brinquedos, contudo, para decepção de todos, naquele ano ele não viera e não enviara notícias.

Irmã Gertrudes fazia todos os esforços, com as outras religiosas, para trazer Allan de volta. Enviava cartas sem qualquer retorno.

Após alguns anos, quando Karen completou sete anos, uma missiva chegou.

– Até que enfim! – disseram todos. O pai de Karen deu notícias!

Na carta, Allan prometia voltar em breve, fato que alegrou muito sua filha, que ficou radiante. Há tempos aguardava-o com ansiedade.

O dia chegara, Allan vinha acompanhado de uma mulher elegante, muito bem vestida. Ela não demonstrara satisfação em conhecer Karen. Alheia ao seu sofrimento, sequer achegou-se a ela, o que deixou Irmã Gertrudes sentida.

Allan, abraçado a Karen, jurava-lhe que assim que terminasse os estudos e casasse com Adelle a levaria consigo. Eles formariam uma só família.

Adelle era bem mais velha que Allan, porém era uma mulher muito bela com corpo esbelto. Tinha encantadores olhos castanhos e seus cabelos ondulados da mesma cor dos olhos caíam sobre os ombros. Ela se vestia com requinte. Acompanhava os últimos lançamentos da moda francesa e estava sempre muito perfumada.

Karen sentia-se desconfortável com a presença da mulher. Sua voz

O ENCONTRO COM IRMÃ GERTRUDES

e seu perfume forte não a agradavam. A estilista fazia questão que ela experimentasse o vestuário que trouxera, o que a incomodava muito. Desejava que o pai tivesse vindo sozinho. Ela não sentia sinceridade em nada que a noiva de seu pai lhe endereçava.

Adelle também não se mostrava contente em ver Allan tão dedicado à filha, mesmo assim procurava agradá-la, a fim de não aborrecer o futuro marido.

Somente Karen não via o quanto ficara bela com os vestidos e os laços que enfeitavam seus cabelos. A cada elogio de seu pai pelas roupas novas, ela disfarçava sua grande apatia.

Ao verificar o drama que ainda era forte em sua filha, e sabendo que muitos recursos estavam desenvolvendo-se na Medicina, ele arriscou-lhe um convite:

– Minha filhinha, hoje já existem alguns tratamentos e até cirurgias para o caso de sua visão. Daqui a alguns dias, iremos para a França e a levaremos para fazermos uma nova consulta.

Irmã Gertrudes felicitou-o pela decisão. Afinal, ele lhe havia garantido isso outras vezes e já passava da hora de cumprir a promessa feita.

Karen ficou radiante. Só Adelle não mostrou grande alegria, contudo, prosseguiu com seu intento em agradar e reafirmar o convite.

Allan e Adelle ficaram mais alguns dias hospedados próximos ao educandário, até que chegou o dia da viagem para levar Karen para França. Ele, acompanhado da noiva e de mãos dadas à filha, despediu-se de todos, especialmente da Irmã Gertrudes tão querida.

Antes da partida, a Irmã pediu a Allan e Adelle que a acompanhasse ao oratório de Santa Edwiges, ao que eles aceitaram de bom grado. Todos encaminharam-se para o local. À freira abraçada a Karen, demonstraram toda sua ternura à dileta ao seu coração.

No santuário, Gertrudes ajoelhou e orou sensibilizada a Deus, que os abençoasse e restituísse a visão a sua pequena e tão amada.

CAPÍTULO XIV

KAREN VÊ A LUZ

Logo que chegou à França, Allan levou Karen ao hospital especializado em cirurgia dos olhos. Para sua satisfação, as perspectivas eram otimistas, visto o desenvolvimento de novas técnicas nesta área.

Com os resultados dos exames de Karen, uma data foi marcada para realização da tão esperada cirurgia. O coração de Allan saltava no peito. Afinal, nem o seu próprio rosto ela conhecia.

Na data determinada, iniciou-se o procedimento médico com Karen. Allan ficou como mero espectador no centro cirúrgico.

Ele desejava ardentemente que Karen enxergasse a luz do sol. Com a permissão dos cirurgiões, Allan iniciou a retirada da venda dos olhos da filha. Todos perceberam que suas mãos estavam trêmulas, seus olhos úmidos e sua voz embargada. A menina, ao sentir sua emoção, falou-lhe preocupada.

— Papai, por que chora?

Na tentativa em demonstrar tranquilidade, responde-lhe com voz em um tom normal:

— Não estou chorando, Karen.

— Suas mãos estão vacilantes. Não confia na operação? Não ficarei boa da vista?

KAREN VÊ A LUZ

O jovem pai olhou para os médicos que o acompanhavam, como a pedir socorro. Realmente tinha medo de não ter êxito na tentativa que fizera. Se Karen não voltasse a enxergar, não saberia como enfrentar o problema junto a ela. Pediu amparo ao Mestre Jesus e neste pedido sentiu a presença de seu avô.

Francisco estava no ambiente e próximo estavam os espíritos de Laísa e tio Hirto com o seu clarinete. O trio espiritual lhe enviava tanto amor que Allan acalmou-se e ficou em estado de serenidade.

Em um momento, ele notou que algo mais acontecia. As mãos de seu avô e também de Laísa eram acopladas às suas. Uma música suave era tocada pelo Tio Hirto. As notas do clarinete enchiam de paz todo o ambiente. Ele não sabia quanto tempo ficou assim parado com as mãos levemente colocadas sobre os olhos de Karen. Contudo acreditava que, sob a proteção de Deus e através daqueles amigos espirituais, um fenômeno especial ocorria.

Ao ver a expressão de Allan, os médicos sentiram que algo especial tocou no fundo de suas almas. Aproximaram-se um pouco mais da pequena paciente que se encontrava quieta e em oração.

Um dos cirurgiões, respeitosamente retirou as mãos de Allan e as colocou nos ombros de Karen, pois ele estava muito impressionado com tudo que acontecera.

O médico cirurgião sentiu que, como ele, todos ali estavam envolvidos pelo momento tão sublime. Nunca vivenciara algo igual. Olhou para Allan que estava em estado de transe e indicou com um gesto para que ambos concluíssem o procedimento final. E assim fizeram.

O pai de Karen, sem pronunciar nada, observou que os olhinhos da filha estavam abertos. Quis certificar-se do resultado da cirurgia, contudo queria antes despedir-se dos amigos espirituais. Subitamente, os passos ligeiros de Adelle e a sua voz nervosa tiraram-no da concentração daquele estado de paz. Nisso, Allan desperta a sua atenção para a voz de Karen.

– Papai, é linda a roupa de Adelle! Nunca imaginei que as cores fossem tão bonitas!

A menina agora tocava o rosto do pai e feliz o abraçava.

ONDE ESTÃO AS NOSSAS KARENS?

Os médicos ali presentes sentiam-se realizados ao constatar uma criança, que foi cega, enxergar agora o colorido da vida. Pensavam realmente que aquele momento vivido fora único e agradeceram a Deus por terem contribuído para isso. Era como se ficasse gravado um letreiro de luz na mente daqueles doutores: "Podem curar desde que amem o que fazem e desde que sejam perseverantes no bem. O médico dedicado age pelas mãos do Criador. Fazer a felicidade dos semelhantes é o salário máximo de um bom médico. Deus os abençoe!"

Adelle entregara a Karen uma boneca confeccionada por Irmã Gertrudes, feita exclusivamente para ela. De roupas coloridas, cabelos de lã de tranças longas e negras.

Ela recebeu o brinquedo com carinho e, para a surpresa de Allan, a boneca foi batizada por ela com o nome de Aneci.

– Como ela poderia guardar o nome da mãe se tampouco a conhecera? – comentou Allan.

Naquele instante, Irmã Gertrudes adentra no recinto e ouve as últimas palavras de Allan. Após abraçar Karen afetuosamente, fez-lhe uma grande surpresa: chamou Dolores e Felícia, as suas diletas amiguinhas do educandário que vieram com ela e aguardavam do lado de fora a permissão para entrar.

A filha de Allan deu um sorriso radiante, pois, apesar do convívio de anos, somente agora conhecia as delicadas feições das coleguinhas e do amor em pessoa de sua querida Irmã Gertrudes.

Enquanto as três meninas conversavam alegremente, Irmã Gertrudes chamou o pai de Karen para falar-lhe reservadamente em uma sala ao lado. Adelle permaneceu junto às crianças, a contragosto.

– Allan, as mães são preciosidades no mundo. Como relatou-me, Aneci cumpriu o seu papel amoroso, salvando Karen das garras da morte. Isso que ela fez deu forças a Karen até hoje para viver e poder um dia estar novamente com sua genitora.

– Saber-se órfão é um dos maiores sofrimentos para uma criança. Karen tem a você e acreditar que um dia poderá ter a mãe traz motivação para sua vida. A cegueira da qual foi portadora por quase oito anos lhe foi fel, amargando os seus dias. Você não pode imaginar como foi difícil alegrar seus dias devido a sua ausência por tanto tempo!

KAREN VÊ A LUZ

– Há meses atrás, pediu-me que confeccionasse uma boneca de cabelos negros e tranças longas para ela, como provavelmente imaginou ser a sua mãe. A família, meu amigo, é tesouro que Deus nos dá! Veja, se agora em diante, quando a maturidade chama-lhe, retorne a sua Aneci. Apesar de ser médico, suas origens são simples e o seu caminho é refazer a família, como seu avô o fez. Cuide de pessoas humildes! Não caia no materialismo. O médico é parceiro do bem. Deus deu-lhe o dom de levar ao homem a cura. Olhe a sua Karen que não via a luz do sol e, agora, através do poder da Medicina e da bondade do Pai, hoje enxergou! Quer maior dádiva do que ter uma profissão onde se possa ajudar alguém a retornar a visão? A andar? A ouvir? E a não sentir mais dores físicas?

– Jesus é o médico dos médicos e abençoa aqueles aos quais leva essa sua profissão como missão e procura amar seus pacientes como a um irmão.

– Aproveite essa oportunidade para fazer de sua vida uma grande glória, contagiada com a felicidade dos demais. Não esqueça meu amigo que você poderá modificar o seu destino, pois tens o livre-arbítrio em suas mãos, porém vislumbro que isto lhe trará muitas consequências desastrosas.

A Irmã, ciente de cumprir o seu dever em esclarecer o jovem pai, finaliza o diálogo:

– Acredito que seu avô falaria a mesma coisa que lhe falo.

– Realmente – pensava Allan – as palavras ditas por Irmã Gertrudes seriam as mesmas de Francisco.

Mal sabia ele que a entidade espiritual do avô inspirara a Irmã pelos seus canais mediúnicos, sem que ela soubesse.

Seus pensamentos voltavam a Francisco, afinal ele estava espiritualmente por perto. Relembrava que ele, sim, tinha feito de sua profissão somente o bem. Pessoas ricas, quanto pobres, todas eram tratadas igualmente. Em sua mente, vinha a lembrança do seu sorriso quando via o contentamento de seus pacientes em se recuperarem dos seus problemas de saúde. Ele carregava consigo a paz do dever cumprido.

Mesmo nos momentos dolorosos, quando um de seus pacientes desencarnava, tinha uma palavra confortadora à família. Aprendera com

ONDE ESTÃO AS NOSSAS KARENS?

ele que a alma sobrevivia ao corpo, apenas findava aquela trajetória na Terra, iniciando outra no plano espiritual. Francisco sempre lhe dizia que Deus, por ser justo e só amor, nunca daria ao homem uma só vida, pois vidas são oportunidades de progresso e evolução. Se muitos não evoluem com dezenas de vidas, imagine se fosse uma só?

Ao lembrar-se do avô, Allan fugia do mundo e as recordações dele apaziguavam a sua mente.

– Sim, Irmã Gertrudes tinha razão. Logo que concluísse o curso de Medicina ele retornaria a Santarém. Prometera a sua querida Aneci que voltaria com Karen, após a cura de sua visão.

E Adelle, amava-a realmente? Ou estava acomodado à dependência financeira que ela lhe proporcionava?

Allan ficava nesses questionamentos. Tinha receio de usar seu livre-arbítrio de forma errada e ele precisava muito acertar seus passos para não se prejudicar e, também, a Karen!

CAPÍTULO XV

KAREN PERDE A LIBERDADE

Karen ganhara nova vida. Sua visão não era perfeita como aos demais, no entanto conseguia se locomover sozinha, enxergar cores e ver o semblante das pessoas. Agradecia a Deus todos os dias por essa dádiva.

Adelle não sabia dos ideais de Allan, mas notava que, após a conversa com Irmã Gertrudes, algo mudara no relacionamento com ela.

Chegava o momento de Allan retornar para a França a fim de concluir seus estudos. A preocupação era Karen. Deixá-la no educandário? Levá-la e deixá-la aos cuidados de Adelle? O que seria melhor? Um colégio interno e conviver com ele nos finais de semana?

Allan não sabia o que fazer, por isso decidiu perguntar à filha.

Karen, devido à amizade que conquistara com as coleguinhas órfãs, respondeu ao pai:

— Prefiro ficar aqui, desde que me visite mais à amiúde.

Irmã Gertrudes adorou a opção de Karen. Ali ela era muito bem-vinda.

O abrigo religioso, apesar de todas as dificuldades financeiras, cuidava das crianças com amor.

O ano passou veloz para Karen. Nele, ela procurou estudar e dominar o alfabeto. Nas horas vagas, costumava

ONDE ESTÃO AS NOSSAS KARENS?

contemplar a natureza e isso era o maior refrigério para os seus dias. A boneca presenteada por Irmã Gertrudes era sua amiga inseparável. Seu pai lhe enviava cartas periodicamente e ela já as respondia com a ajuda das amigas inseparáveis, Dolores e Felícia.

Aproximava-se o Natal e Allan enviara-lhe notícias, dizia-lhe ter planos de levá-la para morar com ele em Paris. Afinal, dera-lhe pouquíssima atenção durante o ano todo.

Karen, ao ler a carta, pensou no contentamento de poder estar com o pai todos os dias, porém não simpatizava com Adelle. Não saberia onde encontrar forças para conviver com uma mulher tão egocêntrica.

Na antevéspera do Natal, Allan chegou com presentes e belas notícias que passaria o Natal com Karen e, o melhor, tocaria músicas natalinas com o clarinete para todas as crianças.

Ela sentiu orgulho do pai ao saber que havia concluído a Medicina tão sonhada. Deliciava-se com tantas novidades que ele lhe contava, ao contrário de Irmã Gertrudes que estava com o coração opresso. Por mais que tentasse disfarçar, todos notavam, principalmente Karen, que não se afastava dela por um só momento.

A filha de Allan, ao mesmo tempo que desejava ir com o pai para a França, hesitava em deixar Irmã Gertrudes. Olhava para seu rosto pedindo aprovação, ao que ela tentava demonstrar alegria, apesar da saudade que já sentia. Ela aprendera a amar a Irmã tão cheia de virtudes. Para consolá-la, prometeu que iria escrever-lhe sempre e pediria ao pai que a trouxesse nas férias para visitá-la e também as suas amiguinhas.

Era hora da despedida. Karen surpreende-se com que lhe acontece, no momento da partida: seu coração infantil desejava ficar. Ali era seu lar e, por isso, fragilizou-se. Abraçou a freira com intensidade. Antevia que algo não ficaria bem com sua partida.

Para suavizar aquele momento difícil, Irmã Gertrudes esboçou um grande sorriso, parabenizando-a por que iria para uma casa confortável junto ao pai.

— Karen, minha querida, estarei sempre aqui. Meu coração chegará até você, todos os dias, onde estiver! Você, mais do que qualquer criança do nosso educandário, deve considerar-se feliz por ter um pai. Graças ao esforço dele e dos médicos abnegados, instrumentos de Deus,

KAREN PERDE A LIBERDADE

você recuperou a visão. Terá oportunidade de profissionalizar-se e ser útil. Nunca se esqueça de orar a Jesus, nosso Mestre, e pedir a Ele que a proteja em todos os momentos de sua vida.

Allan, que estava próximo, abraça a doce irmã Gertrudes e promete-lhe cuidar da filha com toda a dedicação.

Enquanto Karen despedia-se das amiguinhas, discretamente a religiosa convida Allan para acompanhá-la até a imagem de Santa Edwiges. Com seriedade, adverte-o:

– Allan, reitero as minhas palavras da última conversa que tivemos. Não se esqueça de que as mães são importantes na vida de uma criança. Aproveite a primeira oportunidade e leve Karen para estar com a genitora e seus parentes no Brasil. A família continua sendo na Terra o ponto de apoio e iluminação para seus membros. Prometa-me e cumpra!

Cabisbaixo, Allan responde:

– Irmã Gertrudes, se a felicidade de minha filha for levá-la até Aneci e meus parentes em Santarém, juro que cumprirei.

Após seu diálogo com a Irmã Gertrudes, ele vai até Karen que estava abraçada às coleguinhas como se pedisse proteção a elas.

Ali, Karen despediu-se da Irmã, deixando em todos um halo de tristeza.

Para compensar o saudosismo presente em sua filha em afastar-se das amiguinhas, e especialmente da Irmã Gertrudes, Allan buscou dar a Karen a maior atenção durante a viagem, mostrando as belezas das paisagens. Mesmo assim, a menina mantinha-se absorta e calada. No entanto, quando chegaram a Paris, ela se encantou com a Cidade Luz: o serpentear do rio Sena, os Cafés elegantes das avenidas, a Torre Eiffel e os jardins das praças adornados de flores.

Logo que chegaram, eles foram para casa de Adelle, Karen espantou-se com a suntuosidade da moradia. A mulher os recebeu na entrada principal, vestida elegantemente. Mesmo com a boa acolhida, a filha de Allan não se sentia bem naquele local. Acostumada à simplicidade de onde vivia, aquela ostentação lhe causou um grande desprazer, sentindo-se uma intrusa.

Os dias se passaram. Na presença de Allan, a estilista dispensava carinho para com Karen, porém, assim que ele se distanciava, tratava-a com total desprezo.

81

ONDE ESTÃO AS NOSSAS KARENS?

Karen era estudiosa e aplicada. Agradecia a Deus todos os dias pela oportunidade de estudar. Durante o período que estava na escola, era feliz e comunicativa com as colegas. Ao chegar em casa, tudo mudava. Ficava introspectiva, pois não era bem tratada por Adelle. Com isso, era obrigada a passar quase o tempo todo em seu quarto. Somente o prazer de ver seu pai, e conversar com ele, recompensava-a. Infelizmente, com o tempo, ele passou a estar com ela muito raramente. Ao anoitecer, ele vinha lhe ver por poucos minutos. Dava-lhe um rápido beijo e se despedia para uma festa ou para uma ocupação qualquer. Em um dia, um paciente, no outro, um encontro social, deixando-a sempre em segundo plano.

– No orfanato, tão simples – Karen pensava – era querida e tinha liberdade. Naquela casa luxuosa, vivia trancafiada em seu quarto. Alimentava-se nele e não conversava com ninguém, a não ser o trato formal que a serviçal dispensava-lhe quando lhe servia as refeições.

Ao chegarem as férias escolares, Karen estava esperançosa de que seu pai a levaria para visitar Irmã Gertrudes, pois somente as cartas não bastavam para matar as imensas saudades da tão querida Irmã. Pediria também a ele que depois a levasse ao Brasil. Queria tanto rever sua mãe Aneci! Tinha somente vagas lembranças de sua imagem. Além do mais, seu pai falava muito de tia Karina, da tia Laisinha, da madrinha Efigênia e de Dorneles, pessoas tão queridas que a tratariam com carinho.

Perdida em seus pensamentos, a menina desperta ao ouvir a conversa de Allan com Adelle frustrando seus planos. Pelo rumo do assunto, seu pai se casaria com a estilista e morariam definitivamente em Paris, devido a uma excelente proposta para trabalhar em um dos hospitais mais famosos da cidade. Isso o consagraria entre a sociedade parisiense.

Muito contente, Allan queria subir até o quarto de Karen para contar as novidades, porém é interrompido pela estilista que lhe anuncia:

– Karen está dormindo e não devemos incomodá-la. Além do mais, de nada adianta sua opinião!

Não querendo perceber tamanha frieza da esteticista para com sua filha, Allan prossegue:

– É, Adelle, o destino me sugere que fique. Terei bom emprego, uma esposa maravilhosa como você e Karen terá, enfim, uma família. Vou matriculá-la em ótimas escolas e tenho certeza de que ela será muito feliz!

KAREN PERDE A LIBERDADE

Karen, que continuava a ouvir o diálogo, desejava que tudo fosse diferente. Não desejava que seu pai se casasse com Adelle porque ela era uma mulher orgulhosa e não dava a menor liberdade a ninguém.

Os olhinhos infantis de Karen, outrora cheios de esperança, agora mostravam verdadeira desilusão. Antes, eram praticamente sem vida, agora vendo a luz do sol, não tinham a liberdade de viver. Aquela mulher representava a venda que lhe cobria a felicidade, por isso, ela chorava baixinho e murmurava:

– Por que meu pai decidiu acatar a ideia de Adelle e não subir para me ver? Seria tão bom se eu tivesse coragem de falar a verdade para meu pai! Eu não gostaria de vê-lo casado com uma mulher tão arrogante e vaidosa. Ela tem o poder de dominá-lo, tirar-lhe as boas ideias e as mais lindas intenções!

Karen, em seu pranto, pede socorro em que mais confia: Jesus.

Irmã Gertrudes ensinara-lhe que Ele era o amigo de todas as horas e que nunca a deixaria só.

Mais calma, Karen adormece e imagens significativas lhe aparecem em sonho em que, nelas, um homem simpático de cabelos brancos aparece-lhe e segura suas mãos com suavidade. Junto a ele, uma mulher de cabelos negros e lindos olhos azuis lhe sorria. No ambiente, ainda se encontrava um adolescente de seus doze anos que tocava uma doce canção em um clarinete, como o seu pai fazia.

Os três amigos espirituais mostravam-lhe que, apesar de ser uma criança, ela poderia lutar. Em primeiro lugar, não deveria isolar-se. Ao contrário, deveria conversar com o pai sobre os seus ideais! Que ela poderia ter um futuro promissor! Que não deixasse que outras pessoas decidissem sua vida.

– A liberdade é um fator importante – disse-lhe o senhor de cabelos brancos. Lute e nunca se acovarde diante de qualquer dificuldade!

Francisco, Laísa e tio Hirto tinham que orientar aquela menina. Afinal, sabiam que Karen na recente vida passada desencarnara ainda muito jovem. Novamente, poderia ocorrer o mesmo, caso fraquejasse diante de suas escolhas.

Inadvertidamente, seu pai não seguira os bons conselhos de Irmã Gertrudes, retornando a Santarém. Isso prejudicaria bastante o futuro de Karen.

83

ONDE ESTÃO AS NOSSAS KARENS?

No dia seguinte, a lembrança dos amigos espirituais trouxera reflexões para Karen. Ela teve vontade de retornar ao encontro de Irmã Gertrudes. Lembrava-se de suas amiguinhas e da liberdade das crianças em correrem pelos corredores, brincando. Do carinho de Irmã Gertrudes e das outras Irmãs que, com tanta dedicação, acompanharam-na nas horas difíceis da cegueira e do afastamento do seu pai.

Ao pensar na cegueira que tivera, sentia arrepios. Encontrava-se às vezes tão infeliz e, agora, enxergava! Via cores! As pessoas! Podia estudar!

– Interessante – pensava ela – antes a cegueira e a liberdade. Agora, a visão e a falta desta! Será que ela não poderia ter as duas coisas: liberdade e visão?

Liberdade, liberdade... Esta palavra repetia-se em sua mente durante todo aquele dia. Encontrar a liberdade! Ser ela mesma! Tentaria! Conseguiria, com certeza!

CAPÍTULO XVI
A TRAGÉDIA COM ADELLE

As aulas recomeçavam e Karen aprendia novos conhecimentos: o Francês, o Inglês e aulas de boas maneiras. O dia lhe consumia em aprender e aprender. Escrevia sempre para Irmã Gertrudes, dando-lhe notícias. Tinha muita vontade de visitar o educandário, rever a Irmã querida e suas amiguinhas, mas nada. Todas as vezes que iniciava a conversa com o pai, inclusive falar da viagem tão sonhada ao Brasil, era interrompida por Adelle. Ela dizia que Allan tinha muitos compromissos. Tudo era difícil!

Anos se passaram naquela vida de estudar, ir para casa, trancar-se no quarto e muito pouco estar com o pai. Tinha poucos amigos, mas sempre em seu coração a esperança de que tudo mudaria. Já não era mais criança. Karen se tornara uma jovem linda: cabelos negros, longos e lisos, olhos azuis, porém semblante tristonho.

Em determinado dia, Allan e Adelle chamaram-na para uma conversa séria. Decidiriam algo. O que seria?

Sempre de bons modos, a jovem mostrava-se acessível ao que lhe fora apresentado. A estilista lhe cobrava desde os gestos até o vocabulário bem usado, e bem usado seria deixar de falar, apenas ouvir. O pouco que falava, sempre era corrigida. Adelle afirmava ser sinal de rebel-

ONDE ESTÃO AS NOSSAS KARENS?

dia qualquer atitude contrária ao seu interesse. Nunca um carinho, nunca um passeio, nem mesmo um diálogo!

Agora, era chamada para uma conversa ou um monólogo autoritário? Aquele encontro seria com intuito de forçá-la a algo? O que seria?...

– Sente-se Karen. Eu e seu pai temos muito a lhe falar. – disse Adelle.

Karen sabia que o pai nada ou quase nada falaria. Perto da esposa, Allan nunca conduzia o assunto. Sempre era conduzido. Percebia-se a desolação no seu olhar. Algo bom não aconteceria! Daquela mulher, tudo que viria seria ruim!

Naquele dia, Adelle vestia-se como uma rainha. Certamente, ela iria a um lugar muito importante, pois também o seu pai se vestia com muito luxo.

– Bem, Karen, eu e seu pai decidimos que você irá para um colégio interno em Londres. Atualmente, Allan é médico famoso e terá que participar de congressos em diversos países e você não poderá nos acompanhar, pois tem que prosseguir seus estudos. Você está atrasada no seu aprendizado, devido aos seus problemas visuais e é recomendável que se firme em colégio de renome. O colégio é o mesmo onde estudei. É maravilhoso! Você aprenderá a ser uma verdadeira dama, como eu!

Ao ouvir aquelas palavras que mais eram uma sentença, a jovem encorajou-se e tentou dialogar. Infelizmente, Adelle tinha todas as respostas, todas as alternativas.

– Já sei! Quer saber se será por muito tempo?

Karen reconhecia que Adelle era manipuladora e não deixaria que ela se expressasse.

– É por tempo indeterminado – disse a estilista – poderá ser por um ano, dois ou mais. Nas férias, a visitaremos. Acredite, será feliz! Escolhemos o melhor colégio. Lá preparei-me. Será também muito bom para o seu futuro.

Allan tentou dizer algo, mas aquela mulher tirava-o do seu intento.

– Seu pai quer o seu bem, tanto quanto eu. Você irá amanhã!

Realmente, era uma sentença. Não lhe davam meios de discordar.

– Agora, eu e seu pai vamos a uma festa – disse-lhe a estilista – aproveite o tempo para arrumar todos os seus pertences, juntamente com a criada. Amanhã partiremos para Londres.

A TRAGÉDIA COM ADELLE

Karen olhava para o pai na expectativa ansiosa dele ser contrário a tudo aquilo. No entanto, ele nada dizia. Sentia-o triste, mas sem qualquer defesa a seu favor. Então, decepcionada subiu para seu quarto e pegou uma mala e nela colocou poucas roupas.

A noite parecia-lhe longa, Karen não pregou os olhos um só minuto. Estava revoltada e, com isso, nem uma prece conseguia fazer. Estava realmente aturdida, sentia-se desrespeitada em seus direitos.

Perdida em sua desilusão, a adolescente ouviu quando seu pai e Adelle chegaram. Ele falava alto. Parecia embriagado. Os dois, tanto falavam, quanto gritavam e o pivô da discussão era ela.

O casal discutia tão alto que Karen ouvia as mais simples palavras. Naquele momento, ela pôde entender a dependência de seu pai em relação aquela mulher. Ele sofria em demasia. Nunca vira o pai daquele jeito!

— Você é um ingrato! Paguei os seus estudos e lhe apresentei para toda a sociedade parisiense. Se hoje você é um médico famoso, deve isso a mim!

— Por que mente para a minha filha? Afinal, não irei fazer estudos em país algum. Por que a presença dela aqui o incomoda tanto? É menina boa, gentil. Já não basta ter sido criada longe da mãe! Passou por tantos infortúnios. Por que você quer afastá-la do meu convívio?

— Não seja incompreensivo. Aqui em Paris não tem preparação para ela como há em Londres.

Allan não suportava escutar mais a voz de Adelle e, gritando mais ainda, se virou para ela em desatino:

— Eu entendo, você não gosta de minha filha e nem de mim, por isso quer ver-nos longe um do outro. Afirmo que Karen é meu maior tesouro. Por ela, estudei mais e mais. Por ela, deixei Santarém para curar-lhe os olhos. Sei que errei muito! Deveria ter voltado, como me aconselhou Irmã Gertrudes, no entanto, me perdi na ganância do dinheiro. Hoje, descubro o quanto me arrependo.

Saiba Adelle, ao invés de deixar Karen sozinha em Londres, irei com ela. E de lá, ou de onde for, retornarei para o Brasil para estar com minha família e amigos. Já deveria ter feito isso há muito tempo!

87

ONDE ESTÃO AS NOSSAS KARENS?

Ao ouvir aquelas palavras, Adelle agride fisicamente Allan, dando-lhe murros no tórax, enquanto dirige-lhe palavras de baixo calão.

O médico procura conter toda aquela violência, esquivando-se dos socos dirigidos a ele.

Ao ouvir os sons do ambiente tão tumultuado, Karen sai de seu quarto e começa a descer as escadas, em direção ao casal.

Adelle, ao vê-la, vai ao seu encontro. Sobe as escadas, em correria, e agarra Karen pelos cabelos, desferindo todas as suas mágoas e revoltas, batendo com fúria em sua face.

Allan sobe em socorro da filha e, no afã de impedir aquela violência, toma com força os braços de Adelle. Ela se solta com força e tenta agredi-lo e, nesse ato, desequilibra-se, rolando pela escadaria.

Um grito de dor e Allan tenta acudir desesperadamente a mulher, que desfalece nos seus braços.

Karen, apavorada, fica totalmente paralisada. No seu olhar, roga a Deus que salve a vida de Adelle.

O médico dispensa toda assistência à esposa. Ele a leva para o hospital mais próximo.

Dias de sofrimentos calejam a vida de Karen e de seu pai. Adelle não sobrevive.

O médico, após o funesto episódio, refugia-se ainda mais na bebida, fazendo disso um hábito. As crises de consciência eram constantes, transformando sua vida e a de Karen num grande pesadelo. Quando embriagado, colocava nela toda a culpa do drama ocorrido com Adelle. Cada dia era como se fosse um tormento interminável. Um turbilhão de nuvens negras pairava sobre suas cabeças.

No plano espiritual, Francisco, Laísa e tio Hirto buscavam iluminar ambos os seus pupilos. Allan e Karen eram grandes devedores do passado. Deveriam ultrapassar as dificuldades, contudo, mostravam-se extenuados e mal conseguiam conversar. Além disso, esqueciam-se da prece, refrigério importante para suavizar suas almas, afastando-os, assim, das benéficas orientações espirituais.

Notava-se naquele lar alguém que os espreitava. Espírito de fisionomia em desespero, desfechava em Allan e Karen suas forças negativas. Considerava-se vítima de ambos.

A TRAGÉDIA COM ADELLE

Adelle, espírito recém-desencarnado que perdera tantas oportunidades em sua reencarnação, não se distanciava dos seus supostos algozes. Em sua mente, adoecida pelo ódio, confundia passado e presente, ora murmurando, ora gritando as frases mais tresloucadas que estavam marcadas em seu ser. Repetia constantemente palavras desconexas, principalmente para Allan que as absorvia, devido à culpa do passado.

A adolescente tentava orar, como Irmã Gertrudes lhe ensinara, no entanto, muitas e muitas vezes, o desânimo lhe tomava partido. Seu pai bebia cada vez mais. As marcas da dor eram evidentes no semblante daquele homem que se fizera médico e se perdia, introduzindo-se na bebida.

Karen, quando via seu pai embriagado, refugiava-se em seu quarto. – Sua alma estava marcada por dores profundas e também seu corpo físico. Ele, alcoolizado, se tornava violento e a agredia com os punhos fortes.

– Algo tinha que mudar – refletia Karen. – Não poderia abandonar o pai naquele estado, mas ela passou a temê-lo. À noite, trancava-se em seu quarto com receio de novas brigas, velhas culpas e ameaças. Suas vidas transformaram-se num inferno.

Numa noite, quando Allan não viera para casa, Karen aproveitou a paz daquele instante e pediu a Deus uma orientação. Em sua prece fervorosa, notou que mãos invisíveis acariciavam seus cabelos, fazendo-a adormecer numa tranquilidade que há tempos não sentia.

CAPÍTULO XVII

MEDIUNIDADE: DOM PRECIOSO

Assim que Karen adormece, seu espírito liberto vai ao encontro de Francisco que lhe reforçou a fé e trava um diálogo com ela:

— Karen, você com pouco tempo de jornada na Terra já passou por situações difíceis. Seu pai necessita do seu amor e carinho, especialmente agora. Jamais converse com ele quando estiver bêbado ou nervoso.

— Mas, se for assim, não conversarei nunca com ele, pois ora está bêbado, ora está nervoso. Pouco consigo falar-lhe.

— Enviamos para ele constantemente fluidos de energias positivas, intuindo boas ideias, no entanto, temos que ter a sua ajuda. Quero dizer-lhe algo importantíssimo para o seu amanhã que você tem o dom da mediunidade.

— Mediunidade?...

— Sim. Daqui a alguns dias, você entrará em contato com uma pessoa que muito o ajudará. Ela irá esclarecer-lhe sobre esse dom maravilhoso. Você é bem jovem, porém é bom que entenda este processo tão precioso. A mediunidade lhe trará belos esclarecimentos e você ajudará aos que lhe cercam, principalmente, Allan.

— Como poderei entender uma coisa nova em minha vida num momento tão grave como o que passo?

MEDIUNIDADE: DOM PRECIOSO

– Nas horas difíceis é que precisamos de apoio. Deus envia este tesouro para alegrar seu coração. A mediunidade é um socorro urgente! Quando bem usada é um lenitivo para nossa vida. Nos dá maior vivência com o mundo físico através da comunicação com o mundo espiritual. O intermediário entre esses dois planos chama-se médium. Você poderá iluminar-se, iluminando. Poderá servir-se, servindo. Poderá ser feliz, semeando felicidade.

– Essas revelações são conhecimentos muito novos para mim. E por que o senhor vem falar-me sobre isso agora?

– Já estivemos juntos em outras vidas. Chamo-me Francisco Renato. Hoje me felicito em ser seu orientador nesta nova tarefa. Guarde bem: a mediunidade deve ser estudada sobre os conceitos elucidados por Allan Kardec. Um dia chegará em suas mãos "O evangelho segundo o espiritismo", um dos livros desse autor que lhe será útil. Confie! Fique com Jesus. Permanecerei aqui aguardando o seu pai, pois ele está muito necessitado de amparo e proteção.

A mocinha despede-se de Francisco emocionada. Realmente deveria conhecê-lo de longa data, pois, todas as vezes que sentia sua presença, era envolvida de muita luz.

Francisco colocou-se em pé na sala onde aguardava em prece a chegada do neto. Do mesmo modo, havia uma figura nebulosa que também o esperava. Era o espírito de Adelle[14] em clima de riso, choro e ódio. A sua baixa vibração não permitia visualizar a presença espiritual dessa entidade no ambiente. Desnorteada, gritava:

– Ele vai pagar pelo que me fez. Ingrato! Não deixarei que tenha paz em sua vida, nem por um dia!

Francisco Renato tenta aproximar-se do espírito em sofrimento. Sua imagem é deprimente. Devido ao ódio que carregava seu semblante, dantes tão bonito, transformara-se em máscara de fel. Suas vestes dantes tão alvas se apresentavam agora viscosas e sujas.

A tentativa de Francisco é frustrada. Adelle continua sem vê-lo ou notá-lo. Para sua decepção, a entrada de Allan é assombrosa de tão bê-

....

14. Todos nós estamos sujeitos à ação influenciadora negativa dos espíritos, quando estamos invigilantes. Para neutralizarmos esses malefícios, devemos entrar em clima de oração. Ocuparmos nossa mente com coisas úteis e alegria.

ONDE ESTÃO AS NOSSAS KARENS?

bado, em verdadeiro desalinho. Ele chega carregado por dois amigos que tentam a todo custo levá-lo para o repouso. Com os sentidos exacerbados pelo álcool, visualiza Adelle e, em tom enlouquecedor e gestos bruscos, aponta em sua direção em gritos:

– Tire-a daqui! Não suporto a sua presença em toda parte!

Num gesto de virar-se, viu o espírito do avô. Ajoelhou-se aos seus pés em pranto convulsivo.

– Vovô, socorra-me! Não tenho forças para sair deste inferno! Ajuda-me! Quero deixar este vício, contudo, a cada dia, vou me embrenhando mais e mais nele. O senhor só me deu bons exemplos. No entanto, eu só faço errar. Sou médico. Se eu continuar assim, vão tirar-me o registro de clinicar. Ontem cheguei embriagado no consultório. Não fosse a enfermeira Marie interceder, tudo estaria perdido. Todos saberiam do meu estado. Ela me trouxe para casa e, logo que me deixou, eu retornei aos bares. E agora chego aqui, com a ajuda dos amigos, nesta condição.

O pai-avô precisava de forças para suportar tão chocante situação. Elevou seus pensamentos a Deus e vê Allan qual criança. Toma suas mãos e acaricia seus cabelos com a finalidade de tocar seu coração. Seu objetivo era trazer-lhe boas lembranças da convivência amiga que tiveram em Santarém para, então, ele transmitir o mesmo para Karen.

Os dois amigos de Allan, que ainda estavam presentes, não entendiam o que acontecia. Em suas vivências, não podiam imaginar tal realidade. Eles se afastam, após a melhora do médico. Despedem-se e prometem retornar pela manhã.

Com a presença benéfica de Francisco e aproximação dos espíritos de Laísa e do menino clarinetista, Allan fica sereno e em paz, portanto adormece sentado em uma espreguiçadeira em um canto da sala.

Adelle, o espírito sofredor, envolvida pelos fluidos balsamizantes do ambiente, visualiza os dois benfeitores que chegam. Eles a amparam e a levam para tratamento apropriado em Colônia espiritual. Ao mesmo tempo, Francisco abençoa seu neto e retira dele os miasmas oriundos da bebida, da obsessão, dos maus pensamentos e atos.

Na manhã seguinte, Allan é despertado pelo sol radiante. Há quanto tempo não observava a beleza das flores e o canto das aves! Por isso, em

MEDIUNIDADE: DOM PRECIOSO

vez de tomar o seu desjejum, preferiu ir até o jardim de sua casa. Enquanto caminhava, voltou a recordar do velho avô. – Como deveria estar decepcionado, ao sabê-lo tão distante de suas orientações! Não era bom pai. Não era médico responsável e, muito menos, caridoso. Tornara-se um alcoólatra, portanto, um pai indiferente e um profissional relapso.

Ao pensar em seus erros, Allan deixa-se levar pela depressão. Sentado num dos bancos de seu jardim, chorava copiosamente como se jogasse para fora tudo que o atormentava. Sentia-se só, desamparado como em um caminho sem volta. Sua boca amarga pela bebedeira da noite anterior coincidia com o amargor da vida. Vida que ele mesmo transformara e não sabia como refazê-la de maneira que fosse feliz. Suas lembranças iam até o tempo de menino, quando Francisco o colocava no colo e lhe dava os mais lindos conselhos. Sentia saudades da simplicidade do local onde vivera na casa simples de madeira, as vestes, os sapatos feitos com carinho por Karina, a candura de Efigênia, o sorriso de Catarine, o companheirismo de Dorneles e o olhar meigo de sua irmã Laisinha. E a bela índia Aneci? Como estaria? Amara-a tanto na sua ainda adolescência! Prometera-lhe proteção à filha e, agora, era ele quem menos a protegia.

– Como os índios ficariam surpresos em ver Karen tão bela! Provavelmente, se arrependeriam de um dia quererem sacrificá-la. Talvez acreditassem que ela estivesse morta ou que não estivesse vendo a luz do Sol. Será que Aneci lembrava-se da filhinha? E dele! Será que se lembrava?

Nesse momento de saudades e reflexão, o médico foi despertado pelo criado amigo que lhe trazia uma bandeja com suco e pão. Agradecido pela gentileza, pede-lhe o clarinete, pois há muito tempo não tocava. Recebe o instrumento musical e, sob a luz de um lindo dia, Allan toca as músicas mais belas de seu repertório. Era como se cada nota desfilasse ao seu redor e lhe desse força e vigor.

No plano espiritual, enquanto o espírito de sua avó Laísa e tio Hirto, entidades protetoras, intuíam Allan para buscar Karen na escola, os espíritos de Irmã Sílvia e Francisco envolviam a adolescente que estava desesperada. Ela andava de um lado para outro, no *hall* de acesso à sala de aula, até que dialogou com uma das colegas de sua turma a fim de encontrar uma saída para sua vida.

ONDE ESTÃO AS NOSSAS KARENS?

– Anete, eu não volto mais para minha casa. Já arrumei uma pequena mala que está na biblioteca. Bem cedo, sem que ninguém visse, a escondi atrás de um armário. Quando eu puder, irei embora para sempre. Viver da maneira que vivo não suporto!

– Para onde você vai, Karen? Você disse que seus parentes vivem no Brasil e este país é tão distante daqui!

– Não sei, mas vou tentar! Não tenho medo! O que me importa é lutar para ser feliz! Meu pai não gosta de mim, tenho certeza! Vive a me ofender com palavras grosseiras e, ultimamente, tem me agredido fisicamente. Não ficarei!

Francisco sofria ao ouvir aquelas palavras. Nunca poderia aceitar que o neto, ao qual tanto se dedicara em educar e amar, maltratava sua bisneta. Seus olhos lacrimejaram. Irmã Sílvia o consolou, a fim de evitar o seu pessimismo.

– Francisco Renato, não desanime! Karen precisa de nós! Desolado, de nada valerá a nossa vinda até aqui. Esta menina, sem o pai, cairá em grande sofrimento e aí ambos poderão perder ótimas oportunidades de evolução.

Francisco, ao ouvir Irmã Sílvia, recompõe-se, passando mensagens claras e otimistas à bisneta.

– Minha querida, não se vá! Seu pai se esforça para se modificar. Em breve, entrará em sua vida uma mulher muito especial que lhe dará muito amor e lhe ensinará coisas tão importantes que abrirão seus caminhos.

Karen conseguia ouvir aquela voz carinhosa, pois tinha o canal da mediunidade.

Anete viu que sua amiga de repente ficou estática, absorta em seus pensamentos e, então, decidiu se afastar.

E Francisco continua:

– Karen, seu futuro poderá ser bom ou não, dependerá de suas decisões de hoje. Muitos acham que o destino é igual a uma tábua reta que seguimos sempre em frente e que nada podemos mudar. Ledo engano! Deus nos dá o livre-arbítrio para escolhermos nossos caminhos. Envia-nos amigos do plano espiritual e físico para nos ajudar. Tudo depende de nossa sintonia. Ou escutamos os bons conselhos dos nossos guardiães ou sugestões absurdas de alguns que não nos querem bem.

MEDIUNIDADE: DOM PRECIOSO

A filha de Allan, receptiva às benesses espirituais, sentiu uma leveza em seu ser e teve vontade de encaminhar-se para o portão de saída. Chegou lá e encontrou o zelador que lhe entregou sua mala. Ele a encontrou, visto que tinha seu nome gravado nela. Corou ao recebê-la e, rapidamente, sem qualquer explicação, saiu correndo em direção à praça frontal ao educandário.

O espírito de Irmã Sílvia, acompanhada de Francisco, tenta mudar-lhe as intenções, dizendo em sua tela mental:

– Karen, vá para casa! Sozinha, você será infeliz! Você necessita vencer esta etapa difícil. Já conseguiu ultrapassar tantas outras! Como disse Francisco Renato, você conhecerá uma mulher que muito a auxiliará. Você tem um dom precioso que é a mediunidade! Em outras épocas, não soube aproveitá-la. Dessa vez, não repita os mesmos erros! Aproveite essa aptidão que lhe foi ofertada para consolar as pessoas e aprender com elas. Aguarde!

A jovem tudo ouvia. Pensativa, ela olhava a mala e refletia como se todo o peso de sua vida estivesse nela.

Karen foi despertada do transe por seu pai que veio a sua procura. Quando a viu, abraçou-a carinhosamente e, com voz sincera, disse-lhe:

– Minha filha, prometo-lhe que, a partir de hoje, serei um novo pai. Não se vá! Só tenho você em minha vida. Acredite em mim, filha! Auxilia-me também! Jamais me abandone!

Allan e Karen, sob os olhares amorosos dos amigos espirituais, encaminham-se para casa prometendo serem melhores doravante!

CAPÍTULO XVIII

A CARTA DE KARINA

Foram dias maravilhosos para Karen e Allan. Pai e filha renasciam para o sentido exato do que fosse família. Um apoiava o outro naquilo que precisavam.

Karen, com seus quatorze anos, mostrava-se decidida que iria ao encontro dos parentes no Brasil, ao que Allan concordava, aguardando apenas as férias escolares.

O médico não bebia mais. Em seu trabalho, passou a ter mais responsabilidade. Dividia seu horário dedicando-se a sua profissão, como também para ajudar os carentes, como aprendera com Francisco, seu avô. Sentia-se em paz e era aplaudido pelo olhar de sorriso daqueles que lhe agradeciam pelo socorro urgente.

Marie, a enfermeira de Allan, era mulher de corpo esbelto e alta. Seus cabelos eram castanhos claros e seus olhos irradiavam extrema simpatia. Enviuvara cedo e mantinha a filha Françoise com o seu trabalho honesto, a enfermagem. Possuía sempre uma palavra amiga para com todos. Nas horas vagas, ela se sentava no pequeno ambulatório e lia e relia um livro do qual não se separava: "L'Évangile Selon le Spiritisme" "O evangelho segundo o espiritismo".

O médico notava que a sua auxiliar tinha para com ele grande simpatia, por isso, pediu-lhe o livro, para que também pudesse estudar as maravilhosas obras doutrinárias de Kardec.

A CARTA DE KARINA

Allan entusiasmou-se cada dia mais. A companhia de Marie era como um refrigério em sua vida. Suas palavras sábias ficavam gravadas em sua mente:

"– A bebida é uma droga das mais aniquiladoras. Põe o homem refém das imperfeições. Acorda nele sua parte negativa, a qual ele precisa anular. O álcool desperta no ser humano o seu lado animal, facilitando também a aproximação de espíritos trevosos, colocando ainda mais em risco a felicidade de quem bebe e de quem convive com ele." Allan tinha esse resumo em sua mente.

A enfermeira incentivou-o a escrever para a família no Brasil e nesta iniciativa conseguiu uma vitória. Allan enviou notícias sobre tudo que acontecera na Europa, a chegada no orfanato de Irmã Gertrudes, a cura de Karen e a sua realização em tornar-se médico como seu avô.

Todos em Santarém ficaram contentíssimos com a missiva de Allan, principalmente Aneci que recebera a foto da filha tão linda e saudável. Tia Karina rapidamente retornou com notícias para o sobrinho, aproveitando o sistema possível de correspondência que era pelo fluxo das embarcações.

A carta tão esperada do Brasil chegara. Tinha notícias de todos. Karina falava de Laisinha que era mãe de dois belos meninos. Comentava que tinha informações sobre seu pai Thafic que continuava casado, fora pai de mais três meninos e ainda residia em Recife.

Efigênia e Dorneles já eram avós de duas lindas meninas, filhas de Catarine. Engraçado – pensava Allan, tia Karina não mandara notícias dela. Falava de todos. Até do desencarne de Fátima e Tonha, contudo, sobre ela mesma, nada dizia.

Ao ler as notícias, o médico rememorava o nascimento de Karen. Efigênia quis colocar-lhe o nome de Magda, porém tia Karina não aprovou. Ela queria que dessem à sobrinha o nome Dayana. No entanto, ele sabia que Daya tinha sido cega e não queria que sua filha tivesse o nome de alguém que teve a vida triste. Então, ele mesmo decidiu escolher o nome da filha. Aneci não se opôs, pelo contrário. Além disso, o nome era parecido ao de tia Karina, a qual muito amava.

Allan continuava a ler a carta, vertendo lágrimas de saudades. No relato da sua tia sobre a grande emoção que Aneci tivera sobre a cura

ONDE ESTÃO AS NOSSAS KARENS?

de Karen, ele pensou que isso teria sido, para ela, o momento mais feliz em sua vida tão penosa. Certamente, mostraria sua foto aos índios que ficariam surpresos com sua recuperação. Quem sabe isso mudaria seus costumes em sacrificar crianças com limitações físicas!

O pai observou que Karen deprimira-se ao ler a carta. Ele concluiu que a falta de notícias de sua mãe para ela é o que a deixara assim.

Na verdade, Karina mandara junto as suas notícias, uma carta escrita por Aneci, mas Allan não quis mostrá-la à filha. Tinha escondido isso dela. A índia relatava que a maior felicidade de sua vida foi saber que sua filha estava curada. Agradecia a ele por ter cumprido sua promessa. Nunca mais casara-se. Guardara para ele o seu amor e se arrependera de não os ter acompanhado na época.

Aneci, na sua simplicidade, acreditava que um dia Allan voltaria com Karen para viverem novamente juntos. Tinha progredido muito nas letras e era auxiliar de Karina. Dedicava-se às crianças daquela região tão pobre de recursos. Ensinava o alfabeto a todos como se fossem seus filhos.

Allan, mergulhado em seus pensamentos, notou que sua filha ficou apática, no restante do dia.

Para alegrar a filha, Allan convidou Marie para conhecê-la.

A enfermeira amiga foi tão carinhosa e gentil com Karen que ela esqueceu as tristezas e amarguras. As duas mulheres, apesar da diferença de idades, tinham grande afinidades. Comentavam fatos que lhes aproximavam. Nessas conversas, descobriram uma grande semelhança: que eram sensitivas.

A partir daquele encontro, Marie e Karen revezavam as visitas. Suas conversas eram muito úteis. Nelas, falavam de política, de cultura, de moda, sobretudo, da Doutrina dos Espíritos.

Foram dias e dias de belo entrosamento. Allan sentia-se realizado em ver a filha tão contente.

Marie conquistava, a cada dia, o coração de Karen e de Allan. Parecia que era parte integrante de sua família.

Um belo dia, a enfermeira chegou toda animada, acompanhada de uma encantadora jovem. Apresentou-a para Karen e Allan:

A CARTA DE KARINA

– Esta é a minha filha Françoise. Formou-se como professora há pouco mais de seis meses e trabalha em um colégio que pertence a sua tia Áurea, irmã de meu falecido marido.

Ao ser apresentada a Françoise, o coração de Karen sobressaltou-se, surgiu-lhe um sentimento misto de saudade como se já a conhecesse e, ao mesmo tempo, uma grande preocupação. Seu semblante modificou-se. Tentou disfarçar, porém nem mesmo ela entendia o porquê daquela reação.

A jovem professora era gentil e educada. Possuía uma beleza singular que despertava a atenção de todos. Herdara do pai a tez morena, cabelos castanhos claros ondulados e tinha os olhos cor de mel. Todo tempo em que Karen entrou em contato com ela, seu coração sentia grande alegria e estranha opressão, quase a lhe sufocar o peito.

A enfermeira, sempre que visitava Karen levava Françoise, pois ela relatou que uma simpatia muito grande brotou do seu coração em conhecer a filha de Allan.

A professora entrou em período de férias escolares e ofereceu os seus préstimos, de modo a reforçar os estudos de Karen, que muito precisava. Ambas pareciam amigas de longa data. A adolescente passou a chamar Françoise pelo apelido carinhoso de Francesinha.

Chegara o dia do retorno de Françoise para seus compromissos de trabalho. Na despedida, Karen percebeu a admiração da amiga para com seu pai.

Para Marie, aquele olhar era de saudade, devido à despedida, mas Karen notou que era diferente, avisando-a de que algo não estava bem.

Karen, aflita, recordou-se das leituras que fizera com Marie, por isso, logo após a despedida de Françoise, pegou o livro "O evangelho segundo o espiritismo" e abriu aleatoriamente na página "Tormentos voluntários." A mensagem que leu a confortou, no entanto, a deixou alerta.

CAPÍTULO XIX

O PRESSENTIMENTO DE KAREN

A cada dia que passava, Marie e Allan se entendiam melhor. Nascia entre eles um elo forte, a ponto de decidirem se casar.

A decisão da união dos dois deixou Karen radiante e concluía que, com aquele enlace, seus planos de ir para Santarém seriam adiados, mas aguardaria o futuro.

Alguns meses se passaram. Allan e Marie se casaram. Para espanto de todos, Françoise não viera para a cerimônia, enviando apenas uma carta com uma desculpa qualquer. A partir daí, ela pouco visitava sua mãe e, quando o fazia, isolava-se no quarto e a deixava preocupada.

A genitora tudo fazia para agradá-la. Quando distante mandava-lhe notícias demonstrando carinho e saudades. Françoise, ao contrário, mostrava-se sempre indiferente, contrariada em vê-la em novas núpcias.

Karen procurava entender a amiga, contudo, tinha receios de penetrar no âmago dos seus sentimentos. Seu coração ficava apreensivo ao tentar desvendar a razão de tanto aborrecimento pela união de seu pai com Marie.

A enfermeira amiga ensinara-lhe a Doutrina dos Espíritos, dando-lhe tantas explicações sobre a lógica da vida:

O PRESSENTIMENTO DE KAREN

as leis da ação e reação, a vida após a morte e a reencarnação. Como também a interpretar de forma clara os ensinamentos de Jesus.

Ela divagava nesses pensamentos, no porquê de Marie não ter ensinado tudo isso a Françoise e ficou tão incomodada que aproveitou a visita da Francesinha para falar-lhe. Pediu-lhe que abrisse numa página qualquer do livro "O evangelho segundo o espiritismo".

A filha de Marie compenetrou-se na leitura do capítulo "Honra teu pai e tua mãe" e duas lágrimas escaparam dos seus lindos olhos. Abraçou Karen e lhe pediu que a perdoasse, que acontecesse o que fosse que a considerasse sempre sua amiga. Sem olhar para trás, sobe a escada correndo e vai para seu quarto. Lá, acomodada em uma cadeira, Françoise retira do fundo de uma gaveta um envelope branco, abre-o e lê repetidas vezes. Seu desespero aumenta a cada frase que lê. Desiste de levá-lo consigo, colocando-o novamente dentro da gaveta. Ela pega seus pertences e pretende ir embora.

A filha de Allan surpreendeu-se com o desespero de Françoise. Ela entendeu que algo ruim estava acontecendo, por isso procurou dar-lhe apoio, porém a amiga mal se despede:

— Minha querida, estou indo para a casa de minha tia Áurea. Por favor, avise minha mãe. Lembre-se de que sempre serei sua amiga! Amo-a muito! Até outro dia!

Karen não entendeu a atitude da amiga em sair de sua casa sem despedir-se da própria mãe. Mais uma vez, sentiu que algo enigmático acontecia com a Francesinha.

A noite veio e Karen, desligada do corpo físico, se vê em frente de Francisco e tio Hirto. Sempre com o seu clarinete, o jovem menino tocava uma canção belíssima, trazendo paz para aquele diálogo.

— Karen, você está em um momento difícil, porém entenda quão importante é a aplicação do que aprendeu com Marie através das leituras edificantes de "O evangelho segundo o espiritismo" – disse Francisco.

— Por que Marie não passou esta riqueza para Francesinha, se isso nos esclarece e ajuda nas horas difíceis?

— Muitas vezes, os pais colocam os filhos em boas escolas, dão-lhes as melhores roupas, proporcionam-lhes lazer, mas se esquecem de uma parte muito importante que é a educação moral através do Evangelho

ONDE ESTÃO AS NOSSAS KARENS?

de Jesus. Acreditam que os filhos escolherão seus caminhos mais tarde, inclusive sua religião.

Marie foi casada com um homem que amava a família. Alfred era trabalhador e bom pai, todavia, completamente materialista. Ele não acreditava em Deus. Quando desencarnou, Françoise tinha somente dez anos. Ele deixou gravado em sua memória ensinamentos que afirmavam que a vida era momentânea. Acamado, nos tempos finais de sua jornada física, ficou o tempo todo a passar-lhes essas ideias contrárias ao que nos ensina o Espiritismo. Dizia que, em seus trinta e oito anos, aproveitara a alegria da vida em diversões e em nada se arrependera.

— Ele dizia isso?

— Sim, Karen. Muitos acreditam que viver a vida é ter o bem-estar material. Alfred bebia, jogava e fumava. Era um comerciante que possuía bons contratos e ganhava muito dinheiro. O jogo o fez perder o que conquistara no comércio. Quando desencarnou, deixou Marie com grandes dívidas. Ela teve que redobrar o trabalho para pagar os compromissos herdados.

— Francisco, por que Marie não conseguiu passar para a família o que me passou em tão pouco tempo?

— Muitas mulheres são submissas. Acham que respeitar o marido é acomodar-se e não contribuir para uma opinião mais consciente. Pensam que estão fazendo um grande bem, deixando seus cônjuges ignorarem a realidade de que são espíritos eternos, que o mal que fazem para si, ao jogar, ao beber e ao fumar não vai prejudicá-los demasiadamente. Hoje, Marie é uma mulher madura e não agiria assim. É tanto que incentivou Allan a abandonar o álcool.

— Karen, a falta de esclarecimento é comparada a uma fonte límpida e fresca, onde os sedentos passam procurando água e não a conseguem enxergar. Há muitos que têm a boa visão física, no entanto, são cegos no viver. Marie buscou a fonte do conhecimento, porém omitiu ao companheiro a água pura da sabedoria e, por consequência, também negou este direito à filha. Foi boa esposa, cumpridora dos seus deveres, mãe dedicada e atenciosa, não obstante, guardou para si o tesouro que esclareceria a família, despertando-a. Formar consciências é o maior bem que passamos a outrem!

O PRESSENTIMENTO DE KAREN

Tio Hirto tocava enquanto olhava para Karen com grande preocupação. Sabia que a jovem iria encontrar grandes dificuldades na tarefa que Francisco lhe passaria. Duas lágrimas desceram dos olhos do clarinetista. Ele aguardava a oportunidade de renascer como seu filho, contudo, a via muitas vezes tão frágil, tão indefesa! Ele tocou sua canção ainda com mais ardor, desfechando raios no ambiente.

– Minha querida, tenho uma grande missão para você. – disse Francisco.

– Para mim?

– Sim. Apesar de seu pai ter mais do que o dobro de sua idade, é espírito indeciso nas boas resoluções. Insista para que vocês retornem ao Brasil. É importante que não demorem. Suas férias aí estão. É o momento exato de partirem. Insista! Fale também com Marie. Ela lhe dará apoio. Algo ruim se aproxima. Aja logo! Ore a Deus para que Allan se fortaleça nesses propósitos.

Francisco emocionou-se e sua voz embargada saía em tom lúgubre.

– Karen, é costume de os pais passarem aos seus filhos bons exemplos. Porém as vivências do passado chocam-se com as que se aprendem no presente. Acreditam, ouvem, veem. Na hora de vivenciar, são como lâmpadas, em vez de se iluminarem, ficam apagadas. Temos que lutar contra o homem velho que existe dentro de nós e deixar renascer o novo. O homem novo é aquele que se esforça para combater suas imperfeições a cada dia. Deus colocou, em cada um de nós, uma semente belíssima que é o amor. Todos a possuem em estado latente. Porém, sufocam-na, devido ao egoísmo. Esse sentimento é como um vírus que ataca a semente do amor e a enfraquecem, a aniquilando e trazendo, assim, a infelicidade.

Karen usufruía daquele momento. O carinho de Francisco e a canção de tio Hirto fortaleciam os seus objetivos.

Na manhã seguinte, ela desperta e se sente apta para a tarefa de convencer o pai a viajarem o mais rápido possível para o Brasil.

CAPÍTULO XX

A SENTENÇA

O final do ano chegara e Karen estava muito feliz. Iria para o Brasil com seu pai. Cumpriria seus sonhos. E mais, se tudo corresse bem, ela moraria no Brasil, junto aos familiares.

Karen escreveu à Irmã Gertrudes para comunicar-lhe o grande júbilo em retornar ao Brasil. Ela relatava a felicidade que sentia, afinal iria rever os parentes e a mãezinha, com quem tão pouco convivera. Escreveu também sobre sua amiga Francesinha que, apesar de estimá-la, pressentia que ela escondia algo ruim.

Na resposta à sua carta, Irmã Gertrudes falou da sua grande satisfação em saber que seu sonho seria concretizado, em conviver com os parentes e, principalmente, com a mãezinha tão querida.

Quanto à filha de Marie, a Irmã a aconselhou para que orasse todos os dias a favor da amiga e lhe ofertasse amizade.

Os dias se passaram. Karen, cada vez mais ansiosa, cobrava do pai a compra das passagens, em sua memória ficara gravado o pedido de Francisco para que fossem o mais rápido para o Brasil e, para seu contragosto, isso não acontecia.

A SENTENÇA

Allan dizia sempre que precisava de mais tempo para resolver os seus negócios. Na verdade, existia nele uma grande vontade de rever os parentes, mas não saberia como resolver os problemas que viriam. O primeiro deles era como enfrentar a decepção de Aneci ao sabê-lo comprometido com Marie. O outro, provavelmente o pior, Karen desejava morar no Brasil com sua mãe e ele não tinha esse plano para ela.

Certo dia, quando Françoise estava para chegar, Karen pensou em agradá-la, enfeitando o seu quarto com flores. Afinal, poderia desfrutar novamente da companhia da amiga em sua casa enquanto aguardava a viagem para o Brasil.

A filha de Marie adorava rosas, por isso Karen foi colhê-las no jardim. Quando entrou no quarto da amiga com as flores, seu coração ficou oprimido. Era como se alguém lhe acenasse para sair. Suas mãos estavam frias e trêmulas, por isso, ao pegar uma jarra com água para colocar o ramalhete, derrubou-a sobre o armário, entornando o líquido dentro da gaveta mal fechada. Rapidamente, tirou os pertences que ali estavam para enxugá-los e uma grande surpresa a esperava, ali estava uma carta endereçada ao seu pai. Procurou colocá-la no mesmo lugar. Uma voz súplice repercutia em sua mente e lhe pedia que não lesse, entretanto, ela estava curiosa e preferiu não ouvir a voz interior. Abriu o envelope e começou a lê-la. Mal sabia que seria a sua sentença!

"Allan,

Nunca pensei que mamãe entraria em nosso relacionamento. De minha parte, seria deixá-la infeliz, ao dizer que somos amantes. Amo-o, como nunca amei ninguém. Espero-o na porta da escola. Não irei para casa, você já sabe. Estou na pensão de Dona Yonah. Peço que não comente nada sobre nós a ninguém. Mamãe confia em você e também em mim. Seria desesperador para ela saber a verdade.

Com amor,

Françoise".

O coração de Karen batia descompassado. O suor escorria pela sua face. Ela não podia acreditar! O pai não seria um crápula, um traidor! Marie era um amor de pessoa. Que decepção!

Chorou pela noite inteira.

ONDE ESTÃO AS NOSSAS KARENS?

Allan naquela noite não dormira em casa, dizendo ter plantão no hospital. Françoise mandara um bilhete por uma amiga que só chegaria no dia seguinte.

Karen começou a fazer analogia que sempre que Francesinha avisava que não vinha, seu pai fazia plantão.

Seu coração sofria.

– Dois traidores – falava baixinho.

No dia seguinte, os olhos de Karen estavam inchados de tanto chorar.

Marie assustou-se quando a viu. Mostrava-se pálida e com vermelhidão nos olhos. Tão logo Allan chegou, ela alertou-lhe sobre o estado da filha.

Marie não poderia compartilhar com Allan os cuidados para com Karen. Ela teria que ir ao hospital para compromissos com os pacientes.

Preocupado com a filha, o médico despede-se de Marie e sobe depressa a escada até o seu quarto:

– Minha querida, o que foi? Você não está bem?

Karen não queria encará-lo. Estava magoada demais. Não conseguia ser gentil.

– Karen diga-me, filhinha, o que se passa? – continuava Allan aflito.

Como não respondesse nada, aproximou-se ainda mais.

Num gesto impulsivo, ela lhe entregou o bilhete e, nele, seu pai reconheceu a letra de Françoise. Desnorteado, Allan pegou o papel e foi rapidamente para a sala. Como não sabia o que fazer, saiu para a rua e só retornou bem à noite.

Para surpresa de Karen, seu pai trouxe-lhe uma passagem de navio e, ao entregá-la, pronunciou duas palavras, que ficaram marcadas para ambos:

– Perdão, filha!

Quando Allan saiu do quarto da filha, Françoise entrou. Seus olhos estavam vermelhos de tanto chorar. Falava sem parar.

– Karen, não queria decepcioná-la! Um dia você vai entender! Quando amamos uma pessoa, não conseguimos viver sem ela! Estou grávida Karen! Espero um filho do seu pai. Residirei em outra cidade até o meu filho nascer.

— Por favor, não diga nada à minha mãe! Não sei se um dia ela poderá saber de tudo e me perdoar.

Olhando para Karen, continuava em um só fôlego:

— Essa passagem que seu pai lhe entregou é para que vá para a Espanha. É melhor! Ficará estudando e, quando tudo estiver bem, nos comunicaremos. Não é bom que fique aqui, pois poderá contar tudo à mamãe. Estamos envergonhados, mas não conseguimos viver um sem o outro. Peter, um farmacêutico amigo de Allan, vai acompanhá-la na viagem e levá-la para estudar em Barcelona. Ele mora na Espanha, porém, no momento, está aqui em Paris a negociar medicamentos.

Karen nada pode dizer e conclui amargamente que ali terminava todo o seu sonho de reencontrar a mãe e os parentes no Brasil.

Três dias se passaram e a filha de Allan estava pronta para ir para a Espanha.

Marie estava descontente. Não entendia o porquê, de uma hora para outra, Karen preferir ir para a Espanha, se desejava tanto ir para o Brasil. Mesmo com as palavras de Allan, de que era uma escolha da filha priorizar os estudos, aceitou contrariada a partida da mocinha a quem amava como se fosse sua própria filha.

CAPÍTULO XXI

A RECUSA DE KAREN EM VIVER

A viagem de navio até a Espanha foi mais longa do que Karen imaginava. Compenetrada em seus pensamentos, ela não conseguia ver a beleza que se estendia nas águas azuladas do oceano. Por várias vezes, fixava seu olhar no vazio e ficava horas e horas na proa, desinteressada de tudo. Peter esforçava-se em tirá-la daquele transe, do tempo frio e da forte ventania gelada. Temia que ela adoecesse. Por mais que insistisse, a adolescente queria estar só e vislumbrar o firmamento.

Durante a viagem, ela pouco se alimentou e sua conversa era apenas com monossílabos. Demonstrava nos atos sentimentos de mágoa e desesperança. Sofria a dor do abandono e pensava que o pai não deveria amá-la, pois enviara-a para morar longe dele e de Marie. Ele não era mais o grande exemplo de sua vida, pelo contrário, achava-o desonesto e impiedoso. Além do mais, ele fora ingrato, não a levando para ver a mãe no Brasil. Até sua grande amiga Francesinha a traíra.

Com essas ideias, Karen sofria e, a partir de então, não desejava mais viver. Entregava-se às influências ne-

A RECUSA DE KAREN EM VIVER

fastas de entidades que lhe emitiam sentimentos inferiores de sofrer, criticar e se sentir vítima.

Invigilante, deixara de orar. Bloqueara a intuição benéfica dos espíritos amigos. Tio Hirto, Laísa e Francisco, perseverantes, buscavam aconselhá-la em seus sonhos, mas ela não desejava ouvi-los e, muito menos, seguir seus bons conselhos. Agora, a vida para ela era indiferente.

Por ordem de Allan, quando chegassem a Barcelona, o farmacêutico deveria levar Karen à escola e ao pensionato onde residiria doravante. No entanto, lá chegando, ele decidiu, primeiramente, levá-la para sua casa devido ao seu grande abatimento.

Ao chegar em sua residência, Peter foi recebido por sua esposa Nádia. Ele lhe apresentou Karen, filha de seu amigo, o Dr. Barella.

Nádia não sabia a razão pela qual seu esposo trouxera aquela adolescente para a sua casa. Contudo, em face do seu estado lastimável, deixou as perguntas para depois e a tratou com muita atenção e carinho.

Jade e Paloma, cunhadas de Peter, estavam os visitando. Elas, ao ouvirem rumores e conversação, vieram ao encontro dos recém-chegados, saudando-os com alegria. Ambas trataram de ajudá-los com as bagagens e, após, levaram Karen a um modesto quarto de hóspedes.

A jovenzinha, mesmo com todo o desânimo, percebeu que aquelas mulheres eram de origem cigana, pois vestiam roupas coloridas e eram muito falantes. Elas não paravam de lhe perguntar o porquê de estar ali.

Karen disse qualquer coisa, mas as ciganas leram nos seus olhos que algo bastante ruim acontecera.

Por estar muito tonta, ela quis logo repousar. Tomou um breve banho. Uma sopa quente lhe foi oferecida, porém ela mal tocou o alimento.

Paloma, a cigana mais jovem, sentiu o profundo estado depressivo da hóspede e lhe trouxe alguns livros para que se distraísse, ao que a mocinha agradeceu com um menear de cabeça.

Apesar do cansaço, Karen não conseguia dormir. Sua mente tumultuada não lhe permitia repousar e o sono reconfortante não vinha.

No dia seguinte, ela não conseguia sequer retirar a cabeça do travesseiro. Uma dor intensa tomara todo o seu corpo e uma febre alta acompanhada de fortes calafrios e tosse contínua impediam-na de levantar-se. Não tinha forças até mesmo para fazer a higiene pessoal.

ONDE ESTÃO AS NOSSAS KARENS?

Nádia, ao notar que Karen não levantara, foi até o seu quarto e verificou que estava febril e que delirava. Assustada, ela chamou Peter, que veio sobressaltado assisti-la.

Ciente que sairia um navio para França naqueles próximos dias, o farmacêutico planejou então enviar notícias ao seu amigo Dr. Barella para que viesse o mais rápido possível à sua casa, pois Karen estava gravemente enferma.

Foram dias e dias de forte pavor para as três mulheres que se revezavam junto ao leito de Karen que agonizava. Tudo faziam para amenizar o seu sofrimento.

Peter chamou um médico conhecido para diagnosticar o quadro de Karen. Ele, por mais que se esforçasse em aplicar-lhe medicamentos, nada conseguiu. Os remédios pareciam inócuos, não surtiam quaisquer resultados positivos. Era como se a mente poderosa da filha de Allan contribuísse para o fortalecimento da doença.

No educandário, Irmã Gertrudes era visitada por pensamentos saudosos de sua filha de coração. Tantas crianças passaram por suas mãos, por que, especialmente, naquele momento, vinha-lhe somente a imagem de Karen? Usou a ferramenta da oração e percebeu que suas preces fervorosas vinham carregadas de incertezas. Sabia que algo não estava bem. Teria que buscar notícias.

Recorreu-lhe à ideia de escrever uma carta para Karen de forma que a correspondência chegasse mais rápido à casa de Allan.

Ela, então, decidiu viajar até o porto de Barcelona e, de lá, despacharia a missiva em alguma embarcação que partiria para França.

No local, a religiosa informou-se sobre o setor de correios. Ali, também estava, por coincidência, um homem de sotaque inglês que buscava o mesmo objetivo, que era enviar uma carta para Paris. Era Peter!

Irmã Gertrudes, apreensiva, perguntou ao atendente:

– Senhor, quando sairá o próximo navio com destino à França? Preciso enviar uma correspondência com a máxima urgência a Paris a fim saber notícias de uma adolescente.

Peter, que se encontrava no mesmo balcão, ouviu a pergunta da Irmã e pensou:

110

A RECUSA DE KAREN EM VIVER

– Quem será esta adolescente que a Irmã está buscando notícias? Tolice, nada tem a ver com Karen!

Intrigado, afastou-se alguns passos. De repente, voltou-se encorajado e lhe perguntou:

– Qual o nome da menina que tanto a Senhora deseja notícias, Irmã?

– Karen Barella, respondeu a religiosa.

Ao ouvir o nome da filha de Dr. Barella, o farmacêutico pegou as mãos de Irmã Gertrudes e as beijou. Seu coração ficou aliviado, pois estava convicto de que com ela teria um grande apoio.

Rapidamente, o farmacêutico relatou-lhe o acontecido, deixando-a ciente de tudo, desde o pedido de Allan até a situação crítica de Karen.

Ele, mais que depressa, dirige-se a sua casa, acompanhado de Irmã Gertrudes, pois estavam muito preocupados com aquela situação.

Ao chegarem, ambos foram ao quarto da menina. Lá estavam as três mulheres à sua cabeceira. Presente também o médico que logo foi questionado por Peter sobre o estado de saúde da paciente.

O doutor respondeu com breves palavras:

– Nada mais poderei fazer!

Karen estava muito magra e a palidez cobria-lhe a tez. Seu aspecto era mórbido!

Irmã Gertrudes consternada beijou a face de Karen transmitindo--lhe todo o seu amor. Colocou uma de suas mãos em sua cabeça e a outra elevou-a ao Senhor com tanta fé, que todos os demais ao seu redor se comoveram.

Paloma, com grande percepção, visualizou um ser espiritual de luz que adentrou no ambiente. Aguçou ainda mais os seus sentidos e percebeu uma Irmã de caridade com olhar meigo e sereno. Ela estendia as mãos a Karen, que estava afastada do corpo com imagem desconsolada. Era Irmã Sílvia que estava ali em espírito e conversava com ela:

– Minha querida, por que se despede agora? Basta que na outra vida não viveu os anos que deveria? Nesta também você quer ir antes da hora? Não faça isto! Tenha fé no Criador e no Mestre Jesus! Estou junto a você e também a nossa querida Gertrudes! Seu pai é livre e se erra, sua colheita virá. Você não pode desanimar e entregar-se à morte do corpo

ONDE ESTÃO AS NOSSAS KARENS?

desta maneira. Reaja! Você tem tantos amigos que a amam. Olhe estas mulheres que mal a conhecem e dedicam-se tanto a você!

– Não seja ingrata! Aqueles que se deixam consumir pela doença, sem reagir, é como se não valorizassem o dom da vida ofertado por Deus. Esta ingratidão se transformará em taça de fel com grandes dívidas em sua nova encarnação. Não se vá! Aguarde! Melhores momentos virão!

Era tarde demais, Karen já havia abandonado o corpo doente com apenas quatorze anos de idade. Desanimara de lutar!

Irmã Gertrudes percebe neste momento o desprendimento do espírito da menina tão querida. Uma dor pungente a sufocava.

Irmã Sílvia enlaça o espírito da jovenzinha e ela, em soluços, já mostrava o seu arrependimento.

Francisco, Laísa e tio Hirto aproximam-se emocionados e concluem que Karen adiara, mais uma vez, sua missão.

Peter ficou apavorado. Afinal, ele era o responsável pela filha de Dr. Barella. Como poderia ter acontecido aquilo? Ela saíra de sua casa com saúde! Na viagem, ele vira que ela estava muito depressiva, mas acreditava que isso seria passageiro.

Todos ali estavam perdidos, sem qualquer reação, com exceção de Irmã Gertrudes. Mulher de fibra e de muita fé, acostumada às fatalidades da vida, enfrentou com resignação e coragem aquela situação tão dolorosa e tomou as diligências necessárias.

Após o sepultamento, ela pediu a Peter que assim que pudesse retornasse a Paris para informar pessoalmente ao pai de Karen o triste acontecimento.

Peter viajou o mais rápido possível.

Ao chegar na casa de Dr. Barella, infelizmente, não o encontrou e nem a sua esposa Marie. Decidiu, então, deixar uma carta com os criados, endereçada à família. Deixou também os livros de Karen e demais pertences.

Retornou lépido. Não conseguia entender os destinos da vida, levando uma jovenzinha na flor da mocidade, tão abruptamente. Em sua mente, ficava a incógnita: – Qual seria a razão da decepção de Karen a tal ponto de entregar-se à doença e à morte?

112

CAPÍTULO XXII

UM ENCONTRO NO PLANO ESPIRITUAL

O ambiente estava iluminado. Entidades espirituais traziam pelas mãos seus protegidos. Alguns estavam extremamente silenciosos, nada conseguiam expressar. Enquanto outros, ao contrário, estavam agitados. Gesticulavam e falavam sem cessar.

No aguardar da palestra que seria proferida no plano maior, um espírito de luz recebia a todos com imensa cordialidade e olhar de amor.

Na primeira fileira, encontravam-se aqueles que seriam preparados para o renascer. Na segunda, aqueles que iriam acompanhá-los como espíritos guardiães no trajeto terrestre.

Na terceira fileira, encontravam-se aqueles que possuíam a tarefa de socorrê-los nas horas difíceis da vida, como amigos a somar soluções e subtrair dificuldades.

O restante da plateia estava formado por vários espíritos convocados para a assembleia, como na parábola do festim das núpcias. Sendo assim, ela era grandiosa.

Todos queriam usufruir daquela oportunidade ímpar, com aquele espírito bondoso e dedicado, para aquela missão de amparar aos que iriam renascer.

ONDE ESTÃO AS NOSSAS KARENS?

Ao proferir a prece de louvor a Deus, a magnânima entidade, pela sua majestosa aura, emitia raios de luz em suas palavras. Sua voz mais parecia um cântico de paz. Ela emanava para todos, principalmente para os que estavam na primeira fila, sentimentos de serenidade. Apesar disso, eles não estavam preparados para absorver por completo a harmonia do ambiente, pois continuavam ansiosos.

Ao notarem a ansiedade dos pupilos, seus mentores emitiam vibrações positivas para eles. Nesse instante, acalmavam-se e confiavam mais no futuro.

A reencarnação oferecia um desafio de superação de obstáculos na nova etapa de suas vidas.

O tema daquela noite era bem marcante para todos, "O perdão das ofensas", referência do Evangelho do dedicado apóstolo Pedro que questiona Jesus em quantas vezes deveríamos perdoar.

A entidade de luz, no momento final de sua fala, direcionou-se à assembleia e a abençoou, iniciando-se, ali, o processo de preparação[15] ao reencarne.

Dentre os espíritos presentes estavam Magda, Noêmia[16], Clotilde, Adelle, Camila, Fátima e Karen. Todos eles seriam preparados para ingressar na família dos Barellas. Uns mais cedo e outros mais tarde. Renasceriam unidos àquela família e, com isso, trilhariam caminhos, onde exercitariam ainda mais o amor. Seus compromissos seriam saudados com uma nova chance da reencarnação.

Concluída a belíssima explanação naquele ambiente harmonioso, uma prece fez-se ouvir ao longe e uma música de acordes suaves veio anunciar o fim do maravilhoso encontro.

A caminho para seus locais de origem, nas colônias espirituais onde situavam as moradias daqueles espíritos; Yonah, mensageira de luz, anuncia que dentre aqueles espíritos somente alguns ficariam nas salas

---

15. O processo de preparação para o renascimento compreende fases de adaptação do perispírito ao reingresso ao corpo físico. O perispírito é um corpo moldável e precisa de adaptação realizada pelos espíritos mentores para uma nova genética.

16. Noêmia é a mãe de Efigênia, conheceu Francisco em Caiena, Guiana Francesa e Clotilde era auxiliar na casa de Laísa, foi morta junto com ela pelo Barões da Noite. Ver o livro "Enfim o caminho" e a audionovela no canal: Belas Mensagens e Músicas.

UM ENCONTRO NO PLANO ESPIRITUAL

de refazimento, enquanto outros já estavam prontos para iniciarem a fase preparatória mais adiantada do renascimento. Tudo lhes seria explicado e suas dúvidas seriam dirimidas.

Adelle, Fátima e Magda foram encaminhadas para novos aposentos, onde os mentores iniciariam o processo de preparação em seus perispíritos para o reingresso na vestimenta carnal.

Tudo seria realizado para que tivessem sucesso em suas missões na Terra. Os demais reencarnantes foram também encaminhados. Cada qual ficaria no espaço cabível à orientação peculiar a sua missão.

Eram ao todo duzentos e quarenta e três espíritos que seriam preparados para o retorno ao plano físico.

De mãos dadas, protetores e protegidos dirigiam-se para a grande oportunidade oferecida pela misericórdia divina ao reingresso a uma nova etapa.

O dom musical de Laísa em cantar e a expressão na arte instrumental de tio Hirto seriam benéficos para as suas tarefas. Assistiriam naquela fase à Magda, Adelle e Fátima que renasceriam em breve.

Francisco Renato e Irmã Sílvia, naquele momento, apesar de trabalharem em conjunto com tio Hirto e Laísa teriam a incumbência de assistir Noêmia, Camila, Clotilde e Karen. Esse grupo de quatro espíritos teria mais tarde a sua programação de retorno ao plano físico.

Naquela mesma noite, Karen dirige-se aos seus tutores espirituais, Francisco Renato e Irmã Sílvia e expressa um pedido:

– Meus queridos protetores, desejo muito estar com minha mãe Aneci. Sei que ela sofre, pois nunca mais esteve comigo. Nossa convivência foi somente no meu período de recém-nascida, quando teve que me deixar com receio da sua tribo indígena sacrificar-me.

– Karen – disse Irmã Sílvia – tenho que me orientar com os espíritos superiores, para certificar-me se este é o momento certo de visitá-la. Vamos solicitar uma audiência com eles. Se for permitido, partiremos logo para Santarém para esse tão esperado encontro.

Karen e seus amigos espirituais vão para um recinto onde vários espíritos aguardavam para fazerem seus pedidos. Ela era a vigésima primeira na fila de espera. O local era amplo. Mostrava uma beleza singular, com um ambiente de paz e acolhimento.

ONDE ESTÃO AS NOSSAS KARENS?

Henriqueta, uma entidade espiritual muito simpática e de olhos amáveis, os aguardava.

– Entrem meus irmãos e sentem-se – disse a entidade com um sorriso franco nos lábios.

Os três visitantes se colocaram à vontade e Karen foi a primeira a falar:

– Senhora, desejo visitar minha mãe Aneci. Sei que ainda vive na carne. Quando eu estava ainda na Terra, insisti muito com meu pai para visitá-la e tinha objetivo de morar com ela, porém tudo parecia afastar-nos. Agora que estou aqui, gozo de liberdade, mas não desejo usá-la sem sabedoria, por isso venho pedir permissão e orientação.

– Querida, esse seu desejo é digno. As mães são criaturas de muito valor, tanto na Terra, quanto no plano espiritual. Será permitido, sim! Mas antes, por três vezes, retorne aqui conosco. Verificaremos como está Aneci e, aí sim, concluiremos o momento exato em que poderá visitá-la.

– Peço a vocês, Francisco e Irmã Sílvia, que me auxiliem nessa tarefa. Desejamos que, na oportunidade da visita à índia Aneci, possam assistir mãe e filha no equilíbrio das emoções.

– Karen, solicitamos agora que vá. Os instantes que estiveram reunidos conosco foram maravilhosos, mas agora é necessário o seu descanso.

Os mentores permanecem ao lado de Karen e a conduzem ao local de repouso e aprendizado.

Alguns dias se passaram e Karen é convidada a falar novamente com o espírito de Henriqueta. Ela estava ansiosa. Acreditava que teria notícias de sua mãe.

Sendo assim, vai para a entrevista acompanhada de Francisco e Irmã Sílvia.

Ao chegarem no ambiente luminoso, Karen fica feliz, pois encontra Laísa junto a Henriqueta.

A jovem abraça Laísa com um grande sorriso nos lábios. Henriqueta acompanha esse gesto de ternura e as envolve em seus braços fraternos.

Logo após, a afetuosa entidade entrega-lhe um envelope contendo uma carta. Solicita que a leia em voz alta para todos os presentes:

Curiosa, a adolescente o abre com cuidado.

UM ENCONTRO NO PLANO ESPIRITUAL

Henriqueta completa:

– Minha querida, este conteúdo é uma cópia fiel de uma carta que Aneci escreveu para Allan, porém desistiu de enviá-la.

"Querido Allan

Muito arrependo-me de não ter partido naquele dia com você e a minha pequena Karen. Sofro, pois minha consciência cobra-me isto todos os dias.

Rogo aos espíritos da natureza que vocês venham até mim.

Acordo muitas vezes ouvindo a voz de minha filha a repetir meu nome. Sei que, apesar de ela não ter convivido comigo, me ama e me quer por perto. Um dia saberei por que a distância nos afastou?

Com amor, sua para sempre,

Aneci"

Ao ler aquela missiva, Karen não consegue pronunciar nada. Quanto à pergunta de sua mãe, ela não sabia responder. Não compreendia por que em suas reencarnações como Dayana e outra como Karen, não pode conviver com suas mães, Laísa e Aneci. Acreditava que, lá no passado, algo de muito ruim fizera para ter merecido tal provação.

Vendo-a calada, Laísa e Francisco envolvem-na em um forte abraço.

Henriqueta, sentindo as vibrações de saudades de Karen, aproxima-se dela e, com muita sabedoria, diz:

– Karen, veja como Deus é bom. Você, agora, está com aqueles que um dia foram seus pais, Francisco Renato e Laísa.

– O amor aproxima as pessoas pelo vínculo carnal, mas, principalmente, pelo vínculo espiritual.

– Guarde esta carta com você. Escreva algo para nós e levaremos para Aneci em seus sonhos. Aí, sim, marcaremos um encontro no plano físico com você e com a índia Aneci, quando ela se encontrar no estado de emancipação da alma.

– Vá, escreva e traga o conteúdo para ser avaliado.

Karen se despede e mostra em sua aura um estado de confiança.

Apenas algumas horas se passaram e Karen retorna com a resposta no verso da carta. Eram poucas linhas, mas carregavam sentimentos nas palavras discorridas.

ONDE ESTÃO AS NOSSAS KARENS?

"Mãezinha,

Guarde em seu coração que a amo muito. Sei que Deus não erra! Aprendi que o nosso livre-arbítrio mal usado é que nos traz consequências ruins.

Acredito que os amigos que temos de longas datas na jornada do tempo nos acolhem e nos auxiliam.

Confie e me aguarde! Nos encontraremos em um dos seus belos sonhos. De verdade, irei abraçá-la! E aí, sim, estaremos novamente unidas!

Um beijo forte no seu coração,

Karen Barella (filha de Aneci e Allan)"

Henriqueta parabenizou Karen pela escrita breve e verdadeira. Carinhosamente, consentiu que aquela carta chegasse para Aneci naquela mesma noite.

A jovem também seria acompanhada de Laísa na visita a sua mãe Aneci.

A menina demonstra grande expectativa e felicidade. Pega nas mãos de Laísa e diz:

— É como eu poderia imaginar, duas mães. Você, minha meiga Laísa e a outra, minha querida Aneci.

Ambas se abraçam, sorriem felizes e se preparam para o tão esperado acontecimento.

Francisco Renato e Irmã Sílvia unem-se ao grupo naquela incursão para Santarém. Eles tinham a incumbência de entregar a carta para Aneci, antes da visita de Karen. Além disso, iriam preparar o ambiente, retirando miasmas, como também protegê-las, a fim de evitar qualquer interferência que prejudicasse aquele reencontro.

À noite em Santarém, Aneci encontrava-se em estado de serenidade. Um recado repercutia em sua mente, dizendo que ela teria uma surpresa belíssima naquela noite.

A voz que repercutia nos canais do pensamento da índia era de Francisco Renato. Ele e Irmã Sílvia já estavam a postos, auxiliando naquela grata tarefa.

Aneci adormece na rede com um franco sorriso nos lábios. Estava tão feliz que a sua felicidade era uma oração, já que dormira tão rápido esquecendo-se de orar.

UM ENCONTRO NO PLANO ESPIRITUAL

Quando seu espírito se vê emancipado, isto é, desdobrado do corpo físico através do sono, recebe um pequeno envelope entregue por Francisco.

Aneci abraça o amigo, o qual tão pouco convivera. Ao visualizar ao lado dele o espírito de uma freira de meigos olhos azuis, recorda que a mesma estivera com ela, antes do nascimento de Karen, em sonho orientando-a.

Sílvia delicadamente indica para que Aneci leia o conteúdo da mensagem, ao que ela atende com presteza.

Sendo a leitura uma mensagem de sua filha, a emoção surge-lhe e lágrimas correm pela sua face. Ela desejava ardentemente abraçar sua pequena Karen e Deus assim permitiria.

A índia Aneci aguardava ansiosa quando, de repente, surge uma clareira de luz, era o espírito de Laísa, ao qual Aneci não conhecia, anunciando a chegada de Karen.

Aneci vibra de contentamento e, de olhos fixos, vê entrar uma jovem de cabelos lisos como os seus e olhos azuis como o de Allan. Ambas se abraçam e ficam assim, não sabem por quanto tempo, pois os sentimentos embargam-lhes a voz.

O trio espiritual permanece ali, envolvendo-as com energias positivas, até que Laísa interrompe aquele momento tão singular:

– Não vão conversar? Viemos aqui para isto.

Mãe e filha conversam como grandes amigas, por duas boas horas contadas no relógio, até que os espíritos guardiães encerram aquele encontro tão especial. Então, convidam a jovem Karen para o retorno ao plano espiritual.

O diálogo que tiveram foi longo e produtivo. Karen saiu dali renovada e Aneci pronta para dedicar-se ainda mais às crianças da localidade de Santarém.

Um perfume de brisa suave cai sobre ambas. Abraçadas, despedem-se afetuosamente, não para sempre, mas para outros encontros que se sucederiam. Esta era a promessa dos espíritos benfeitores.

CAPÍTULO XXIII

O NASCIMENTO DO FILHO DE ALLAN E FRANÇOISE

Os dias correram e Allan, acompanhado de Marie, retorna de um passeio aos arredores de Paris.

Ele estava saudoso dos parentes do Brasil, pois recebera uma carta com notícias. Em seu conteúdo, ele foi informado que Efigênia, apesar da idade estava bem, no entanto, Dorneles encontrava-se adoentado. Tia Karina, auxiliada pela índia Aneci, trabalhava cada vez mais na educação das crianças da região. Sua irmã Laisinha reforçava o convite para que ele os visitasse, pois tinha muita saudade dele e de Karen, com quem tão pouco convivera.

O plano de Allan era ir brevemente ao encontro de Karen em Barcelona e, de lá, partir levando-a para ver sua mãe e os parentes no Brasil. Por mais problemas que acontecessem, ele não poderia deixar de cumprir sua promessa a ela. Tinha a certeza de que, em contato com a mãe, ela ficaria muito feliz. Sentia demasiadamente sua falta. Arrependia-se em tê-la afastado do seu convívio, todavia, não enxergava outra alternativa de esconder o seu romance com Françoise e o filho que viria.

O casal comentava sobre os preparativos da viagem, quando em determinado instante Jean, um dos criados,

O NASCIMENTO DO FILHO DE ALLAN E FRANÇOISE

chega trêmulo para comunicar-lhes uma péssima notícia. Allan surpreende-se com o estado de tensão do seu auxiliar, ao entregar-lhe a missiva de Peter. Marie, curiosa, sentou-se ao lado do esposo aguardando a leitura.

Ao começar a leitura da carta, o pai de Karen compreendeu a gravidade da notícia. Não conseguiu continuar. Seu rosto empalideceu, fazendo com que Marie retirasse o papel de suas mãos. Ela leu a tétrica notícia e as lágrimas começaram a correr pelos seus olhos.

Allan, petrificado, não reagia. Marie tentava dizer alguma coisa, porém ele, em estado de choque, não respondia a nada. Ficou sentado ali por horas e, ao levantar, tinha se esquecido de tudo que lera sobre o desencarne da filha.

O choque tinha sido tão forte que ele entrou em estado de amnésia e continuou falando sobre a conversa de antes. A esposa o olhava espantada! Ele falava dos familiares em Santarém e como Karen seria feliz junto deles.

Uma semana se passou e a reação de Allan era a mesma. Karen continuava viva para ele. Não parava de falar nos belos planos que pretendia fazer com ela, principalmente, em rever a mãe Aneci.

Marie não sabia mais o que fazer. Todas as vezes que tentava falar sobre o episódio e a necessidade de procurar Peter, o médico mostrava-se não entender nada. Ele trabalhava como nunca e, quando chegava em casa, se refugiava em sua biblioteca no estudo da Medicina.

Françoise, há mais de seis meses, não dava notícias. Marie não entendia o porquê de uma ausência tão longa. Seu esposo desconversava e dizia que ela deveria estar ocupada com novos estudos e que logo se comunicaria com eles.

Marie várias vezes tentou colher informações sobre o paradeiro da filha, para visitá-la. Somente conseguiu algo evasivo de sua cunhada. Disse-lhe que ela pedira demissão do colégio, falando que precisava fazer uma longa viagem e depois mandaria notícias.

A mãe não conseguia entender esta atitude indiferente de sua filha. Achava-se desprezada. Mal sabia que ela, sob orientação do próprio Allan, mudara-se para a cidade de Barcelona, na Espanha.

ONDE ESTÃO AS NOSSAS KARENS?

Allan estava preocupado com a situação de Françoise e arrumou um pretexto para encontrá-la, seriam os estudos médicos no hospital barcelonense, o qual mantinha um contato estreito com os médicos desta unidade, desde o período que sua filha foi internada ali para os cuidados visuais.

Ao chegar, foi ao encontro de Françoise. Ela, em estado avançado de gestação, recebeu-o com um sorriso franco e feliz. Seu filho nasceria por aqueles dias.

Allan, desolado, olhou para a futura mãe. Concluiu que não a amava de verdade. Diferente dos contornos do corpo com a gravidez, o futuro pai percebia tardiamente que a mulher não passara de uma aventura. Não sabia o que dizer. Aquele filho que chegava não representava quase nada ao seu coração. Disfarçou o desinteresse e lhe perguntou sobre seu estado como se falasse a uma paciente qualquer do consultório.

Françoise respondia a tudo. Ela não notou o desconforto de Allan às suas indagações.

Foram três dias de espera e nasce Afonse, filho de Allan e Françoise. Um menino robusto e parecidíssimo com o pai.

O médico tratou o bebê como qualquer paciente seu. Cuidou também da jovem mãe. Seu coração estava trancado. Algo tinha mudado em sua vida. Não entendia bem o que era. Sua mente riscara de vez a morte de Karen, mas o seu espírito bem o sabia. Vivia lutando consigo mesmo para não acreditar naquela verdade.

Alguns dias se passaram e, logo que Françoise recuperou-se do parto, Allan comunicou-lhe que retornaria a Paris.

Françoise, aborrecida com a indiferença do amante, notava que aquele amor, dantes tão ardente, esfriara de vez e, pelo jeito, ele não mais a amava.

Allan começou arrumar as malas e Françoise também buscou fazer o mesmo, juntando as roupinhas de Afonse.

– O que vai fazer Françoise, por que arruma as malas?

– Vou acompanhá-lo Allan.

– Está ficando louca! Quer matar sua mãe de susto! Já basta minha desgraça...

O NASCIMENTO DO FILHO DE ALLAN E FRANÇOISE

Naquele instante, na luta entre a realidade e o devaneio, Allan lembrou-se da carta de Peter, citando a morte de Karen e caiu em silêncio profundo. Uma apatia apoderou-se dele. Seu sistema nervoso alterou-se de tal forma que não conseguia sequer alimentar-se. Ficou em estado de prostração.

Françoise, preocupada com seu estado, chamou um médico para assisti-lo. Assim que o doutor chegou, ele logo diagnosticou que o caso era grave. Exigiu internação imediata no hospital mais próximo.

Por ser médico, Allan era muito respeitado em seu meio, sendo assim, foi muito bem tratado no hospital. Apesar disso, o seu estado mental não apresentava melhora.

Em Paris, Marie recebe correspondência de Françoise. Ela comunica-lhe que residia em Barcelona. No texto, explicava que se mudara para a Espanha, em face da oportunidade de um melhor emprego e de colocar em prática o seu espanhol. Pedia desculpas pela longa ausência de notícias, mas tinha medo da reprovação da mãe, por isso ainda não escrevera.

Quase automaticamente, um serviçal lhe entrega um telegrama vindo do hospital de Barcelona, informando que seu esposo estava internado na unidade com um quadro de colapso nervoso e solicita a sua presença.

CAPÍTULO XXIV

O DESAPARECIMENTO DE AFONSE

Françoise não podia ser acompanhante de Allan no hospital. Sua atenção naquele momento era somente para seu filho Afonse. Então chamou Jade, sua auxiliar, para conversarem. Ela morava em uma pequena residência, anexa aos fundos da sua casa.

— Jade, preciso que me faça um favor.

— Pois não, senhora.

— O esposo de minha mãe, Dr. Allan Barella encontra-se internado no hospital, aqui em Barcelona. Não poderei ficar lá com ele, pois estou amamentando Afonse. Será que você poderia ser sua cuidadora por alguns dias?

— Sim, eu posso. Mas e Afonse?

— Precisarei de uma auxiliar para ajudar-me na casa e com meu filho, enquanto você estiver no hospital. Você pode me indicar alguém?

— Tenho uma irmã mais jovem, Paloma. Ela, apesar da pouca idade, é prestativa e eficiente. Vou trazê-la ainda hoje para apresentá-la.

Jade, após a entrevista com a patroa, fica intrigada com o nome Allan Barella e pensa:

O DESAPARECIMENTO DE AFONSE

– Não seria o mesmo Dr. Barella, o médico amigo do meu cunhado Peter!? Sim, só poderia ser ele, o pai da Karen, a menina tão bela que faleceu na casa de minha irmã Nádia!

Curiosa, ela decide, tão logo iniciasse sua nova função, aproximar-se do Dr. Allan Barella e averiguar toda sua história, tornando-se sua confidente.

Marie, tão logo foi comunicada da doença do esposo, rapidamente fez as malas para a viagem a Barcelona. Não esqueceu de enviar um telegrama para Françoise, já que agora possuía seu endereço. Ela comunicou-lhe todos os acontecimentos, inclusive sua partida imediata para assistir o esposo diretamente no hospital.

Pobre Marie! Mal sabia que sua filha estava ciente de tudo que acontecera.

Em sua casa, Françoise recebe o telegrama de sua mãe, informando de sua chegada breve, devido à enfermidade de Allan. Nele, expressava também suas imensas saudades.

A professora preocupou-se em conseguir um meio de esconder Afonse de sua genitora.

– Que decepção daria à mãe caso descobrisse o seu romance com Allan e o resultado que chegara – pensava com grande aflição.

Françoise precisava ir ao hospital alertar Jade sobre a chegada de Marie naqueles próximos dias e, ao mesmo tempo, saber notícias de Allan.

Ao chegar ao nosocômio, ela fica ciente de que o estado do esposo de sua mãe melhorara, mas necessitaria ainda ficar internado em averiguação.

Enquanto a enfermeira do hospital administrava os medicamentos ao paciente, Jade e sua patroa dialogavam discretamente no corredor do hospital:

– Jade, mamãe está para chegar em breves dias para assistir Dr. Barella. Quero que, a partir de amanhã, você retorne para as tarefas em minha casa. Avisarei a sua ausência ao setor de enfermagem.

– Graças a Deus, Allan está conversando! Acho que logo terá alta!

– Sim senhora, estou à disposição.

– Não é somente isso que tenho para lhe dizer. Estou em uma situação difícil. Minha mãe não sabe da existência de Afonse e quero, se por

125

ONDE ESTÃO AS NOSSAS KARENS?

acaso ela vier visitar-me, que o resguarde em sua casa. Lá nos fundos ela não irá!

– Fique tranquila!

Alguns dias se passaram e Marie chega em Barcelona. Apesar do cansaço da viagem, ela se encaminha direto ao hospital para visitar o esposo.

Françoise passou a ir diariamente à unidade hospitalar, até que teve a bela surpresa de encontrar sua mãe no quarto com Allan.

Marie ao vê-la, depois de tanto tempo, abraça-a e verte lágrimas de saudades. Emocionada, diz-lhe com ternura:

– Filha querida, por que você ficou tanto tempo sem dar-me notícias? Sempre fomos tão unidas! Qual a razão do seu afastamento, sem sequer me consultar?

– Mamãe, vamos conversar lá fora?

– Sim, não devemos acordar Allan. Ele precisa de repouso.

Elas se ausentam do recinto e se conduzem para uma pequena sala de espera. Françoise diz timidamente:

– Sei que errei! Não me acostumei em vê-la casada. Ainda mais com um homem bem mais novo que você.

– Françoise, você sabe melhor que ninguém que, em todos esses anos de viuvez, não me interessei por homem algum. Apesar dos problemas que vivi com seu pai, senti muitas saudades dele. Nossa vida foi difícil, pois Alfred herdou-nos dívidas. Trabalhei exaustivamente para pagar aos credores, portanto considero que fiz tudo que minha consciência me pedia. Nunca pensei em novas núpcias! Todavia, comecei a trabalhar com Allan e me aproximei dele. Com o tempo, um sentimento sólido surgiu entre nós.

– Não vejo nada de mais em duas pessoas livres se interessarem uma pela outra e resolverem se unir. A diferença de idade não é importante quando duas pessoas se amam!

Françoise reconhece que sente ciúmes de sua mãe por ela estar casada com Allan, mas procura mudar de assunto. Como há muito tempo não tinha notícias de Karen, ela pergunta pela amiga:

– Filha, tenho algo muito sério a lhe dizer sobre Karen que até hoje não me acostumei. Sei que o estado de saúde mental de Allan é consequência do trágico acontecimento com a filha.

126

O DESAPARECIMENTO DE AFONSE

– O que aconteceu com ela mamãe?

E Marie discorreu os fatos tristes do desenlace de sua enteada, que provocaram lágrimas incontidas em Françoise.

Após essa notícia, a filha de Marie emudeceu. Sentiu-se indiretamente culpada pelo afastamento de Karen da família e, consequentemente, por sua morte. Tantas e tantas vezes, pensou em perguntar para Allan o endereço dela em Barcelona. Mas os contatos com ele em todos os meses de sua gravidez não aconteceram. Somente enviava-lhe uma quantia mensal por um emissário e mais nada. Nunca retornou com respostas as suas cartas, as quais enviava pelo mesmo indivíduo que sequer se identificava. Isso a desencorajou de todo e qualquer contato com a adolescente. Queria tanto pedir-lhe perdão e lhe dar apoio, mas nada fez!

Marie, ao ver o estado de abatimento de Françoise, desistiu de continuar a comentar sobre o desenlace de Karen e mudou de assunto.

Durante toda a conversa que tiveram, ela percebeu a grande mudança no corpo de sua filha. Tinha notado até o leite que umedecia sua blusa sobre os seios, dando sinais evidentes da presença de um bebê. Com a doçura que lhe era peculiar, expressou-se como mãe e amiga.

Françoise disfarçava, porém, eram evidentes os fatos. Ela, então, optou por falar meias verdades. Citou sobre um romance com um homem casado que a mantinha e também a seu filho, sem mencionar o nome de Allan.

Marie se chocou com o acontecido, porém se resignou. Tudo já estava consumado!

Ela quis conhecer o neto, contudo Françoise retraiu-se, pois o menino era parecidíssimo com o pai. Ele tinha olhos azuis, cabelos negros e seus traços faciais. Tudo lembrava Allan! Seria evidente que ela ligaria os fatos e teria um trauma imenso.

– Como falar a verdade? – pensava repetidamente.

Após o diálogo tão difícil, Françoise despede-se de sua mãe, pois precisava ir para casa amamentar Afonse.

Na sua partida, Marie completa:

– Allan já está melhor! Ele terá alta do hospital amanhã à tarde. Iremos a sua casa para que ele repouse por alguns dias. E, principalmente, quero ir lá pois desejo muito conhecer meu neto! Afinal, qual é o nome dele?

ONDE ESTÃO AS NOSSAS KARENS?

Françoise responde em um fio de voz:

– Afonse. Afonse, mamãe!

A jovem mãe apreensiva sai do hospital sem saber o que fazer para ocultar o filho.

À tardinha, o casal Barella chega na casa de Françoise. Marie, ansiosa para conhecer o neto, vai adentrando pela casa, todavia não o encontra.

Françoise vem ao encontro da mãe e explica que Jade saíra com o pequeno Afonse para um passeio.

A professora ficou momentaneamente aliviada, pois sabia que Jade ou sua irmã Paloma estava com seu filho na pequena casa, situada nos fundos, a qual Marie não conhecia.

Ela torcia para que sua mãe fosse embora o mais rápido possível. Convicta também de que ela nunca partiria sem conhecer o neto, conversaria com Allan. Ele teria que levá-la embora o mais rápido possível, antes que tudo caísse sobre suas cabeças.

Françoise estava em pânico. Não sabia o que fazer!

Em um confortável quarto de hóspede, enquanto Marie repousava junto de Allan, sorrateiramente Françoise sai ao encontro do filho que estava com Jade nos fundos de sua casa. Lamentavelmente, não a encontra e nem o seu pequenino. Aflita e com mau pressentimento, procura Paloma. Seu coração dispara! Sente que algo grave acontecera!

Ela encontra a jovem cigana andando para lá e para cá, no pequeno quintal da casa. Em tom acintoso, pergunta-lhe:

– Paloma, onde está Jade com meu filho Afonse?

Ela responde em prantos:

– Senhora, eu não sei! Jade saiu e pediu-me que ficasse com Afonse. Disse que não demoraria. Enquanto eu tomava banho, deixei-o no quarto dormindo. Quando voltei, não o encontrei mais! E ela, até agora não voltou!

Françoise, desesperada, grita:

– Socorro! Socorro! Mamãe, meu filho desapareceu! Ajuda-me, pelo amor de Deus!

Os apelos de Françoise fizeram com que Marie e Allan despertassem.

Allan continua sem reagir, contudo, Marie atônita vai ao encontro da filha e lhe pergunta:

O DESAPARECIMENTO DE AFONSE

– O que aconteceu, minha filha?

– Mãe, Afonse desapareceu.

– Como?!

– Tanto ele, quanto Jade sumiram sem nenhum aviso.

– Filha, pense em todas as possibilidades. Ela deve voltar com o menino ou, quem sabe, foi o pai dele quem o levou por alguns momentos.

Françoise não conseguia nem ouvir a mãe. Vira-se para Paloma, segura firmemente em seus ombros e lhe fala com aspereza, acreditando que ela sabia o paradeiro de Jade e de Afonse.

As horas se passavam e a cigana muito trêmula afirmava com veemência que não sabia do destino dos dois.

Marie, Françoise e Paloma fizeram de tudo para localizar Jade e, principalmente, Afonse, contudo não os encontraram em lugar algum.

Allan não colaborou em nada e não contribuiu com qualquer opinião, deixando Françoise indignada.

Solidária, Paloma acompanhou as duas mulheres, em todas as diligências com as autoridades, porém tudo foi infrutífero. A cigana negava-se a acreditar que sua irmã estivesse envolvida em um ato tão cruel.

CAPÍTULO XXV
UMA PISTA SOBRE AFONSE

A partir daquele dia, Françoise sentia-se como se estivesse carregando um grande peso. Ela achava a vida muito ingrata devido ao desaparecimento de seu filho e a morte de Karen. Para sua maior decepção, Allan não colaborava em nada em qualquer providência na busca do filho.

Marie insistia com seu esposo para que fossem procurar o pai do menino. Ela nunca poderia imaginar que Allan era o próprio genitor. Ao ver a filha em prantos, ela consola-a:

— Querida, nunca desista de encontrar seu filho! O Mestre Jesus a conduzirá por caminhos que a levarão até ele! Confie!

— Mãe, parece castigo de Deus! O meu bem mais precioso desapareceu!

— Filha, a punição do Criador não existe. O nosso livre-arbítrio mal conduzido é que nos leva às consequências negativas. Pense, reformule suas ideias e atos. Peça aos bons espíritos e estes lhe mostrarão novos rumos. Algumas pessoas da vizinhança relataram-me que no próximo quarteirão mora uma mulher que possui o dom da mediunidade. Já auxiliou muitos que passaram por graves situações. Vamos até lá para conhecê-la?

UMA PISTA SOBRE AFONSE

– Não acredito nessas coisas.

– Como não acreditar em um dom tão especial como a mediunidade, instrumento da bondade de Deus para nos consolar. Não confunda as pessoas que utilizam o comércio dos seus dons com aquelas que a fazem por amor com um objetivo útil e desinteressado de qualquer recompensa financeira.[17]

– Como a senhora tem certeza que ela não engana as pessoas?

– Todas as referências realçaram o seu bom caráter. Usa o dom que Deus lhe presenteou como bálsamo na vida de muitos.

– Vamos usufruir desta ajuda espiritual. Você merece! Nós merecemos!

Pela insistência da mãe, Françoise aceita a proposta.

No dia seguinte, ambas vão até a casa da Senhora Wilma. Ela as recebe com afabilidade.

Françoise estava muito descrente, portanto, deixou que sua mãe iniciasse a conversa:

– Senhora, estamos aqui por causa do meu neto Afonse que sumiu dias atrás, sem deixar pistas. É ainda um recém-nascido que, infelizmente, não tive a felicidade de conhecer.

A médium olha com doçura para as duas mulheres. Antes de mencionar qualquer opinião, retira um livro de uma gaveta, pede a Françoise que o abra aleatoriamente e leia.

Marie reconhece aquele livro que era o "El Evangelio Segun El Espiritismo".

Françoise tinha nas mãos a belíssima obra de Kardec. Silenciosa, abre uma página qualquer, mas seus olhos não conseguem lê-lo. Eles estavam cheios de lágrimas, deixando as letras embaçadas.

Sua mãe, com delicadeza, pega o livro de suas mãos e lê com precisão, o capítulo VIII: "Bem-aventurados os que têm puro o coração", inciso 13 e 14, "Escândalos e se sua mão foi motivo de escândalos, cortai-a".

Após a leitura, Marie comenta com clareza a página lida.

....

17. Jesus nos recomendou: "De graça recebestes de graça daí" Mateus 10.8

ONDE ESTÃO AS NOSSAS KARENS?

Françoise, sob forte emoção, ainda não compreende o seu verdadeiro significado. Continua achando que o sequestro de Afonse fora castigo de Deus, por sua traição e pela tristeza que causou a Karen, que resultou em seu desencarne.

A médium, com sua sensibilidade apurada, consegue entender os conflitos interiores da mãe tão sofrida e busca em preces consolá-la. Entra em sintonia com um espírito amigo que, pelos canais mediúnicos, lhe fala:

— Françoise leia e releia esta página até que a compreenda. Muitas circunstâncias em nossa vida são resultado de nossa invigilância e do desrespeito de uns para com os outros. Se nos amássemos, como Jesus nos recomendou, todos estariam em harmonia com o Criador.

— Retorne à moradia de sua babá e lá encontrará respostas do seu paradeiro e de Afonse.

— Querida, você terá que lutar muito. Não desista! Use de sinceridade para com aqueles que deparar pelo seu caminho, a fim de não prejudicar o reencontro com seu filho. Perdoe-se e procure fazer o bem, aonde for! Ame todas as crianças como se fossem suas!

— Já estivemos juntos em outra fase de nossas vidas. Você continua a ter um grande coração, mas aumente a sua fé e as suas obras.

— Meu nome é Francisco Renato...

Wilma termina este belíssimo encontro com uma prece de agradecimento a Deus, acompanhada por Marie e Françoise.

No retorno para casa, Françoise comenta com sua mãe que recordava que Jade havia lhe falado sobre uma outra irmã. Ela morava em um bairro mais distante, ali mesmo em Barcelona e que era casada com um homem que negociava medicamentos.

Marie, esperançosa com a revelação da filha, a encoraja a colher informações que a levem ao endereço do farmacêutico. Provavelmente, ele era muito conhecido naquele lugar.

Na manhã seguinte, elas convidam Allan para acompanhá-las. Ele aceita o convite, porém se mostra totalmente contrariado. Apático, não faz nenhuma ligação que o homem que procuravam era Peter, seu amigo.

Não foi difícil a localização da casa do farmacêutico, em poucas horas eles chegam a uma residência modesta e são atendidos pelo mo-

UMA PISTA SOBRE AFONSE

rador. O homem manifesta-se com grande surpresa ao ver o Dr. Barella acompanhado das duas mulheres. Allan, que desconhecia que ali era a moradia de Peter, ficou também admirado em revê-lo.

O farmacêutico concluiu que eles estavam ali para saber detalhes da partida de Karen, portanto, foi o primeiro a falar:

— Dr. Barella, até que, enfim, o senhor veio!

As duas mulheres ficaram atônitas. Como poderiam imaginar que Allan e o dono da casa, onde procuravam Jade, se conheciam? Por um momento, na mente de Françoise passou a ideia de ele ter tramado o rapto do próprio filho, porém preferiu afastar de sua mente aqueles pensamentos aterrorizantes.

Peter os conduziu a uma pequena sala de estar, iniciando a infeliz narrativa sobre Karen. Lágrimas sentidas verteram dos seus olhos e também de todos que o acompanhavam.

— Dr. Barella, durante a viagem, sua filha pouco alimentou-se. Ficava horas e horas na proa do navio com olhar vago no horizonte. Quando eu a alertava para que não ficasse exposta aos ventos gelados do oceano e que retornasse aos aposentos, ela silenciava. Somente seus olhos falavam e demonstravam sentimentos pesarosos.

— Ela demonstrava uma decepção, senhor Allan! Uma grande decepção!

Françoise, ao ouvir aquela narrativa, acreditou que recebera como castigo o sumiço de Afonse. Karen nada fizera de grave para sofrer o afastamento que ela e Allan lhe impuseram. Chocada, saiu do recinto e se dirigiu para uma área externa nos fundos da casa. Aproximou-se de um cômodo onde havia uma porta entreaberta e escutou duas mulheres que conversavam.

Uma daquelas vozes era-lhe familiar. Surpresa, aguçou seus ouvidos e, nela, reconheceu a voz de Paloma. Ela dialogava com outra mulher. Françoise deduziu que deveria ser a outra irmã, esposa do farmacêutico.

A jovem cigana falava com eloquência:

— Nádia, não foi justo o que eles fizeram. O fato é que o menino nasceu de uma grande traição.

— Como você soube disso?

— Nossa irmã Jade contou-me.

133

ONDE ESTÃO AS NOSSAS KARENS?

– Como ela teve ciência desta história?

– Ela foi acompanhante de Dr. Barella por alguns dias no hospital e ele lhe revelou tudo.

Lembra-se daquela jovenzinha que ficou conosco e logo morreu?! A causa de sua morte foi desgosto. O pai dela casou-se com uma enfermeira que tem uma filha. O sem-vergonha traiu a própria esposa com a enteada e Karen descobriu. Devido a isso, afastaram-na com receio de serem delatados. Por coincidência, a amante foi morar vizinha à casa de nossa irmã Jade que, depois passou a trabalhar para ela, mudando-se para os fundos de sua residência.

Françoise que tudo ouvia sem que notassem, escutou a sua própria história amorosa ser narrada com mais exatidão que ela mesma contaria.

A conversa entre elas continuava:

– Depois que a criança nasceu, Jade foi chamada pela própria mãe do pequeno para escondê-lo da avó. Nossa irmã aprofundou-se mais no caso, sabendo que o mesmo Dr. Allan, genitor de Karen, era também o pai do bebê e esposo da própria avó do menino. Não é uma história intrigante?

– Paloma, esta é uma história não somente intrigante, mas triste! Eu e principalmente Peter sofremos até hoje por causa da pobre menina ter morrido em nossa casa. Sempre achei que Dr. Barella lhe tinha dado um castigo perverso, mas não esperava essa trama amorosa.

Françoise queria comprovar se Paloma ou Nádia conhecia o paradeiro de Afonse, por isso continuou estática no local atenta a tudo que diziam.

– Provavelmente, Jade achou que aquele menino seria muito infeliz num lar onde fora pivô da morte de sua própria irmã – continuou Nádia.

– Nossa que confusão! Acho que foi melhor essa criança ter desaparecido. – E Jade, já deu notícias?

– Ainda não, Nádia. O que sei é que nossa irmã andava de namoro com um cigano. Pelo que soube, ele também sumiu. A conclusão que eu tenho é que ambos fugiram e levaram o filho de Dr. Allan.

– Você estava lá quando tudo aconteceu?

– Sim. Eu estava na casa de Jade e ela estava com o bebê de Dona Françoise. De uma hora para outra, ela me pediu para cuidá-lo e que não demoraria, porém acabou não voltando mais.

UMA PISTA SOBRE AFONSE

– Em um instante que deixei o menino para ir ao banheiro, ele desapareceu.

– Só sei isso, mais nada! Juro! Não sei o paradeiro de Jade e, muito menos, de Afonse!

Françoise não teve coragem de chegar até as duas mulheres. Preferiu retornar para onde sua mãe e Allan estavam. Sem nada explicar, insistiu com veemência para que voltassem para casa, mal despedindo-se de Peter.

Em retorno, Françoise mantinha-se silenciosa. Com olhar distante, refletia sobre a conversa que ouvira há pouco.

Marie quebra o silêncio e diz:

– Filha, precisamos continuar à busca de Afonse. Nem sequer o conheci!

– Mamãe, nunca vou desistir de procurar meu filho. Irei para onde for para encontrá-lo.

Allan estava indiferente a tudo que as mulheres diziam. Seu pensamento era prisioneiro das lembranças amargas que ouvira de Peter sobre a morte de Karen. Isso deixou a sua consciência pesada e o remorso corroía todo o seu ser.

Em sua casa, Françoise convida Marie para inspecionarem a pequena moradia de Jade. A finalidade era conseguir alguma pista sobre Afonse. Essa foi a orientação que recebera através da mediunidade de Senhora Wilma.

No quarto da babá, mãe e filha constataram que tudo estava intacto, as roupas, joias e pertences íntimos.

Elas já desistiam da busca, quando Françoise, persistente, viu uma mochila no meio dos travesseiros. Abriu-a e encontrou algo intrigante, um bilhete com os dizeres:

"Jade,

Partiremos para o Brasil e desembarcaremos na cidade de Recife, no nordeste do país.

Nos encontraremos no porto, na área de embarque. Estou com as passagens e seus novos documentos.

Venha o mais rápido possível com o menino."

Jairo

ONDE ESTÃO AS NOSSAS KARENS?

Agora Françoise certifica-se que todo o desenrolar do drama do sequestro do seu filho estava realmente nas mãos de sua babá.

Marie, com ajuda da filha, recolhe todos os pertences de Jade e o precioso bilhete.

Elas decidem levar o material imediatamente às autoridades, pois agora existiam provas, confirmando a culpa da cigana e a indicação do seu destino, junto a um cúmplice.

Tudo foi infrutífero, o tempo passou e nada conseguiram.

Ao ver a filha tão fragilizada e oprimida, Marie a convida para que retorne com ela e com Allan para a França.

Françoise aceita o convite, pois a companhia de sua mãe naquele momento era imprescindível para ela. Ultima todos os afazeres para a mudança e seguem viagem juntos para a confortável e elegante casa de Allan e Marie.

Ao chegarem na capital parisiense, o casal Barella volta à rotina de seus afazeres, contudo Françoise mantinha-se absorta no único propósito de encontrar seu filho. Não tinha o menor desejo de reatar o vínculo amoroso com Allan. Não suportava a sua tamanha indiferença para encontrar seu filho. Além do mais, sua consciência não aprovava ferir novamente sua mãe com atitude tão vil.

O sentimento de Allan para Françoise era também nulo. Ele se arrependera muitíssimo do seu romance impensado e a presença doce e amiga de Marie o cativava cada dia mais.

CAPÍTULO XXVI

A COMUNICAÇÃO ESPIRITUAL DE KAREN

Numa bela manhã, Marie, muito eufórica, anuncia a grande novidade à filha: seria mãe novamente. Françoise ficou mais introspectiva, aumentando o seu estado de angústia pelo sequestro de Afonse.

Durante dias ela ficou pensativa, buscou fórmulas para encontrar seu filho e tomou uma decisão:

— Mãe, irei para o Brasil! Lembra-se do bilhete que achamos no quarto de Jade, dizendo que ela estaria na cidade de Recife. Lá, com certeza, a encontrarei com Afonse! A senhora terá o seu filho e eu resgatarei o meu. No entanto, antes retornarei a Barcelona para conversar com a médium Wilma para que me auxilie mais uma vez. Não partirei sem os seus conselhos.

E, assim, Françoise cumpriu o que prometera.

No dia seguinte, ela acordou com os raios do sol a iluminarem o seu quarto, num incentivo à tomada de novas decisões. Levantou-se apressadamente e se preparou para ir a Barcelona.

Lá, ocupou por alguns dias a moradia que fora palco dos acontecimentos tão angustiosos do sumiço de Afonse. Teria que entregar as chaves para o senhorio e, apesar

ONDE ESTÃO AS NOSSAS KARENS?

de tudo, agradecer-lhe a estadia por aqueles dias que antecederam sua viagem para o Brasil.

Deixou suas malas no porto, onde guardavam-se bagagens. Mais tarde, após a visita à Sra. Wilma, retornaria.

Françoise, ao visualizar as águas azuladas do oceano que abrigava as embarcações, entrou em sintonia com a natureza e rogou proteção a Deus. Naquele instante, iniciava uma nova etapa da sua vida.

Em passos largos, a filha de Marie seguiu até a moradia da Sra. Wilma. Ao chegar, encontrou-a cuidando do jardim. Ela cantava uma canção suave que envolvia a tudo. Ao vê-la, a médium esboçou um grande sorriso e lhe deu um fraterno abraço.

Alegremente, disse-lhe:

– Eu a aguardava. Um espírito benfeitor avisou-me de sua vinda. Entre, pois tenho muito a dizer-lhe.

A anfitriã conduziu Françoise para uma sala de ambiente acolhedor. Ali, comportava uma mesa retangular, onde quatro pessoas estavam sentadas ao redor. Compenetradas, estudavam o "El Libro de Los Espíritus".

Silenciosamente, Wilma sentou-se e sinalizou para a visitante fazer o mesmo.

Françoise sentiu uma emoção diferente. Acreditou que naquele ambiente havia alguém que já conhecera e agora se encontrava do outro lado da vida.

Após a belíssima rogativa, Wilma manifestou-se em estado de transe mediúnico direcionando-se a ela.

– Francesinha, na última vez que você esteve aqui, nada pude dizer-lhe, pois ainda não me encontrava bem para comunicar-me. Hoje, acompanhada dos amigos espirituais Francisco Renato, Laísa e tio Hirto e com o carinho e a força que todos me dispensam aqui, estou pronta para isto.

Françoise ouve aquele espírito e tinha certeza de que era Karen. Somente ela a chamava de Francesinha.

Comoveu-se. A vontade de estar com ela e ouvi-la foi tão grande que se concentrou somente neste objetivo.

138

A COMUNICAÇÃO ESPIRITUAL DE KAREN

– Carla, era o seu nome em outra fase de sua vida, isto é, na sua outra reencarnação. Muito agradeço-lhe pela proteção que me deu naquela época.

– Nesta vida estivemos juntas novamente, por pouco tempo. Eu, somente eu, me prejudiquei muitíssimo. Parti antes da hora pelo desânimo e pela falta de coragem. Às vezes, sinto-me uma suicida indireta. Não tive forças para lutar. Papai impingiu-me o afastamento do lar e eu não suportei. Fiz mal em não confiar no futuro. Deus, certamente, teria boas oportunidades para mim, mas não confiei.

– Você, Françoise ou Carla está lutando para ser melhor. Corrigir os erros do passado é a sua meta! Sei que temos quedas, mas temos que nos levantar. Caí e não levantei. Fui antes do tempo! Não é a primeira vez que faço isso.

– Deus não lhe castigou, como você pensa. O desaparecimento de Afonse é uma consequência de atos insensatos. Fatos ruins foram acontecendo, como um novelo que, ao cair, se desfaz, embola e dá nós.

– Não desanime! Procure seu filho!

– Os espíritos de Francisco, Laísa e tio Hirto muito lhe auxiliarão.

– Perdoe-me Karen! Perdoe-me, por favor! Diz Françoise, emocionada.

– Perdoar você, Francesinha? Eu é que preciso do seu perdão. Afinal, você continua aí, lutando. Eu, não! Abandonei o barco da vida aos recentes quatorze anos de idade. Eu, sim, errei!

– Onde eu estiver, vou orar a Deus para que lhe indique o caminho certo para encontrar o seu filho. Amo muito você, Francesinha! Fique em paz!

Karen, emocionada, despede-se.

Para um espírito recém-desencarnado, ela já se comunicara por bastante tempo. Deus, bondosamente, concedera-lhe aquela oportunidade valiosa.

A finalidade daquela psicofonia[18] era mostrar a Françoise que não havia punição em suas leis e que ela deveria perdoar-se, pois o perdão liberta as almas.

....

18. Psicofonia: capacidade mediúnica de falar pela influência dos espíritos.

ONDE ESTÃO AS NOSSAS KARENS?

Wilma se refaz das energias da comunicação de um espírito recém-desencarnado e, com uma prece de agradecimento, termina aquele momento especial.

Quando todos se despedem de Françoise, a médium deixa a mesma frase, dita por Francisco na primeira comunicação: "Ame todas as crianças como se fossem suas."

CAPÍTULO XXVII

FRANÇOISE CHEGA AO BRASIL

Marie estava desconsolada pela partida de Françoise, pois reconhecia as dificuldades que ela encontraria em terra estranha e tão distante como o Brasil.

Françoise embarcou sozinha para a longa viagem ao encontro das terras brasileiras. O desejo de encontrar Afonse dava-lhe força e determinação.

No navio, ela fez muitos amigos e estes comentavam os obstáculos mil que enfrentariam em um país tropical, tão diferente da Europa.

Allan, quando soube que a enteada partira para terras brasileiras, teve um grande alívio, refazendo todo o seu ser. Enfim, ficaria distante de seu passado pecaminoso.

Todas as desditas oriundas do seu lastimoso romance ficariam para trás e a novidade de ser pai, outra vez, deixava-o radiante. Acreditava que tudo voltaria a ser como antes. Cada vez mais, reconhecia o valor de sua esposa Marie, amiga dedicada, meiga, espiritualizada e tantos predicados. A maternidade tornava-a ainda mais linda aos olhos do seu companheiro.

No Brasil, Françoise desembarca em Recife, cidade simples e belíssima, com seus arrecifes e as praias encantadoras.

ONDE ESTÃO AS NOSSAS KARENS?

Logo que chega, sob orientação de um tripulante que conhecera na viagem, dirige-se a uma estalagem para hospedar-se.

Observou na conversa com recifenses que havia um clima de hostilidade entre os brasileiros nativos e imigrantes portugueses. Sentiu-se aliviada por ser francesa.

Bem cedo, banhada pelo sol da manhã, Françoise ora a Deus para que lhe dê forças. Afinal, tudo seria um grande desafio para uma mulher sozinha em um país tão distante de sua terra natal. Naquele momento, tão difícil, ela refletiu que deveria procurar alguma pista para encontrar Afonse, principalmente em um acampamento cigano.

A recém-chegada iniciou sua caminhada para conhecer a interessante cidade tropical. Apesar de sua obstinação em buscar o filho, ela não conseguiu deixar de render-se à beleza de Recife, cortada pelos rios Beberibe e Capibaribe que davam à cidade um aspecto encantador.

Françoise achou que a sua aparência morena, herdada do pai, dar-lhe-ia a semelhança com os ciganos, por isso resolveu adotar o nome de Jade. No entanto, não vestiria as roupas dela, as quais trouxera. Guardou-as para outro momento, onde fosse mais útil usá-las.

Poderia levar o tempo que fosse, mas ela não desistiria de achar seu pequenino. Deus assim permitiria!

Certo dia, andando por uma das avenidas principais, ela viu um cartaz onde anunciava a necessidade de uma professora de Espanhol e Francês. Apesar dos recursos que trouxera serem suficientes para custear suas despesas por um bom tempo, ela resolveu apresentar-se para o cargo, pois precisa ser útil e ter contato com as pessoas da localidade.

Mesmo com o pequeno conhecimento do Português, ela conseguiu colher informações para ir ao local, onde um fazendeiro procurava uma professora de línguas para seus filhos.

No caminho, notou um misto característico na população de negros, índios, brancos e caboclos. A miséria era contrastada com a opulência das propriedades de plantação de cana-de-açúcar, cacau e café.

Françoise foi recebida pela dona da casa. Apresentou-se como uma professora de Francês e Espanhol que passaria algum tempo no Brasil, interessada em lecionar.

FRANÇOISE CHEGA AO BRASIL

A anfitriã de uma bela aparência cabocla, não compreendeu a comunicação da professora, carregada de sotaque francês, portanto, chamou o esposo. Ele a atendeu prontamente. Era um senhor espanhol muito simpático de idade bem mais avançada do que ela. Três lindos meninos também chegaram e se podia notar que logo haveria mais um, pois a jovem senhora apresentava sinal de gestação.

O homem apresentou os seus filhos, um por um. Os dois mais velhos seriam alunos de Francês e Espanhol, o mais novo estudaria somente Espanhol.

Françoise quis saber o nome do fazendeiro que seria o seu patrão. Exatamente quando lhe perguntou, entrou no salão, sem pedir licença, um homem que se mostrava bem contrariado.

– Sr. Fic, eu soube que alguns ciganos estão armando acampamento em suas terras. É um grupo muito grande e possuem armas. Pelo visto, pretendem ficar um longo tempo aqui.

O patrão, preocupado, ia saindo, quando se voltou para a jovem professora:

– Senhorita, não me disse, qual é sua graça?

Ela parou um momento e, em um suspiro, falou:

– Jade, senhor. Chamo-me Jade.

– Retorne amanhã às duas horas e meus filhos estarão prontos para a aula.

A recém-chegada ficou mais alguns momentos com a esposa de Sr. Fic, mas ela era demasiadamente tímida e pouco conversava. Por isso, despediu-se, voltaria no outro dia.

Sua mente ficou aprisionada no que ouviu do empregado do Sr. Fic, sobre o acampamento cigano. Refletia: – Será que Jade estaria lá com eles? Será que eu fiz certo usando o seu nome?

Com essas indagações, retornou à pousada. Algo de que não tinha dúvidas era que teria que ir a este acampamento. Quem sabe lá estaria seu filho!

No dia seguinte, pontualmente retornou à fazenda. Quem a recebeu foi uma mulher bela, educada, de tez clara e de olhos expressivos de tons muito azuis. Apresentava estado de gestação como a esposa do Sr. Fic. Ela demonstrou satisfação em conhecê-la.

ONDE ESTÃO AS NOSSAS KARENS?

Françoise, ao ver a gestante, lembrou-se de Marie. Sua mãe deveria estar feliz, sonhando com a chegada do filho, como um dia ela também estivera.

Com muita graça, a mulher continuou a falar e a despertou de seus pensamentos distantes.

– A Senhorita poderia também ensinar aos meus filhos o estudo de línguas?

A professora consentiu com prazer.

E, assim, ela foi até o jardim e convidou Françoise a conhecer os seus filhos:

– Este é o meu filho mais velho, chama-se Francisco. E aquele que está mais distante é o meu Thafic.

– Thafic!? – admirada disse Françoise.

– Sim. Escolhi para meus filhos o nome do meu pai Thafic e do meu avô Francisco. Eu sou Laisinha. O meu nome é uma homenagem a minha vó paterna, Laísa.

Françoise emudeceu e a palidez fez-se notada em seu semblante.

– O que foi Jade, não está passando bem?

Ela procurou disfarçar, pois Laisinha estava preocupada com seu estado.

– O calor daqui deixa-me com vertigens, pois não estou acostumada com esta temperatura.

Recompondo-se, reuniu os alunos e começou a lecionar como fora combinado. Quando o filho de Sr. Fic, o mais novo de todos, ficou bem próximo a ela, viu que os seus lindos olhos azuis eram bem parecidos com os de Afonse. Isso a deixou mais deprimida e saudosa do filhinho desaparecido.

Terminada sua tarefa, foi para a hospedaria. Estava intrigada. Questionou: – Como poderia Deus tê-la colocado no mesmo local, onde residiam os parentes de Allan?

Lembrou-se de quando ele lhe falara do seu pai Thafic e da irmã Laisinha, os quais acabara de conhecer. Todos tinham o sobrenome Barella como Allan. O mundo era pequeno demais!

CAPÍTULO XXVIII

A CARTA DE MARIE

Os dias transcorreram tranquilos até que, numa manhã, Françoise, vestindo-se com roupas de cigana, aproxima-se do acampamento que se instalara à margem do rio que cortava a grande fazenda de café do Sr. Fic.

Com o bronzeado do sol, a sua beleza se realçava e lhe dava uma aparência encantadora. Ao vê-la tão atraente, um cigano forte e elegante se aproxima dela e se apresenta:

— Chamo-me Boris. E você, qual o seu nome e onde está instalado seu acampamento?

— Meu nome é Jade. Eu vivo como uma moça comum. A necessidade ensinou-me a viver entre a comunidade recifense, afastada de minha família.

O jovem cigano não estava preocupado com as explicações dela. Ele a achara linda e estava só. Melhor assim, pois, estando frágil, seria mais fácil conquistá-la. Com gentileza e para agradá-la, convidou-a para conhecer seu grupo.

Os ciganos deram-lhe indiferença no trato, pois ficaram desconfiados da sua aparência europeia e gestos delicados. No entanto, Boris era-lhe cada vez mais simpático.

Ao despedir-se da moça, Boris faz-lhe um convite:

— Jade, retorne amanhã. Teremos uma festa com muita dança e vinho. Eu gostaria muito de revê-la.

ONDE ESTÃO AS NOSSAS KARENS?

Na noite do dia seguinte, aconteceu a tão esperada festa. Os violinos impunham o seu ritmo e mulheres graciosas destacavam-se pela beleza do bailado da dança cigana, unindo ao aroma delicioso do cozido que exalava dos caldeirões. Todos estavam muito felizes. A comida e a bebida eram fartas.

Mariana, uma das ciganas do acampamento, aguardava o convite de Boris, seu noivo prometido, para ser o seu par.

Ele, porém, sentado junto à fogueira não tinha olhos para ela. Esperava ansioso por Jade, que, para sua decepção, não viera.

No outro dia, bem cedinho, o cigano foi procurá-la na pousada, próxima ao porto, porque assim ela lhe dera informação. Porém, o proprietário não lhe permitiu a entrada devido aos seus trajes ciganos.

Boris, insistente, falou da urgência em estar com ela. Incomodado, o dono da pousada decidiu chamá-la.

A professora veio atendê-lo e se trajava lindamente com uma saia azul-marinho e uma blusa rosa clara que realçava o tom de sua pele morena.

O rapaz vendo-a vestida sem as roupas ciganas, seus olhos brilharam de surpresa e encantamento.

– Como você está linda! Não sei como fica melhor, se com trajes ciganos ou com este que está agora!

– Obrigada!

– Fiquei ansioso, aguardando-a na festa. Por que você não foi?

– Eu tive receio em sair à noite, além do mais tenho que ir para o meu trabalho, bem cedo.

– Como?! Você é uma mulher que trabalha?

– Leciono Francês e Espanhol para cinco meninos na fazenda de Sr. Fic.

E olhando para o relógio:

– Desculpe-me Boris, mas agora tenho que me despedir. A charrete que vem buscar-me já me espera.

E a professora sai às pressas, sob o olhar apaixonado do cigano.

No percurso, ela fica em grande contentamento, por perceber que o belo cigano estava interessado nela e, principalmente, em verificar que ele

A CARTA DE MARIE

não se importava sobre a sua origem. Contudo, estranhamente, vinham-lhe pensamentos contraditórios que a inspiravam a fugir daquele homem.

Naquele momento, lembrara-se de que não havia orado, pois acordara às pressas para atender Boris. Durante o percurso, ela olha para as paisagens bucólicas e pede a Deus força e iluminação. Não podia mais suportar tantas dores e sofrimentos que tivera desde o rapto do seu filho. A sua vida era uma completa angústia. Carregava a culpa do relacionamento com Allan e a morte de Karen. Não queria mais repetir erros!

Os pensamentos de Françoise foram interrompidos quando o cocheiro anunciou a chegada.

No acampamento, Boris, eufórico, diz ao seu irmão mais velho, Tácio, que estava apaixonado por Jade, a mulher a qual lhe apresentara. Ele o adverte:

— Você tem casamento marcado com Mariana, portanto, peço-lhe que se afaste dessa falsa cigana, a qual não conhecemos e em nada se parece como uma das nossas! É diferente, seus gestos e seus hábitos nada se assemelham aos nossos costumes. Afaste-se dela!

Boris reconhecia que o irmão tinha razão, no entanto, isso pouco importava. Queria apenas estar ao lado de uma mulher tão sedutora e carente de afeto. Não se importou com os conselhos que recebera.

O tempo passava sem que Françoise encontrasse qualquer pista de Afonse.

O carinho da família de Sr. Fic e os encontros apaixonados com Boris faziam-na suportar a ausência da mãe e de seu filhinho. Em certos momentos, tinha vontade de revelar-lhes toda verdade, contudo, ela considerava que isso dificultaria a busca de Afonse e perderia a confiança que lhes depositavam.

Desde que chegara, Françoise não recebera e nem mandara notícias para sua mãe. Ela deveria estar com seis meses de gestação. Em razão disso, estaria sentindo a sua ausência ainda mais. Como filha, estava demasiadamente ingrata, por isso escreveu-lhe. Relatou à mãe poucas novidades, porém afirmou que estava adaptando-se bem ao Brasil e que lecionava para crianças e adolescentes. Possuía expectativas de encontrar Afonse com a tribo cigana que conhecera. No entanto, ela omitiu ter conhecido a família de Allan e o romance com Boris.

147

ONDE ESTÃO AS NOSSAS KARENS?

Decidida, Françoise foi até o porto e, lá, soube por um marinheiro que sua embarcação, da qual ele era tripulante, partiria naquele dia para a Europa.

O marinheiro, estonteado pela sua beleza, procura meios de agradá-la:

— Moça, o navio ao qual eu trabalho leva e traz mercadorias de diversos portos da Europa. Se precisar de alguma coisa de mim, estou ao seu dispor. Chamo-me Silas.

— Eu preciso enviar uma carta urgente a Paris para ser entregue no setor de correspondência em algum porto da Europa.

— Iremos aportar em Lisboa e Marselha, caso tenha tanta urgência, eu mesmo posso levar a carta em Paris, em meu tempo de folga.

— Muito obrigada! Deixo-lhe essa quantia suficiente para todos os seus gastos.

O tempo passou e a rotina de sua vida pouco modificou-se. Um dia, no final da tarde, ao olhar da janela do seu quarto, na pousada que se hospedava, Françoise avistou o mesmo navio. Tinha retornado e estava atracado no cais portuário.

Na manhã seguinte, ela foi ao porto e, lá perguntando aos tripulantes da embarcação, encontrou Silas que fora portador de sua carta.

O rapaz veio ao seu encontro com um grande embrulho e ofereceu ajuda.

A professora pediu-lhe que levasse a encomenda até à hospedaria. Ela notou o interesse dele em querer-lhe ser útil e isso a deixou lisonjeada.

O marinheiro despediu-se, dizendo que retornaria ao continente europeu, daí a duas semanas e, se ela quisesse enviar algo para sua mãe, ele faria isso com muito prazer.

A professora agradeceu com um sorriso.

O marítimo Silas partiu eufórico. Estava cada vez mais enamorado da beleza de Françoise. Ele acreditava que com seus favores poderia ser correspondido.

Sozinha em seu quarto e ávida de curiosidade, ela abre o pacote. Encontra ali muito material e uma carta de sua mãe.

— "Minha querida filha. Você não imagina como tenho sofrido com a falta de notícias suas! Graças ao bom Deus, você me escreveu e isso muito me alegrou. Sra. Wilma também lhe enviou um presente".

A CARTA DE MARIE

A carta foi seguindo e dava notícias de todos, inclusive dizia que a gravidez corria bem e que, em breve, nasceria o seu filho e de Allan.

Marie recomendava para a filha que orasse para que os espíritos de amor o auxiliassem na busca de Afonse.

Junto à carta vieram presentes que ela gostava como guloseimas, roupas, perfumes, sapatos e dinheiro. Envolvido por um papel dourado, havia "O evangelho segundo o espiritismo" de Allan Kardec, livro escrito em Francês que a médium Wilma lhe enviara. Dentro dele, encontrou também uma mensagem mediúnica, assinada pelo espírito de Francisco Renato. Pegou-a e a leu, emocionada:

"Querida Françoise,

Quando amamos alguém, a distância dessa pessoa não existe, pois os corações se encontram, apesar de planos distintos.

Confie no bem e se transforme cada dia mais na flor que enfeita e perfuma a vida de muitos.

Vários fatos acontecerão em sua vida, uns bons e outros não. Mas o livre-arbítrio bem usado será porta aberta para você ver com clareza o que deve ou não ser feito.

O moço ao qual você se apaixonou é de difícil comportamento. Se você o ama verdadeiramente, saiba que terá que ter paciência e muita resignação, pois, muitos fatos, devido ao seu gênio indomável, poderão trazer-lhe sofrimento e, também, aos seus familiares. Que a Virgem Santíssima, mãe tão amorosa, guie seus passos. Não desista jamais do que é bom e justo para que, assim, encontre seu filho Afonse.

Que você seja hoje um ser mais digno do que ontem, para que cumpras para consigo mesma o caminho para a felicidade.

Não se esqueça, ame todas as crianças como se fossem suas.

Com carinho e amor, o amigo de ontem e de hoje

Francisco Renato".

CAPÍTULO XXIX

AME TODAS AS CRIANÇAS COMO SE FOSSEM SUAS

Françoise tinha certeza de que sua mãe lhe amava muito e, por isso, se arrependia em não lhe ter enviado notícias durante tanto tempo. Lembrava-se de seus conselhos para que sempre orasse para os espíritos benfeitores.

O livro enviado pela Sra. Wilma passou a ser amigo inseparável. Nas horas de folga, estudava-o e suas leituras davam-lhe serenidade. Além do mais, a psicografia com a mensagem de Francisco trouxera-lhe paz e lhe advertia no campo amoroso, mas lhe era tão prazeroso ter Boris ao seu lado, que preferia esquecer esse detalhe da mensagem.

Tácio estava muito preocupado com o namoro de seu irmão com Françoise, pois seus pais e os de Mariana assumiram um compromisso, onde eles se casariam. Ele desde os dezessete anos cuidou de Boris, como se fosse o seu próprio filho, pois era ainda bem pequenino quando seus pais faleceram.

Ele tentava explicar ao seu irmão que a cigana havia sido educada para cumprir aquele ritual. Negar-lhe isso seria matar todas as promessas de felicidade, seus sonhos e as tradições de sua tribo.

AME TODAS AS CRIANÇAS COMO SE FOSSEM SUAS

Mariana amava Boris. Ela era órfã. Seus pais contraíram a tão infeliz gripe espanhola e faleceram. Ela foi criada por Dyrla, uma cigana do acampamento que a adotou.

Boris não amava sua prometida. Seu sentimento era de amor para com Françoise, por isso decidiu procurá-la e lhe falar de seu compromisso com Mariana.

Ela, após ouvir todo o relato, ficou indignada e quis tirar satisfação com Mariana, pois não aceitava que alguém prejudicasse sua felicidade. Impetuosa, em um salto, montou o cavalo de Boris e saiu em disparada na direção do acampamento, deixando-o a pé.

Ao chegar ao seu destino, Françoise avistou ao longe uma jovem cigana que levava um menino no colo, de pouco mais de um ano. Naquele pequenino, ela visualizou seu filho. Confusa, desceu abruptamente do animal ainda em movimento e correu em direção à criança.

Ao aproximar-se, ela notou que não era Afonse e caiu em choro convulsivo.

Esta cena chamou atenção de todos, principalmente do chefe dos ciganos que veio até ela com grande compaixão.

Françoise recompõe-se e notou a presença do homem próximo a ela, pede-lhe desculpas pelo seu gesto.

Tácio era de estatura alta e tez morena. A sua compleição física demonstrava labor duro. Possuía um semblante calmo e olhos sinceros que lhe inspiravam respeito e confiança.

Ele notou no rosto de Françoise a palidez e a tristeza, por isso procurou ajudá-la.

— Precisa de alguma ajuda? Meu nome é Tácio. Sou irmão de Boris. Jade é seu nome, não é?

O olhar penetrante do cigano quase a fez negar, porém disse um sim lacônico para não causar mais espanto.

— Jade, muitas vezes pedi a Boris que se afastasse da senhorita, por que...

O cigano parou de repente com receio de magoá-la e ela toma a palavra:

— Senhor Tácio, não sei o porquê, mas sua presença me inspira confiança. Vou contar-lhe em poucas palavras o que vim fazer no Brasil. Há pouco, ao olhar aquele pequenino, veio à tona todo o meu drama.

151

ONDE ESTÃO AS NOSSAS KARENS?

Resumidamente, ela contou sua história. Relatou o sequestro do filho e revelou sua verdadeira identidade, no entanto, omitiu o antigo romance com o seu padrasto.

Ao terminar a narração, o chefe dos ciganos tentou dizer-lhe algo, todavia Françoise saiu correndo, como se quisesse fugir dos seus erros.

No caminho, ela encontrou Boris que tentou detê-la, mas de longe Tácio sinalizou que a deixasse prosseguir.

Boris atendeu o pedido do irmão, no entanto, quis saber a conversa que ele tivera com Françoise.

Seu irmão pediu que ele aguardasse, pois mais tarde ambos conversariam e tudo seria esclarecido.

Os dias se passaram. Numa tarde, quando o brilho do sol desaparecia no horizonte, Françoise procurou Tácio no acampamento.

Ele parecia esperá-la, pois, ao vê-la, esboçou um sorriso e se aproximou, convidando-a para sentarem em um banco próximo a uma fogueira, bem no centro do acampamento.

A moça, inquieta, dirigiu-lhe a palavra.

— Sr. Tácio, gostaria de falar-lhe, porém sem a presença de Boris.

— Não se preocupe! Ele está descansando em sua carruagem.

— Por acaso, disse a seu irmão algo que lhe revelei em nossa conversa?

— Não! Contou-me um segredo e quando me falam confidências guardo-as como joias preciosas.

Françoise esboçou um sorriso acanhado e, com isso, ele sentiu a confiança que ela lhe depositava.

— Françoise! Posso chamá-la assim?

— Claro que pode! Este é meu verdadeiro nome. Estou em paz, pois, apesar de eu ter mentido sobre minha identidade, o senhor me aceitou.

— Minha querida, para mim não importa a sua origem. Aqui, eu procuro passar para todos do nosso grupo o respeito e a boa convivência, independente da crença e procedência familiar.

E apontou para um determinado ponto e continuou:

— Veja aquela carruagem cor de bronze! Lá habitam duas mulheres que não são ciganas. Uma delas, em um acidente de trem, esteve quase morta. Perdeu as duas pernas. É ainda jovem. Quase nada comenta sobre sua vida.

AME TODAS AS CRIANÇAS COMO SE FOSSEM SUAS

A outra é uma adolescente. Nós a encontramos em um matagal. Ela estava sendo perseguida por dois malandros mal intencionados. A pobrezinha fugia dos criminosos que mataram o seu pai para roubar-lhe. Está conosco há algum tempo. É muda. Nunca pronunciou uma palavra sequer. Acredito que isso aconteceu devido a esse trauma passado. Nós a chamamos de Tita. Ela é muito meiga e cuida de Creezy, a senhora que perdeu as pernas.

Como vê, aceitamos também os que não são ciganos. Somos todos filhos de Deus! Não somos?

Tácio continuou:

— Françoise, se você não encontrar seu filho, ame todas as crianças como se fossem suas.

Saiba que aquele menino que você confundiu como seu filho é órfão. Após o seu nascimento, a pobre mãezinha foi mordida por uma cobra e morreu quando ele tinha somente seis dias.

Ela ficou penalizada pela história da criança e indagou:

— E o pai deste menino, por onde anda?

— Era um comerciante. Enganou D'alúcia com falsas promessas. Como vê, temos não ciganos e meio ciganos.

E, para brincar com ela, virou-se e disse:

— Podemos ter também falsas ciganas!

Françoise deu um franco sorriso ao perceber que Tácio aceitava-a e aproveitou o momento para questioná-lo:

— Será que Mariana me perdoou por ela ter sido preterida por Boris?

— Mariana é uma moça de bom coração, é bondosa, compreensiva e sensitiva. Trata a todos como irmãos. Ela, ao saber que Boris gosta de você, terminou o compromisso de casamento.

— Ela não o ama?

— Muitíssimo.

— E por que desistiu assim, sem lutar?

— Quem ama de verdade, não aprisiona! Deixa livre! Por isso, ela é tão especial. Não tem amor possessivo e, sim, libertador.

— Eu quero conhecê-la!

— Talvez não seja possível, pois logo partirá.

E Tácio aponta para um lado do acampamento e diz:

153

ONDE ESTÃO AS NOSSAS KARENS?

– Veja, já temos alguns cavalos preparados para uma longa viagem. Mariana irá para o Rio de Janeiro acompanhada de três casais com os filhos. Lá, procurarão um local ideal para uma nova estadia do nosso grupo.

Quando sairmos daqui da propriedade de Sr. Fic, deixaremos a plantação de mandioca, milho e hortaliças para ser aproveitada para quem possa cuidar. Afinal, não somos como dizem! Chegamos em paz e partiremos em paz.

– E Boris também irá com vocês? – Pergunta Françoise com ar tristonho.

– Realmente, todos nós iremos embora dessas terras. Não será de imediato! Levantaremos acampamento no outono, onde a temperatura é mais amena. Nesta estação, também encontraremos pelo caminho frutas para nossa alimentação.

Anoitecia e a professora quis despedir-se, porém Tácio não a deixou partir. Apontou sua carruagem e disse:

– Não vá embora! Durma na minha grande carruagem. Hoje quero apreciar esta bela noite de lua cheia.

– Não tenha medo! Não assalto as mocinhas desamparadas à noite, só durante o dia.

Ela sorriu do gracejo, aceitou o convite e encaminhou-se para a carruagem.

Já era bem tarde, quando o chefe dos ciganos se sentou junto à fogueira. Ele apreciava o luar prateado que iluminava de forma majestosa as veredas daquela localidade e se aquietou pensativo. Não conseguia resistir o impulso de seu coração à beleza de Françoise. Avaliou em instantes que ele, sim, poderia fazê-la feliz. O temperamento rebelde e indócil de seu irmão, traria para ela muitas amarguras e decepções. Tinha plena convicção disto.

Desde que ficara viúvo, nunca mais amou ninguém e agora nascia um sentimento puro dentro de si, mas o seu caráter de homem digno o fez reagir. Guardaria este segredo no fundo do seu coração. Amava seu irmão como se fosse seu próprio filho e faria todo o esforço para que ele, com Françoise, se tornasse realizado.

Após algum tempo, Tácio dirige-se para a carruagem do irmão e adormece ao seu lado.

AME TODAS AS CRIANÇAS COMO SE FOSSEM SUAS

Pela manhã, bem cedo, Boris, ao acordar, fica intrigado ao ver Tácio ali presente. Chama-o, porém, ainda sonolento, ele aponta para a carruagem onde estava Françoise.

Não entendendo o gesto do irmão, ele pergunta:

— Por que razão veio dormir aqui? Alguém ocupou sua carruagem?

— Vá até lá e veja você mesmo!

Ao ouvir estas palavras, Boris levanta-se e sai em direção à carruagem de Tácio. Quando se aproxima, vê Françoise já partindo.

Lépido, interrompe a sua caminhada.

— Que surpresa! Você aqui conosco!

— Boris, desculpe-me, mas preciso ir! Depois conversaremos. Hoje é dia de compromisso. Leciono para os filhos dos Barellas e já estou atrasada para o trabalho.

— Aguarde! Eu a levarei.

O cigano, rapidamente, ajeitou seu cavalo e a levou até a fazenda do Sr. Fic.

Durante o percurso, ela lhe relatou o diálogo com Tácio. Apaixonado, ele não se importou em saber que não se chamava Jade e que, também, não era cigana.

Boris estava feliz, pois Mariana o libertara do compromisso e, agora, ele só pensava em casar-se com Françoise.

Por sua vez, ela vivia uma nova fase de sua vida. Amar e ser correspondida dava-lhe uma sensação de bem-estar e otimismo, portanto, naquele momento, acreditava que logo reencontraria seu filho Afonse.

Ao chegarem próximo à porteira da fazenda de Sr. Fic, Françoise despede-se do seu amado.

No caminho até a sede, veio-lhe à mente a frase que ouvira na conversa que tivera com Tácio que coincidia com a mesma frase da mensagem dada pela Sra. Wilma: "Ame todas as crianças como se fossem suas".

Por isso, Françoise resolveu, daquele dia em diante, que além de estudar com seus alunos, seria também amiga e confidente.

A partir de então, os filhos e netos de Sr. Fic ficaram encantados com a gentileza do trato de Françoise que, além de professora, tornou-se companheira de suas brincadeiras infantis e juvenis.

CAPÍTULO XXX

O ENCONTRO DE MARIANA COM FRANÇOISE

Laisinha e Nilo iriam viajar para Bahia. Apesar de estar com seis meses de gestação, ela insistia nesse objetivo, o que deixara Thafic, seu pai, contrariado.

A gestante tomara esta decisão, pois precisava visitar Efigênia. Na última carta que recebera da amiga, soubera do desencarne de Karina, sua tia.

Devido a esse acontecimento nefasto, Efigênia e Dorneles tiveram que se mudar para Salvador. Em Santarém, eles estavam muito distantes de Catarine que morava na Bahia.

Prestimosa, Catarine convenceu sua mãe e seu padrasto a morarem junto a ela, o que foi aceito por ambos.

Laisinha recordava-se da época em que sua família veio residir em Recife com seu pai. Ele insistira muito com tia Karina para que os acompanhassem. Estendeu o convite também a Efigênia e Dorneles, o que recusaram por estarem bem adaptados à vida em Santarém.

Karina preferiu lecionar para as crianças da localidade, junto à índia Aneci. Ela não se casou. Dedicou-se somente à missão de ensinar, dada à frustração que tivera com Dario, seu primeiro e único namorado.

O ENCONTRO DE MARIANA COM FRANÇOISE

Em função da viagem de Laisinha, Thafic, preocupado com os filhos e netos, convidou Françoise para morar em sua casa a fim de auxiliar sua esposa Naara.

A professora aceitou o convite. Afinal, já amava aquela família onde tinha laços ainda ocultos. Além disso, algo lhe dizia que naquele lar encontraria pistas sobre Afonse.

Naquele mesmo dia, no término das aulas, ela foi chamada por Naara para que conhecesse o quarto onde ficaria hospedada. Disse-lhe que, por ordem do esposo, o cocheiro estaria à disposição para pegar os seus pertences à hora que lhe conviesse.

Na manhã seguinte, Françoise já estava em um espaçoso quarto com vista para um vastíssimo cafezal que circundava a propriedade, quando, de repente, uma grande surpresa ocorreu, um empregado anunciou-lhe que uma moça se encontrava na porteira da fazenda e insistia em falar-lhe.

Françoise ficou intrigada. Não imaginava quem seria, contudo, foi ao seu encontro.

Ao caminhar em direção à entrada principal, ela visualizou uma bela jovem com roupas bem coloridas, acompanhada de um menino.

A moça possuía olhos amendoados e cabelos castanhos caídos até os ombros. Seu semblante refletia simpatia e doçura. Era a cigana Mariana, que trazia consigo o menino que tanto lhe lembrava Afonse.

Françoise sentiu novamente uma saudade imensa do seu filho desaparecido e lágrimas verteram de seus lindos olhos cor de mel.

A cigana, com sua grande percepção, logo entendeu o porquê daquele choro.

Após alguns momentos, a professora controla sua emoção e deixa a visitante iniciar a conversa.

— Eu sou Mariana! Este aqui é o menino que cuido. Ele se chama Benito.

Após a breve apresentação, ela sugere ao pequenino que vá brincar com os filhos de empregados da fazenda que estavam próximos. E continua o diálogo:

— Jade, nestas últimas noites tenho sonhado muitíssimo com você.

— Comigo?

ONDE ESTÃO AS NOSSAS KARENS?

– Sim! Não se preocupe! Não vim aqui para falar-lhe de Boris. Ele a ama e eu sempre achei que o amor deve ser o sentimento principal que deve unir os casais. Aliás, o amor deve ser o objetivo maior entre todas as criaturas de Deus.

Françoise certificou-se de que Tácio tinha razão quando falou da cigana. Ela era gentil e amorosa. Suas palavras demonstravam nobreza de caráter e respeito aos semelhantes.

– No sonho – Mariana continua – eu a vi com uma menina recém-nascida no seu colo. Apesar da alegria em tê-la nos braços, sua preocupação era grande. Esta fazenda enchia-se de tristezas! Percebi que a mãe da pequena havia morrido e a responsabilidade com a mesma ficava ao seu dispor.

A professora, assustada, olhou para a Mariana sem dizer nada.

– No sonho, você se vestia como uma mulher dos cabarés. Alguns chamavam-na de Carla.

Ela estava atônita com aquela revelação.

A cigana prossegue:

– Sei que virão para você momentos de grande dificuldade. Hoje, a família Barella necessita muito de seus préstimos e, amanhã, necessitará ainda mais!

– Em breve, eu e alguns companheiros iremos para o Rio de Janeiro, muito distante daqui. Mais tarde, todo o grupo também irá. Boris não quer nos acompanhar a não ser que tenha a sua companhia.

– Peço-lhe que tenha sabedoria para a decisão de ir com ele ou ficar com os Barellas. Deus a ilumine na escolha certa!

Após a despedida, Mariana vai em busca de Benito para retornar ao acampamento.

Françoise estava absorta em reflexões, quando Laisinha vem ao seu encontro.

– Jade, deixo meus filhos Francisquinho e Thafic, tesouros de minha vida, para você cuidar por longos dias, pois iremos visitar Efigênia, uma estimada amiga da nossa família.

– Eu gosto muito dela! Vovô Francisco a tinha como filha! Ela é madrinha do meu irmão Allan.

– Pena que Allan nunca nos visitou! Poucas são as notícias que chegam dele. Da última vez que as mandou, foi para nos avisar da morte de sua filha Karen.

158

O ENCONTRO DE MARIANA COM FRANÇOISE

Calada, Françoise ouvia tudo. As palavras de Laisinha traziam-lhe lembranças de Allan e Karen que, somadas ao que ouvira de Mariana, a deixavam ainda mais abatida.

Laisinha, sem perceber o descontrole emocional da professora, continua:

– Minha sobrinha Karen, quando recém-nascida, teve que ser levada às pressas de Santarém por meu irmão. Nunca mais a vimos e nem a ele. Certas horas acho que tudo se repete. Vovô Francisco, um dia deixou a família. Papai há tempos atrás, também nos deixou. Ainda bem que Vovô Francisco reparou seus erros. Papai nos uniu. Será que o mesmo acontecerá com Allan? Será que um dia ele voltará para nós?

Françoise tinha vontade de revelar tudo a Laisinha, seu romance com Allan, as circunstâncias do desenlace de Karen e o desaparecimento de seu filho Afonse. No entanto, controlou-se e buscou um sorriso tímido e os votos de boa viagem.

– Fique tranquila! Gosto muito de seus filhos e dos de Sr. Fic. Serei não somente uma professora, mas, principalmente, uma amiga!

Laisinha agradece-lhe com um forte abraço e sai ao encontro do seu esposo Nilo que a aguardava na charrete rumo ao porto de Recife.

CAPÍTULO XXXI

NASCEM AS FILHAS DE MARIE, LAISINHA E NAARA

Françoise enviava notícias ocasionalmente para Paris, o que deixava Marie mais tranquila.

Ela aproveitava a gentileza do marinheiro Silas, que conhecera no porto de Recife e que trabalhava na linha de cruzeiro até a Europa.

Em suas cartas, Françoise omitia que conhecia a família de Allan, o uso do nome Jade e o romance com o cigano Boris.

Em Paris, sua mãe e Allan estavam embevecidos de felicidade com o tão esperado filho, porque faltavam poucos dias para seu nascimento.

O médico vivia um momento de grande euforia, pois além do contentamento de ser pai, novamente vivia grande sucesso profissional e era cada vez mais requisitado. Somente em alguns momentos, quando vinham-lhe saudades de Karen, a sua emotividade intensificava, mas tudo a mais o recompensava.

Certo dia, ao chegar em casa extenuado do trabalho, ouve a esposa chamar-lhe insistentemente:

– Allan! Allan, nosso filho vai nascer!

Ele atende prontamente.

NASCEM AS FILHAS DE MARIE, LAISINHA E NAARA

– Está na hora? Tem certeza?

– Sim. A bolsa estourou!

Allan prepara com habilidade todo o material para o nascimento do filho e fala com doçura para Marie:

– Querida, se nosso bebê for um menino eu gostaria que se chamasse Francisco Renato, em homenagem ao meu avô.

Ao falar no avô, seus olhos iluminam-se e as boas lembranças dão-lhe gratas recordações.

Marie respeitosa consente, meneando a cabeça, porém em sua intuição sabia que seria uma menina.

O esposo parece que lê seus pensamentos.

– Perdi Karen. Eu não fui um bom pai! Não tinha o amadurecimento que tenho hoje. Se for uma menina, peço a você que seja Karen o seu nome!

Após aquele diálogo, a criança desponta para a vida!

Laísa e tio Hirto estavam ali auxiliando a recém-nata e a mãezinha.

Enquanto isso, no Brasil, até aquele instante tudo estava tranquilo. Françoise brincava com as crianças após o término das aulas, quando, de repente, alguém a chama com aflição. Era Naara.

– Jade, não estou bem! Acho que meu filho nascerá antes do tempo.

A professora corre para assisti-la.

– O que aconteceu?

– Tive uma queda, Jade.

– Como foi isso?

– Escorreguei. Sinto que o bebê vai nascer!

– Vamos chamar Sr. Fic!

– Ele não está! Precisou ausentar-se em viagem de negócios.

Françoise sabia que agora a pobre mulher só dependeria dela. Ela pensou em sua mãe que era enfermeira e saberia agir naquele momento.

Orou a Jesus a fim de orientá-la para que fizesse o melhor. Aí veio em sua mente, quando numa ocasião em que sua mãe fora chamada às pressas para atender uma vizinha na mesma situação de Naara e a levou consigo para auxiliar.

Ao recordar esse fato, ela procurou repetir os mesmos procedimentos: aqueceu água, pegou tecidos limpos e uma tesoura. Chamou João,

ONDE ESTÃO AS NOSSAS KARENS?

um dos empregados da fazenda, para que buscasse urgentemente um médico na cidade de Recife.

João partiu a galope em busca de Dr. Torres, médico da família e Françoise se voltou para atender a parturiente.

Em sintonia com a espiritualidade benfeitora, ela sentiu como se suas mãos fossem guiadas. Entendeu que não estava só e, compenetrada, procurou fazer tudo com perfeição. Como em um milagre divino, nascia uma bela menina para o mundo. Tudo correra bem!

A professora, com lágrimas nos olhos, agradece a Deus pelo auxílio e proteção. Uma sensação de bem-estar registra a presença de uma entidade bondosa.

Ali estava Francisco, que acompanhava o renascimento daquele espírito tão especial ao seu coração. Ele, em outra dimensão, beija os cabelos de Françoise pela preciosa ajuda e segreda algo muito importante em sua tela mental:

– Carla, hoje você é diferente! Caminhou bastante! Tudo que aprendeu ontem serve hoje para sua evolução. Você terá que ter forças, pois atravessará momentos difíceis. Eu, Irmã Sílvia, Laísa e tio Hirto estaremos a auxiliando. Continue na jornada do bem!

A professora agradece o auxílio que recebera. Pede aos benfeitores que lhes deem forças para superar os obstáculos que enfrentaria e que a levassem aos caminhos para reencontrar seu filho Afonse.

Ela, mais uma vez, lembrou-se de sua mãe. Quantas vezes Marie tentou passar-lhe lições sobre a existência da vida espiritual, porém ela sempre refutou e, ali, comprovou esta realidade.

Em Salvador, Nilo e Laisinha, após um mês de convívio fraternal com a família da Efigênia, preparavam-se para a viagem de retorno a Recife, quando o inesperado acontece, Laisinha sente-se mal.

Apreensivo, seu esposo, que possuía em suas mãos as malas prontas para viagem, deixou-as em um canto da sala e, prontamente, acomodou-a em uma cadeira confortável.

Laisinha completara recentemente sete meses de gestação e era preocupante aquele mal-estar.

Efigênia veio em seu auxílio. Experiente, ela constatou que as contrações da gestante eram rápidas e que, a qualquer hora, o terceiro filho

NASCEM AS FILHAS DE MARIE, LAISINHA E NAARA

do casal nasceria. Pediu auxílio a Nilo, que pálido levantou-se apavorado, demonstrando que não se achava preparado para ajudar. Só vira os dois filhos que tivera depois de limpinhos, vestidos e no colo de Laisinha.

Efigênia, com seu dom mediúnico desenvolvido, teve vidência e constatou ali presente a auxiliar o espírito de Noêmia, sua mãe. Junto a ela, encontrava-se uma freira de doce olhar azul.

Pelo que sempre ouvira de Francisco, ela concluiu ser Irmã Sílvia. Provavelmente, renascia ali um espírito muito caro ao seu coração, pois percebia muita emoção em seu olhar.

A criança nascia. Era uma pequenina menina muito linda e frágil!

Efigênia tratou de aquecê-la e durante duas semanas inspirou-lhe os maiores cuidados junto à mãe.

A menina era prematura, porém saudável. Laisinha a amamentava várias vezes ao dia para que ficasse cada vez mais forte. Nilo não tinha coragem de pegá-la no colo de tão frágil. Ela parecia um brinquedo de louça!

Eles estavam felizes com a chegada de mais uma integrante dos Barellas.

CAPÍTULO XXXII

AS TRÊS KARENS

Em Recife, Françoise, amiga dedicada, zelava por Naara noite e dia. Mesmo assim ela demonstrava imensa fraqueza. O tombo que provocara o parto precipitado deixara-a febril e com lassidão em todos os gestos. A ausência de Thafic dificultava tudo.

Carlos, o filho mais velho de Naara, era solidário e amoroso. Ele fazia o possível para ser útil.

Sr. Fic pressentiu, a distância, que sua família passava por alguma dificuldade e retornou o mais rápido possível ao lar.

Infelizmente, mesmo com a presença do esposo, atenção médica e todos os cuidados, Naara não se recuperava. O seu estado era muitíssimo grave, de modo que a recém-nascida ficava quase esquecida.

Thafic, naquele momento tão delicado, se relembrava do nascimento de seu filho Allan, a doença pós-parto de sua primeira esposa Camila e, depois de alguns anos, o seu desencarne. Enfim, as circunstâncias cruciais da trajetória de sua vida.

Ele se lembrou também que sequer conhecera sua neta, filha de Allan, que partira ainda tão jovem. Sentia-se culpado por nunca ter participado um só dia em sua breve vida.

AS TRÊS KARENS

Françoise sentia que Sr. Fic não estava bem, por isso se aproximou dele. Ele, desesperado com toda aquela situação, desabafa:

– Senhorita, estou preocupadíssimo com a saúde de Naara. Perdi minha primeira esposa, mãe de Laisinha e de Allan. Receio que aconteça novamente essa fatalidade.

Ao ouvir falar de Allan, Françoise empalidece.

Ele estava tão absorto em suas preocupações que nem notou sua comoção e continuou o desabafo:

– Minha primeira esposa Camila ficou com febre igual a de Naara e faleceu alguns anos depois. Será que isso se repetirá? Ela é ainda tão moça!

Naquele instante, Françoise lembra-se do vaticínio feito por Mariana sobre o desenlace de alguém na fazenda. – Será que isso se cumpriria? – Ela procurou reagir e, em um fio de voz, falou ao patrão:

– Sr. Fic, tenha fé! Tudo está nas mãos de Deus!

– O médico disse-me que o estado de Naara é gravíssimo. Por isso, só vêm em minha mente os momentos ruins em minha vida.

– Senhorita, estou tão perturbado que os erros que cometi em tempos passados, afloram e pesam-me os ombros. Não fui um bom pai para meu filho Allan. Julguei-o culpado pela doença de Camila. No seu nascimento, ela adoeceu. Nunca mais foi a mesma! Alguns anos depois ela faleceu. Amargurado, eu parti de Santarém e abandonei Allan e Laisinha. Fui um irresponsável, deixando-os aos cuidados de meu pai, já tão idoso.

Thafic parou um instante. Com olhar vago, prossegue:

– Há tempos atrás, trouxeram-me notícias de Allan.

O homem estava perturbado.

– Senhorita, acho que é castigo de Deus tudo isso que me acontece.

Françoise ouvia aquele homem que estava demasiadamente angustiado e necessitava falar:

– Recebi em minha fazenda um casal de ciganos. Estranhei! Eles traziam informações do meu filho, o que me alegrou muito. A cigana, a qual não soube o nome, trouxe-me não só notícias.

A professora empalideceu. Parecia que aquele relato tinha haver com o desaparecimento de Afonse.

ONDE ESTÃO AS NOSSAS KARENS?

— O que Sr. Fic? O quê?

— Um menino de poucos meses.

Françoise quase desmaiou — era Afonse! — Allan roubou meu filho! Canalha! — ela pensou.

— Continue! Continue! — ela disse num só folego.

— Os ciganos entregaram-me a criança e também uma carta do meu filho Allan. Nesta carta, ele me pedia que cuidasse do menino, pois era meu neto. Ressaltava que zelasse pelo pequenino com a mesma atenção e carinho que um dia, seu avô Francisco dispensara-lhe e também a Laisinha.

Chocada, Françoise tremia da cabeça aos pés.

Sr. Fic notou que aquela história perturbava a sua ouvinte e faz uma observação.

— Vejo que os fatos que lhe conto deixam-na taciturna. Por favor, escuta-me! Necessito desabafar!

Com o olhar afirmativo, Françoise consente, pois estava extremamente ansiosa para o desfecho da narrativa.

— Tomei o menino no colo. A carta de Allan não mencionava sobre a mãe dele, somente citava que ela prejudicaria seu relacionamento com Marie, sua esposa.

— Levei o bebê até Naara e propus que o adotássemos. No entanto, cometi um grande erro, omitindo que ele era meu neto.

— Minha esposa não aceitou a proposta. Afinal, já tínhamos três filhos.

Françoise começou a chorar. Desesperada, ela tomou as mãos de Sr. Fic, implorando que ele lhe dissesse o paradeiro da criança.

O homem não entendera a razão do descontrole dela. Intrigado, ia continuar a falar, quando Carlos o chamou em prantos.

— Papai! Papai! Minha mãe não está nada bem! Está virando os olhos, espumando pela boca.

O adolescente chorava compulsivamente.

Françoise, atônita, em estado de choque, volta sua atenção para Carlos.

Sr. Fic antes de acompanhar o filho vira-se para Françoise implorando:

— Me ajude pelo amor de Deus!

Ela não conseguia sair do lugar.

AS TRÊS KARENS

Thafic ao adentrar no quarto viu Naara em grande sofrimento. Em prantos, apela novamente para que a professora a socorresse, porém era tarde demais. A enferma em seu último suspiro desencarna!

Thafic mais uma vez sofria a perda de alguém muito querido. O destino fez-lhe viúvo pela segunda vez.

A professora queria pedir explicações sobre Afonse, porém o olhar melancólico de Sr. Fic a fez aguardar.

Agora, o pobre homem estava com três filhos órfãos de mãe e mais uma recém-nascida que era a única que não entendia nada. Frágil, necessitava dos cuidados principalmente de Françoise. Por isso, ela lembrou-se da recomendação de Tácio que coincida com as mesmas palavras da mensagem da Sra. Wilma: "Ame todas as crianças como se fossem suas!"

Em Paris, ao contrário, a alegria era tamanha. Marie e Allan batizavam a filhinha querida e lhe adotam o nome de Karen Barella.

A menininha de lindos olhos azuis e cabelos castanhos claros era um presente para o casal.

Logo que pode, Marie enviou notícias para Françoise para que ela ficasse a par de todos os acontecimentos, como também a convidou para que viesse conhecer a linda irmãzinha.

Em São Salvador, Laisinha escrevia uma carta a seu pai comunicando o nascimento de sua filhinha, que nascera prematura e, por isso, retornaria mais tarde a Recife. Quando ela estava escrevendo, certificou-se que ainda não havia escolhido o nome de sua pequenina. Virou-se, então, para o esposo que estava próximo e lhe disse:

— Nilo, até agora não demos um nome para nosso bebê. Você sabe que tenho um irmão na França, não é?

— O que tem a ver esse assunto com o nome de nossa filhinha?

— Allan teve uma filha e, infelizmente, ela desencarnou aos quatorze anos. Era afilhada de tia Karina e se chamava Karen. Esse nome é muito significativo para mim. Acaso, não poderíamos dar-lhe o nome de Karen?

— Faça como quiser, querida!

— Então, será Karen Barella Gerônimo.

— Lindo nome! Por falar em Karen, lembro-me de que ela era filha da índia Aneci. Por que a índia não veio morar com Efigênia e Dorneles aqui em Salvador?

ONDE ESTÃO AS NOSSAS KARENS?

– Eu sei que ela ajudava tia Karina com as crianças em Santarém. Durante um bom tempo, morou ao lado de nossa tia e de Efigênia.

– Mas você não me respondeu por que ela não veio para Salvador com Efigênia? – insistiu Nilo.

– Meu querido, segundo o que Efigênia contou-me, a índia Aneci tomou conhecimento de notícias as quais ficou muito decepcionada.

– Que notícias?

– As cartas de Allan enviadas a Efigênia em Santarém menciona-vam sobre o seu casamento com Marie na Europa, o que a deixou mui-to arrasada, pois o amava e tinha esperança de novamente reunir-se a ele e Karen, refazendo sua família.

– E ele nunca escreveu para Aneci?

– Não. Em uma das correspondências enviadas a Efigênia, meu ir-mão colocou uma foto de Karen para que fosse entregue a Aneci. Isso foi o maior presente para a índia. A sua filha recuperara a visão. Era uma belíssima jovem de cabelos negros e lisos como os seus e com olhos azuis predominantes do pai.

Aneci sonhava em ter a felicidade de se reencontrar com Karen. Infelizmente, mais tarde, ela soube da tragédia ocorrida, a perda de sua filha. Desolada, retornou a sua tribo a qual deu-lhe apoio e proteção.

Tia Karina sempre a incentivou para que não abandonasse sua mis-são com a educação das crianças, em Santarém. Essa tarefa sublime de ensinar o alfabeto dar-lhe-ia o suporte necessário para quaisquer dores.

Gerônimo, que ouvia atento todo o relato de Laisinha, questionou:

– E Aneci continua esse belo trabalho após o desenlace de tia Karina?

– Sim. Efigênia relatou que devido ao desencarne de minha tia, Ane-ci fortaleceu ainda mais seu trabalho de alfabetizadora. Ela tem um espí-rito sublimado em amor e dedicação. Cuida dos filhos das outras mulhe-res, dando sua contribuição valiosa os ensinando a ler e a escrever.

Ela prossegue a obra de tia Karina, que também dedicou sua vida a ensinar as letras do alfabeto.

Emocionado, Nilo se vira para a recém-nascida e lhe diz:

– Filhinha, tomara a Deus que, em sua vida, você siga os bons exem-plos de Aneci e de tia Karina!

CAPÍTULO XXXIII

PISTAS SOBRE AFONSE

Sr. Fic aguardava ansiosamente notícias de Laisinha. Até que um dia, para seu conforto, chegou a tão esperada carta. Leu-a com atenção.

A missiva relatava o nascimento prematuro de sua neta e que Laisinha e Nilo retornariam após o seu fortalecimento, em virtude da viagem tão longa.

Ele ficou aliviado com as notícias, no entanto, mostrava grande pesar pela perda de Naara.

Françoise, até então, respeitou o sofrimento do patrão, mas a sua vontade em obter informações sobre Afonse era tão intensa que, numa manhã de domingo, foi à sua procura. Encontrou-o na sala andando de um lado para outro. Ele estava absorto em seus pensamentos. Ao vê-la tão apreensiva, arriscou uma pergunta:

— Minha filhinha Karen não está bem?

— Ela está. Dorme. É uma criança calma!

Sr. Fic, vendo a apreensão da professora, indaga:

— Já sei! A senhorita está cansada de tanto trabalho e quer sua folga hoje?

O homem embargou a voz. Sua dor era profunda.

Ela desejou retornar ao seu quarto, mas resistiu e lhe falou:

ONDE ESTÃO AS NOSSAS KARENS?

– Sr. Fic, sei que o momento é difícil, porém necessito saber a conclusão da história que o senhor me contava, quando...

– Quando...?

– Quando sua esposa começou a passar mal?

– Sobre?

Ele parecia ter esquecido de tudo. Por isso, Françoise relembrou sobre o menino que seu filho Allan enviou-lhe para tutelar.

– Por que quer saber? É uma história triste e não estou bem para falar nisso.

– Senhor Thafic, pelo amor de Deus, tenho que saber.

Ela se mostrou desesperada.

– Por quê? Por quê?

A professora não tinha outra saída. Confessou-lhe em um impulso:

– Sou a mãe deste menino!

Thafic ficou rubro. O suor descia-lhe aos borbotões.

– Então, a Senhorita veio aqui à procura do seu filho? Sabia de tudo desde o princípio?

– Não! Não senhor! Foi a providência divina que me trouxe aqui. Tudo começou através de um bilhete que encontrei na mochila da babá do meu filho. Aí, tive a pista de que ele estaria no Brasil, na cidade de Recife. Eu descobri somente isso. Eu juro! Cheguei até sua casa, por meio de um anúncio fixado procurando uma professora de Francês e Espanhol. Nem imaginava o parentesco de sua família com Allan. Como eu disse, foi a intercessão divina.

O homem estava penalizado, contudo, Françoise insistia.

– Por favor, seja o que for, diga-me.

– Seu filho, entreguei-o a um casal de imigrantes, pois os ciganos que o trouxeram haviam desaparecido e Naara não queria adotá-lo de forma alguma. Cheguei a pensar em entregá-lo à minha filha Laisinha, no entanto, descartei essa ideia. Ela estava nos primeiros meses de gestação e, por ordens médicas, necessitava de repouso. Por isso, não me restou outra alternativa.

A mulher que trouxe o menino deixou-me o endereço de Allan. Felizmente, pude escrevê-lo e explicar a minha situação de não poder

PISTAS SOBRE AFONSE

ficar com seu filho. Relatei que ele estava em boas mãos com a família dos imigrantes espanhóis.

A mulher, trêmula, pega as mãos do Sr. Fic e implora:

— Para onde esse casal levou meu filho?

— Não sei! O casal estava de passagem por aqui e me procuraram para negociar compras de mudas de café. E como não sabia o que fazer com o bebê, tive a ideia de oferecer a eles.

— Quero meu filho! O senhor tem que me dar conta dele!

— Eu não sei onde ele está, mas tenho certeza que está bem! A mulher que o recebeu ficou muito feliz e emocionada ao tê-lo nos braços.

— Não quero saber de suas certezas! Onde eles estão? Quem são eles? Seus nomes?

— Jade escute! Eram imigrantes europeus. Só sei isso!

— O nome deles?

— Eu não lembro! Não sei se tenho essas anotações no meu controle de vendas.

A moça estava possessa. Seus gritos eram ouvidos de longe, por isso Karen acordou e chorou muito.

A professora, se preocupando com o choro da menina, calou-se e foi ao seu encontro.

Quando Françoise retornou, Sr. Fic já tinha saído sem dizer nada para ninguém.

A professora estava extremamente nervosa e abatida. Apesar disso, era sensível ao sofrimento da família de Thafic. Ela preferia não externar toda a mágoa pela tamanha indiferença do patrão, renegando o próprio neto.

Na manhã do dia seguinte, ela procurou o Sr. Fic por toda parte da casa. Somente o encontrou na hora do almoço. Ele trazia um papel e lhe entregou. Era a certidão da filha recém-nata.

Perplexa, Françoise indaga.

— Por que o Sr. me entrega este documento?

— Leia-o com atenção!

Com o propósito de deixá-la a sós para a leitura, Thafic afasta-se.

A moça abre o documento e não acredita no que constava nele:

"Karen Barella, filha de Thafic Barella e Jade Carvalhaes".

171

ONDE ESTÃO AS NOSSAS KARENS?

Ela fica pasma, pois, através daquela certidão, Sr. Fic dava-lhe a filhinha como se a recompensasse pela falta de Afonse.

Ao longe, Thafic a observa, até que se aproxima de mansinho. Cabisbaixo, diz-lhe:

— Senhorita Jade, sei que jamais irá perdoar-me por entregar o seu filho a outrem.

Ontem busquei informações do casal de imigrantes que levou seu filho, porém nada consegui.

— Como não conseguiu? O senhor não negociava com eles?

— Eu fiz uma única venda de mudas de café e não sei nada sobre eles. Passei a noite em claro. Não dormi um só segundo. Somente uma coisa veio em minha cabeça, recompensá-la com um grande bem, minha filha.

Françoise ficou tão chocada com a insensatez do patrão que não conseguiu forças para falar.

— Jade, se não tiver recursos financeiros para cuidar dela, dou-lhe dinheiro e apoio. É o que posso fazer! No resto, peço que me perdoe!

Ela não acreditava no que ouvia, até que desabafou:

— O Sr. não tem coração nem respeito a ninguém e, principalmente, a sua falecida esposa.

— Além do mais, tenho que lhe esclarecer que o meu verdadeiro nome não é Jade. Chamo-me Françoise! Usei este nome falso para ser mais fácil encontrar pistas sobre o meu filho.

Françoise, enojada pela frieza daquele homem, não quis mais olhá-lo e foi para a antiga pousada.

Na estalagem, ela adentrou em seu quarto e lá chorou qual criança. Pensava no seu filho perdido, em Karen, no documento e no que fazer naquele momento.

Pensou em Boris, imaginando o que ele acharia de tudo que acontecia? Provavelmente, detestaria. Ele era um homem ciumento e turrão!

Ao pensar na pequena Karen, veio-lhe à mente a jovenzinha Karen, filha de Allan. As histórias de suas vidas se assemelhavam porque as duas ficaram sem a mãe.

E se ela ficasse com a recém-nascida? Por certo, seria condenada por todos os Barellas.

172

PISTAS SOBRE AFONSE

No leito, durante toda a noite, esses pensamentos não a deixavam em paz. Pensava na pequenina, a qual deveria estar com fome, suja e chorando. Quem cuidaria dela? Quem sabe seu irmão Carlos, ou até mesmo a cozinheira Marta?

Seu coração estava dolorido!

Quando amanheceu, ela correu até a casa de Sr. Fic.

Lá estava Carlos com sua irmãzinha no colo. Ela não parava de chorar, mesmo após tomar a mamadeira que Marta preparara.

Françoise, carinhosamente, aconchega-a no colo, cantarolando uma canção de ninar com sua bela voz.

Com aquela presença querida, Karen adormece.

CAPÍTULO XXXIV

O ARREPENDIMENTO DE THAFIC

Na dimensão maior, Laísa, Francisco e tio Hirto amparam o espírito de Naara, levando-a para uma Colônia de tratamento espiritual. Colocam-na em estado de sono profundo até que, na hora apropriada, ela pudesse ser esclarecida.

— Pobre mãe! Após o desencarne, ficou ao lado da filhinha para protegê-la. Ela sonhou sempre em ter uma menina. Seu instinto maternal fez com que permanecesse ao lado dela. Isso prejudicou a todos os moradores da casa, devido a sua influência espiritual aflitiva.

— Ela não tinha consciência de seu desencarne – disse Francisco – ainda bem que agora está em repouso para refazer suas energias.

Francisco, acompanhado de Laísa e tio Hirto, retornam à casa de Thafic, após o amparo a Naara.

Tio Hirto estava preocupado com todos naquele lar, principalmente com o destino da pequena Karen, por isso comenta:

— É, meus amigos, Thafic desprezou Allan, deixou Laisinha, rejeitou o próprio neto e agora coloca a pequena Ka-

O ARREPENDIMENTO DE THAFIC

ren à disposição de Françoise! Está repetindo os mesmos erros. Ninguém sabe melhor do que ele que isso é um ledo engano.

– Pobre filho, para redimir-se de um erro provoca outro. Thafic não está nada bem! Francisco, oremos juntos a seu favor. Ele está exausto e desinteressado pela vida. – diz Laísa.

Após uma prece, o trio espiritual encaminha-se para o quarto de Thafic, junto ao seu leito. Ele estava com o sono agitadíssimo, mas através dos fluídos balsâmicos ministrados por eles, o homem adormece profundamente. Desprendido do corpo físico é amparado por Laísa e Francisco.

A música de tio Hirto envolve a todos naquela casa, em especial Thafic.

– Meu filho querido – disse Laísa – você já manchou tanto a sua vida com o desprezo a Allan e agora quer fazer o mesmo com Karen? Ela necessita de novas chances e contamos com você para conduzi-la. Por que sua intenção em a abandonar?

– Peço a você que desista dessa ideia. Sei que se acha incapaz de cuidá-la. Lembre-se que você é rico e pode pagar pessoas para ajudá-lo nesta tarefa. Seus filhos têm pela irmãzinha um grande amor. Além do mais, em breve Laisinha retornará e cooperará com tudo.

Thafic, era tal qual um menino diante do espírito amoroso de Laísa. Ela fora sua mãe. Vivera pouco tempo ao seu lado. A lembrança do carinho e exemplos que lhe dera não saíam de sua mente.

Francisco afagava seus cabelos já marcados pelo tempo. Com voz suave, porém firme diz-lhe:

– Meu filho, além de entregar a outrem a responsabilidade com Karen a qual Deus lhe confiou, registrou-a como filha de outra mãe, o que é falso. Você faltou com a verdade num documento de seriedade. Mentiu quanto a sua maternidade. Sua companheira era mulher simples, contudo, de um amor grandioso pela família. Há pouco, a conduzimos para tratamento em Colônia espiritual, pois, ao perceber que sua filhinha estava sem proteção, não se afastou dela. Tivemos que adormecê-la para retirá-la do seu lado.

– Naara ficou desesperada, pois viu Karen sem a proteção paterna. Uma mãe que parte e deixa seus filhos não se sente em paz no plano espiritual, mas se constata que estão bem assistidos, asserena-se.

175

ONDE ESTÃO AS NOSSAS KARENS?

Ele estava atônito com aquela revelação. Sentia imensa culpa, contudo, através dos fluidos benéficos recebidos, teve o seu sofrimento amenizado.

No dia seguinte, Sr. Fic acorda com o firme propósito de visitar Françoise e anular a sua proposta. Levantou-se e foi ao encontro da filhinha que estava no berço. Seus olhos encheram-se de lágrimas quando a viu tão frágil, como se implorasse seu carinho e proteção.

– Karen, você ficará conosco e terá o amor de seus irmãos e o meu! Perdão, minha querida! Sua mãezinha ficará tranquila onde estiver. O que fiz com Allan e Laisinha não repetirei com você.

O coração dele estava mais tranquilo. Conversaria com Françoise e anularia o documento. Repararia seu erro. Registraria Karen como filha de Naara que realmente dera-lhe à luz.

Naquele dia, Thafic deu mais atenção aos filhos e netos. Falou para cada um sobre a grande responsabilidade de cuidarem de Karen e serem todos amigos.

Na manhã seguinte, bem cedo dirigiu-se para a pousada onde hospedava-se Françoise. Ao chegar, viu um cigano que conversava com ela. Aguardou-a de longe.

Logo que viu Sr. Fic, Françoise despediu-se de Boris. Ela estava ansiosa para resolver a questão da certidão falsa de Karen.

Boris sai desconfiado ao notar a presença de Sr. Fic, um senhor rico e viúvo. Em silêncio, questionava a razão pela qual aquele homem estaria ali à procura de sua amada.

Curioso, ele retorna sorrateiramente para escutar a conversa de ambos. Posiciona-se atrás de uma vegetação, sem que ninguém o visse e aguça seus ouvidos ao que falam:

– Jade, quer dizer, senhorita Françoise, eu venho pedir-lhe desculpas sobre a proposta que lhe fiz e quero desfazê-la agora. Realmente, a minha ideia de entregar-lhe minha filhinha é um disparate. Nunca um ato como este cobriria um sentimento como o seu e nem me deixaria livre da culpa. Eu cometi um erro para resolver outro, usando criaturas inocentes.

– Eu prometo que tudo farei para encontrar seu filho desaparecido. Vou verificar em todas as minhas papeladas os nomes dos compradores de mudas de café e, dentre eles, descobrir aqueles que levaram meu neto.

O ARREPENDIMENTO DE THAFIC

Françoise ficou radiante com aquela decisão. Seus olhos encheram-se de luminosidade e esperança. Ela agradeceu de coração ao Sr. Fic, pois ele era sincero em suas palavras.

Boris, que ouvia tudo, fica sem entender bem o que acontecera, porém fica tranquilo, pois percebe que não havia vínculo amoroso entre eles. Mesmo assim, a curiosidade fervilha em sua mente. Ele queria descobrir a verdadeira história de Françoise. O porquê de lhe ocultar o fato de ter tido um filho, fato que não o agradava.

Após o diálogo, Thafic e Françoise tomam rumos diferentes. Ela segue para a fazenda para ministrar as aulas costumeiras e também cuidar de Karen. Ele prossegue com o objetivo de anular o registro de nascimento da filhinha e refazê-lo com autenticidade.

177

CAPÍTULO XXXV

UM ALERTA PARA BORIS

O dia fora produtivo para Françoise. O calor humano recebido pelos alunos e a renovação de esperança para reencontrar Afonse com ajuda de Sr. Fic deixaram-na muito contente.

Karen era um amor de criança. Françoise ficava até tristonha quando terminava os afazeres e tinha que ir embora.

No caminho de retorno para a hospedaria, de repente ela foi surpreendida pela presença de Boris. Ele estava interessado em saber da sua história. Confessou-lhe que ouvira sua conversa com o Sr. Thafic.

Françoise se aborrece pelo fato de o namorado tê-la espionado, porém ele sabia como mudar-lhe o humor com carinhos e palavras doces que faziam efeito e, prontamente, ela contou-lhe uma parte da história. Ela não queria estender o assunto, visto que estava muito cansada pelo dia de trabalho.

Boris respeitou o seu cansaço e se despede dela. Reflete sobre tudo que ouvira e se encaminha de retorno ao seu acampamento. Ao chegar, Tácio esperava-o, pois tinha necessidade de ter uma conversa franca com ele.

Boris inicia o diálogo:

UM ALERTA PARA BORIS

– O que houve? Você está preocupado comigo?

O chefe dos ciganos notou o ar brincalhão e irônico do irmão. Olhou-o fixamente e disse:

– Boris, nossos pais deixaram-no sob a minha custódia. Ao despedirem-se da vida física, as suas últimas palavras foram voltadas para você. Que eu lhe cuidasse e protegesse.

Uma criança que fica sem os pais tão cedo é como um filhote de passarinho desprotegido e caído do ninho.

O jovem cigano olhou Tácio com o rosto ruborizado e seus olhos baixaram-se. Muitas vezes, ele não compreendia as advertências do irmão.

Ao verificar que Boris estava incomodado, Tácio deixou-o ir para o repouso. Prometeu que terminaria a conversa pela manhã do dia seguinte.

Naquela noite, Boris foi visitado por entidades das sombras. Espíritos vingativos que lhe traziam lembranças de vidas passadas, nas quais ele fora lesado por Sr. Fic, incentivavam-no a vingar-se, roubando a paz do espanhol. Envolveram-no também com pensamentos de riqueza e luxúrias, aproveitando a sua sintonia vibratória.

Tudo isso fomentava nele um campo fértil por sentir-se frustrado em ser pobre. Ele era um cigano de clã de raízes antigas, contudo, preferia não o ser. Gostaria de ser um homem comum, sem as obrigações do seu povo, como o Sr. Fic.

Tácio dormira preocupado com o irmão, por isso seu espírito emancipado vai ao encontro dele. A sua presença espiritual no ambiente, com sua aura espiritual tão brilhante, faz com que os espíritos inferiores se afastem e, então, inicia o diálogo com ele:

– Boris, você precisa vigiar seus pensamentos através da oração. Com isso, você evitará as más influências de espíritos malfazejos.

– Nossos pais deixaram-nos ótimos exemplos. Sinto, muitas vezes, nossa mãe preocupada com você. À noite anterior, eu sonhei que ela me apontava três meninas em aflição. As pequeninas sofriam com o afastamento de seus parentes. Nossa mãezinha mostrava-me que você havia sido o responsável por esse episódio medonho.

179

ONDE ESTÃO AS NOSSAS KARENS?

Boris permanecia calado. Não dava atenção alguma à advertência de Tácio. Olhava para os lados indiferente aos seus bons conselhos.

Tácio, ao ver o alheamento do irmão, ao seu alvitre, ora a Deus que o seu anjo guardião consiga afastá-lo de ação tão funesta, prejudicando inocentes.

Pela manhã, Boris acorda bem cedo e sai à procura de Françoise para concluir o assunto do dia anterior. Para a sua surpresa, ao chegar na pousada, deram-lhe a informação de que ela saíra na companhia de Tácio para um diálogo. Aguardou, por alguns momentos, o seu retorno, porque sabia que o irmão desejoso de seu bem ajudá-lo-ia no seu relacionamento.

Alguns metros dali, numa pequena praça, Tácio e Françoise conversavam. Ela lhe contou em detalhes todos os últimos acontecimentos sobre o diálogo com o Sr. Fic e a responsabilidade sobre o sequestro de Afonse.

Mais uma vez, o líder dos ciganos soube ouvi-la e aconselhá-la, prudentemente.

— Françoise não deixe que Boris saiba detalhes sobre o episódio que ocorreu com seu filho, pois tenho receio de que se aproveite disso para vingar-se.

— Vingar-se! Como assim?

Tácio calou-se para não a assustar. Mas a jovem persistiu:

— O que ele pode fazer de tão ruim? Vingar-se por minha causa? Não posso acreditar!

— Você não conhece Boris profundamente. Ele gosta de fazer justiça com as próprias mãos. Pode, em nome desta tal justiça que acredita seja certa, olho por olho, dente por dente, cometer um ato indigno que o fará arrepender-se mais tarde. Não comente que seu patrão entregou seu filho para estranhos. Afinal, o espanhol está arrependido deste ato e tenho certeza de que fará o possível para encontrá-lo.

— Sabe, Tácio, amo seu irmão, mas me assustam certas atitudes dele. Ele é bronco e, às vezes, me inflama com suas ideias.

— Nunca se deixe levar pelas ideias errôneas, se elas no campo mental incomodam, imagine se forem concretizadas! Um mal ainda maior poderá nos fazer.

UM ALERTA PARA BORIS

– Quando não praticamos o bem, todo o nosso ser sofre esses reflexos e, com isso, seremos infelizes. O mal é como um verme a nos corroer. Vai nos destruindo paulatinamente. Provoca doenças que podem até serem fatais ao nosso corpo, portanto, devemos evitá-lo.

– Muitos acham que o nosso tempo e situação na vida é somente determinado pela vontade de Deus. Podemos alterar o nosso destino, pelo livre-arbítrio, ao enveredarmos pelo caminho do mal ou do bem. Aproveite que você está tendo oportunidade de ser útil. Abrace-a! As portas, muitas vezes, nos abrem e não as vemos! Na vida, ficamos em labirintos de situações e a escolha é nossa. Quando utilizamos os olhos da alma nas opções do caminho, encontramos o bem. Isso nos aproxima de Deus. Faça isso e terá o seu filho de volta. Só o bem nos redime e nos coloca perto do Criador!

Françoise ouve Tácio com atenção. Suas palavras fortalecem seu coração. Compreende que possuía uma missão com os filhos de Sr. Fic. Eles necessitavam do seu amor. Era tal a porta aberta e ela não poderia hesitar na escolha certa. Confiava em Deus e Ele a levaria até seu filho!

Na fazenda, Françoise sentia-se feliz em auxiliar a família Barella. No entanto, Boris tentava impedi-la, argumentando contra seus objetivos nobres. Ela via em todos a recompensa da sua atitude e pelo sorriso que lhe ofertavam. As sábias palavras ditas por Tácio estavam sendo colocadas em prática.

No plano maior, Naara mais consciente do seu estado como espírito, emitia para a professora o agradecimento pelos cuidados dispensados aos seus filhos, principalmente a especial atenção a Karen.

Françoise ficava abatida quando via a pequenina tão carente, sem o afeto da mãe. Comparava a situação de Karen e de Afonse que também não tivera o seu amor. Rogava a Deus que o bem que dispensava a ela, alguém dispensasse ao seu filho onde estivesse.

Certo dia, quando ela contava uma história às crianças, Carlos, o filho mais velho de Thafic, entrou no recinto radiante de contentamento. Num grande alarido noticiou a chegada de Laisinha, Nilo e sua sobrinha.

Todos que estavam ali correram ao encontro deles. Ao virem a recém-chegada, notaram a grande semelhança com a filhinha de Thafic, os cabelos castanhos, olhos azuis e feições rosadas. Era incrível, tia e sobrinha da

ONDE ESTÃO AS NOSSAS KARENS?

mesma idade, tão parecidas! Nascidas na mesma época e, para maior surpresa de todos, com o mesmo nome. Ambas já estavam registradas e seus pais acharam o fato hilariante por tamanha coincidência.

Laisinha já sabia da funesta notícia do desencarne de sua madrasta, através de carta enviada por seu pai. Tocada pelo sentimento de proteção e amor, ela pega a irmãzinha em seu colo e sorri, como se a conhecesse.

Com as duas meninas em seus braços, diante de todos, exclama:

– Deus não é maravilhoso! Deu-me uma irmã e uma filha! Dois raios de luz! Lindas e saudáveis! Eu as amo! Darei a elas todo meu amor!

Seus olhos brilhavam ao ver as duas meninas que pareciam entender suas palavras. Uma olhava para outra, como se aguardassem há tempos aquele momento.

Françoise sentiu até ciúme! A princípio, pensou que seria descartada do trato com a filhinha de Thafic, mas, felizmente, não! Todos ali demonstravam que a estimavam como se fizesse parte da família, ao que ela correspondia. Faltava-lhe apenas Afonse para completar sua felicidade.

CAPÍTULO XXXVI

AS TRÊS KARENS SE ENCONTRAM

O tempo passara e, na fazenda de Sr. Fic, as Karens cada vez mais graciosas. Eram o encanto de todos. No entanto, na França, o mesmo não acontecia. A filha de Marie era melancólica e, apesar de todo o amor de seus pais, a pequena assemelhava-se a uma criança doente e sem encanto físico. Era magra, cabelos ralos e o olhar um tanto distante.

Marie tinha receio da saúde da filhinha. Ela alimentava-se com dificuldade. Chorava muito e nunca sorria.

Allan não sabia o que fazer para alegrar aquele coraçãozinho que mal iniciava a vida e não gostava dela.

Certa vez, Marie pensou em mudar de ares por causa dela e pediu algo importante ao marido:

— Allan, por que não vamos para o Brasil? Li as cartas de seu pai e de Laisinha. Nelas, eles citam que as meninas Karens estão lindas e saudáveis. A nossa Karen, não! Ela é triste e frágil! Além do mais, quero rever Françoise. Ela trabalha como professora para uma família na mesma cidade onde se localiza a fazenda de seu pai. Vamos nos reunir com eles?

ONDE ESTÃO AS NOSSAS KARENS?

— Vou pensar nesta sua proposta. Para mim, seria difícil largar tantos compromissos com meus pacientes aqui em Paris.

Na verdade, Allan tinha motivos para não ir, guardava resquícios de mágoa pelo pai e, principalmente, não gostaria de estar com Françoise.

No dia seguinte, o estado da filhinha agravou-se ainda mais. Ela rejeitava todo e qualquer alimento. Allan já havia perdido uma filha e não queria perder a outra. Preocupado com esta situação, ele comunica sua decisão a Marie:

— Querida, suas palavras me convenceram, porém quero que você compreenda que tenho tantos compromissos que me prendem aqui que não posso abandoná-los de uma hora para outra. Vou providenciar as passagens para que você e Karen possam ir logo e eu irei mais tarde.

— Como ir sozinha, sem você? Será tudo mais difícil para mim e nossa pequenina.

— Ela precisa de um clima mais ameno. O inverno se aproxima. Além do mais, encontra-se lá Françoise e ela a ajudará em tudo. Tão logo eu solucione meus compromissos, partirei.

— Agora, minha querida, escreva para meu pai e informe de nossa decisão. Peça a ele que providencie tudo o que for necessário para nossa moradia em Recife.

Marie escreveu uma carta para o sogro e outra destinada a Françoise, pois sabia que ela morava em uma pensão, próxima ao porto de Recife. Informou nas missivas da grande novidade de irem para o Brasil, esclarecendo a situação de Allan.

Daquele dia em diante, Marie viu que Karen alimentava-se melhor. Os seus olhinhos passaram a ter mais brilho e a tez a ficar mais rosada.

Em um belo dia, chega a tão esperada resposta de seu sogro através de uma missiva. Nela, ele mencionava que havia comprado um lindo sítio com uma casa aconchegante, localizada ao lado de sua fazenda. E mais, era uma doação para Allan e sua família.

Muito feliz, Marie aguardava Allan, que chegaria à noite do seu consultório para informá-lo das agradáveis novidades.

O médico reconheceu no gesto do pai uma forma de aproximá-los, já que seu relacionamento na infância fora muito conturbado.

AS TRÊS KARENS SE ENCONTRAM

Dias depois, Marie recebe a tão esperada carta de Françoise. Em poucas palavras, ela dizia a grande felicidade em poder rever a mãe e conhecer a irmãzinha. Esclareceu que tinha retornado para pensão dos Navegantes, situada na proximidade ao porto e que encontrara pistas de Afonse, porém lhe contaria pessoalmente. Concluiu a missiva, listando uma série de produtos, pedindo à mãe que o trouxesse da Europa.

No dia marcado, Allan leva a esposa e Karen ao porto de Marselha para embarcarem rumo aos seus destinos. Promete que, assim que organizasse tudo, partiria para encontrá-las no Brasil. Ele se despediu, já saudoso. Orou a Deus que as protegesse.

Em uma manhã de sol tropical, após muitos e muitos dias no mar, mãe e filha extenuadas desembarcam em Recife. Marie sabia que, pelas circunstâncias da viagem tão longa, Françoise não teria informação precisa da data de sua chegada. Por isso, na estação do desembarque, com o endereço da pensão em mãos, ela com Karen e suas bagagens, toma uma charrete e se dirige para o reencontro tão desejado.

Ao chegarem, Marie avista Françoise sentada em um banco na varanda do estabelecimento. Mais que depressa, ela vai em sua direção e a abraça calorosamente. Constata que sua filha continuava bonita como sempre fora, contudo, o seu semblante mostrava marcas de lutas e aflições.

Françoise saudosa não parava de falar, como se fosse uma criança que recebesse um presente muito esperado.

– Mãe, que ventura estar de novo com a senhora e conhecer minha irmãzinha!

Ela toma Karen no colo, beija-a com ternura e se vira para Marie emocionada:

– Eu quero contar-lhe todos os pormenores, desde a minha chegada aqui em Recife.

Françoise pede a um auxiliar do local para descarregar os pertences que a mãe trouxera da viagem e a convida para acompanhá-la até o seu quarto.

Após Marie e Karen se recomporem do imenso desgaste da travessia dos mares, Françoise inicia a discorrer todos os seus percalços, desde que chegara ao Brasil. Ela cita o uso do nome Jade, o trabalho na fazenda

185

do Sr. Fic e todos os demais acontecimentos. Porém, omite o romance com Boris e o fato de Sr. Fic ter rejeitado Afonse e tê-lo dado a terceiros.

Marie, surpresa e preocupada com as revelações, diz-lhe em tom sério:

— Filha querida, em cada mentira que contamos, subtraímos a confiança de outrem em nós. Sei da sua ansiedade em encontrar Afonse, mas procure o mais rápido possível confessar o seu erro a todos os Barellas. Não imaginou que vou chamá-la de Jade diante deles? É um nome falso!

— Vamos permanecer aqui na hospedaria, até que pensemos com calma a forma de você apresentar a verdade para os familiares de Allan.

— Mãe, você tirou um peso da minha consciência. Hoje estou de folga de minhas atividades de ensino. Amanhã, iremos para a Fazenda e tudo esclarecerei.

Marie sentiu-se mais tranquila pela decisão de Françoise.

No outro dia, depois do descanso merecido, decidiram que Françoise iria sozinha ao encontro dos Barellas para contar-lhes a situação inusitada de ser enteada de Allan, a chegada de Marie e, principalmente, o seu verdadeiro nome, do qual somente Thafic sabia.

Françoise dirige-se para a propriedade dos Barellas como habitualmente fazia. Antes de iniciar as aulas, ela procura Laisinha, seu esposo Nilo e Thafic para falar-lhes.

Emocionada, ela inicia o relato explicando a razão de sua vinda ao Brasil e a justificativa de usar o nome Jade. No final, ela comunica a agradável notícia de ser filha de Marie e que ela já se encontrava em Recife com sua irmãzinha, provisoriamente instalada em sua pensão.

Laisinha quis fazer mais perguntas, contudo Thafic não quis ouvir mais nada, com receio de que a professora revelasse alguma coisa sobre sua omissão acerca do seu neto Afonse.

Thafic ficou radiante ao saber da chegada da nora e de sua netinha. Por isso, chamou um empregado de sua confiança e determinou que ele fosse o mais rápido possível com Françoise buscá-las.

Sr. Fic aproveitou o momento para tomar outras providências junto a Laisinha para bem recebê-las.

AS TRÊS KARENS SE ENCONTRAM

Na carruagem a caminho da fazenda, Marie volta sua atenção em apreciar as belezas de Recife. Tudo era diferente da Europa, notadamente as construções e a simplicidade das vestimentas das mulheres.

Ao chegar, ela ficou admirada com a opulência da propriedade. Havia uma grande casa toda contornada com uma belíssima varanda em estilo colonial. Nos arredores, estendia-se um cafezal de perder de vista e com muitos trabalhadores na labuta.

Thafic e seus familiares envolvem-nas com abraços e carinhos. Todos queriam conhecer a mais nova Karen.

– Sejam bem-vindas ao Brasil! Fico muito contente em recebê-las – disse o Sr. Fic.

Marie tinha alguns conhecimentos da língua portuguesa, através do auxílio de Allan e conseguiu compreender as saudações.

Karen dormia no colo de Marie, parecendo ausente à chegada. Quando ouviu a voz de Thafic, seus olhinhos abriram e para grande admiração de todos, ela se jogou nos braços do avô como se o conhecesse.

Este gesto da netinha recém-chegada, proporcionou muita alegria para aquele homem. Contudo, o que mais motivou surpresa e sorrisos de todos foi a chegada de mais uma Karen na família.

Ele comentou que achou a neta muito parecida com as outras duas Karens. A diferença eram os cabelos castanhos mais claros e olhos azuis mais acentuados.

A partir daquele dia, as três Karens passaram a ser a alegria da casa.

As filhas de Laisinha e de Thafic movimentavam-se o dia inteiro com muita energia. Somente a filhinha de Marie ainda não andava. No entanto, após três meses, ela começou a dar os primeiros passos. Em poucas semanas, eles eram cada vez mais rápidos, tornando-a tão esperta quanto as outras.

Era fantástica a semelhança física das meninas, no entanto, a maneira de ser as distinguia perfeitamente uma da outra. À medida que cresciam, tornavam-se fisicamente mais semelhantes e cada vez mais diferentes na forma de agir.

Allan, sempre saudoso, enviava cartas e mais cartas para aliviar a ausência da esposa e da filhinha. A sua vinda ainda estava distante. Pro-

ONDE ESTÃO AS NOSSAS KARENS?

metia à família Barella resolver o mais rápido possível as pendências de negócios para seu retorno ao Brasil.

Na verdade, ele adiava a ida, postergando o contato com Françoise. Tinha receio que ela descobrisse o seu envolvimento no caso do desaparecimento de Afonse e que Marie tomasse conhecimento do ocorrido. Não desconfiava que Françoise havia descoberto toda a sua tramoia, porém nada revelara a sua mãe por respeito e, principalmente, vergonha.

Marie, com toda a atenção dos Barellas, passou a adaptar-se à nova vida provinciana, contudo sentia muito a falta do esposo. O prazer, de estar com suas duas filhas e as demais Karens, minimizava este seu desgosto.

Certo dia, Françoise relatou à mãe sobre seu romance com um cigano, o que ela desaprovou completamente, a ponto de nem desejar conhecê-lo. Boris, ao contrário, estava ansioso em ser-lhe apresentado.

A professora preferiu não falar mais sobre o namorado para não aborrecer sua mãe. Ela mal sabia dos seus planos de morar com Boris.

Encontrava-se com ele sempre às escondidas, deixando-o revoltado.

Numa manhã, Marie foi ao porto enviar uma carta para Allan. Ao retornar, desejou conhecer Olinda; porém, no trajeto dentro do seu transporte, avistou sua filha, de mãos dadas, passeando com o cigano na orla marítima.

Esse fato a fez corar de aborrecimento. Desceu do veículo, apertou os passos e foi ao encontro de ambos. Eles ficaram surpresos em vê-la.

Com voz ríspida, Marie falou frontalmente à filha que desaprovava o seu namoro com Boris.

O homem não reagiu, mas prometeu para si mesmo vingar-se daquela mulher que o humilhou.

Françoise tentou acalmar Marie. Ela mostrava uma aversão descontrolada ao seu namorado.

A filha, ao perceber o incômodo da mãe à presença do namorado, afastou-se dele, despedindo-se rapidamente.

Boris pouco falou. O seu rosto de máscula beleza transformou-se. Seus olhos faiscavam um brilho de ódio.

Ao chegar em casa, Marie levou o fato ao conhecimento de Sr. Fic que não se mostrou surpreso. Ele opinou que preferia a professora ao lado de um partido melhor. Laisinha e Nilo Gerônimo também deram palpites sobre as diferenças culturais de uma moça educada na Europa e um cigano bruto, criado em acampamento.

Mais tarde, Nilo e Thafic combinaram procurar Boris para estudar uma maneira de afastá-lo de Françoise, sem que ele tomasse conhecimento.

Ela ignorava o objetivo dos dois homens em interpelar o cigano. Se soubesse não aprovaria, pois conhecia o caráter indomável do seu amado.

Numa manhã chuvosa, enquanto todos descansavam em casa, Thafic e seu genro foram ao encontro de Boris, sob a aprovação de Marie.

Eles chegaram ao acampamento que se mostrava em preparativos para partir.

Boris não se encontrava no local. Quem veio ao encontro dos dois cavalheiros foi Tácio, que os cumprimentou educadamente. Reconheceu o senhor mais velho, Sr. Fic, o qual permitiu a ocupação provisória de suas terras. O outro que o acompanhava ainda não o conhecia.

Tácio convidou-os a sentarem-se ao redor de uma belíssima mesa de madeira, toda emoldurada de grandes entalhes.

Os homens, curiosos pela arte do móvel, iniciaram o diálogo, perguntando quem fizera aquela obra-prima.

O chefe dos ciganos respondeu que ela fora feita pelo seu irmão com a finalidade de presentear a sua amada.

Thafic então prossegue:

– Quem é seu irmão que tem esse dom artístico?

Muito sensitivo, Tácio constata o real interesse nos dois recém-chegados. Certamente, não estariam ali para comprar um objeto e, sim, saber algo sobre Boris. Com olhar fixo em ambos, ele respondeu com outra pergunta.

– Procuram meu irmão Boris?

Os visitantes surpreenderam-se com a indagação do cigano. Entreolharam-se e preferiram mudar de assunto. Como gostaram da mesa, preferiram usar este artifício.

– Eu gostaria de conversar com ele sobre esse dom e aproveitá-lo, se possível, em minha fazenda na Bahia para fabricar móveis – disse o Sr. Fic.

A ideia de Thafic e Nilo era afastar Boris o mais rápido possível dali para findar o relacionamento com Françoise.

ONDE ESTÃO AS NOSSAS KARENS?

Tácio verificou a mudança proposital do assunto, portanto, não deu esperança aos cafeicultores sobre a proposta de trabalho para seu irmão.

– Senhores o fato é que, como estão vendo, estamos nos preparativos finais para irmos embora. Meu irmão e todo o grupo partirão em breve para outro rumo. Queremos nesta oportunidade agradecê-los por permitirem acompanhar em suas terras. A nossa cultura é nômade. Não criamos raízes no lugar que ficamos. Porém, em nosso coração, fica sempre a gratidão para os que foram generosos conosco.

Nilo e Sr. Fic ficaram satisfeitos com aquela consideração e ficaram admirados da polidez do chefe dos ciganos. Mais tranquilos, despedem-se de Tácio.

Ao chegarem na extremidade do acampamento onde haviam deixado seus cavalos, Sr. Fic arrematou:

– Agora será mais fácil! É só afastar Françoise por alguns dias para bem longe. Quando ela voltar, o cigano já estará distante.

Eles desconheciam que alguém os observava. Era Boris que ouvira o que eles comentavam. O sangue ferveu em suas veias, o ódio apoderou-se dele de tal forma que mudou todos os seus planos de viagem.

Após o afastamento de Nilo e Thafic, ele, muito revoltado, se dirigiu à carruagem de Tácio que o esperava:

– Boris, há pouco estiveram aqui os donos destas terras os quais queriam falar-lhe.

Ele respondeu em tom acre:

– Não deveria tê-los recebido, Tácio. Foram atrevidos ao virem aqui procurar-me. Vão se ver comigo!

Tácio percebeu que ele estava enfurecido. Provavelmente, escutou algo que não o agradou.

– Meu irmão, o que lhe aborrece tanto? Só queriam convidá-lo para confeccionar móveis.

Boris olhou para Tácio e fingiu acreditar em suas palavras para não esticar mais aquele assunto tão desagradável. Afastou-se, alegando cansaço. Ele se recolheu ao leito e formulou em sua mente planos infelizes de vingança.

AS TRÊS KARENS SE ENCONTRAM

À noite, o jovem cigano desligado do corpo físico é arrastado para zonas inferiores, onde vários espíritos fomentavam a ira e a vingança por aqueles dois homens: Nilo e Thafic.

CAPÍTULO XXXVII

A VIAGEM PARA O RIO DE JANEIRO

Naquela mesma noite, Sr. Fic e seu genro dialogaram com Marie sobre o romance de Françoise e Boris. Eles procuraram uma maneira de afastá-la por bons dias para que, neste ínterim, os ciganos mudassem para bem longe. Com isso, tudo estaria resolvido.

Marie sugeriu que viajassem para o Rio de Janeiro para umas compras. Deixaria sua filha Karen com Laisinha e viajaria com Françoise.

Thafic ofereceu-se para acompanhá-las, ao que Marie aprovou com grande satisfação.

No dia seguinte, Françoise foi convidada por sua mãe para a viagem planejada. Surpresa com o convite, ela questiona:

— Por que esta viagem agora, mamãe?

Ela tenta disfarçar o objetivo principal e argumenta:

— Preciso de roupas e alguns utensílios de cozinha que só têm no Rio de Janeiro.

— E por que assim tão de repente? Nós nem sabemos andar no Rio!

— Senhor Fic também irá. Sua companhia para nós é importante, pois conhece tudo por lá. Resolverá seus negócios,

A VIAGEM PARA O RIO DE JANEIRO

e, ao mesmo tempo, nos conduzirá ao comércio e nos mostrará os encantos da cidade.

– E as meninas? São três e todas bem pequenas com somente dois aninhos. Com quem ficarão?

Marie sente que Françoise arruma pretextos para não a acompanhar, por isso tenta convencê-la de todos os modos.

– Querida, sei que se preocupa com as Karens. Fique tranquila! Laisinha cuidará delas com ajuda de Francisquinho e Carlos.

– Olhe como estão suas roupas! Surradas e fora da moda! Aproveitaremos e daremos um corte moderno nos cabelos. Enfim, vamos voltar renovadas!

Ao ver a alegria de sua mãe, Françoise sobe rapidamente as escadas para arrumar as malas, pois, no dia seguinte, ocorreria a viagem.

Naquela noite, a filha de Marie não conseguiu dormir. Agitada, rolava de um lado para outro. Seus sentimentos eram diversos: medo, saudade, tristeza… Era um misto de muita negatividade.

Pela manhã, na hora de sair, ela aparentava abatimento. Quase desistiu do passeio. Seu eu estava inquieto. Ao abraçar as três Karens, algo desconhecido sacudia-lhe, a ponto de fazê-la chorar.

Ao notar o sofrimento da filha, Marie tenta animá-la. A realidade é que ela também estava insegura em deixar as meninas. Sentia uma pressão no peito e as lágrimas vinham-lhe, sem que pudesse contê-las.

Laisinha, que chegava, viu as duas mulheres muito emotivas ao despedirem-se das Karens. Para incentivá-las, afirma:

– Podem viajar tranquilas. Não arredarei o pé de nossas princesinhas.

Françoise percebeu que sua irmãzinha tinha os olhinhos tristes, por isso a abraçou.

As outras duas Karens que amavam muitíssimo a Françoise também se aproximaram. As três meninas achegaram-se a ela, todas juntinhas num só abraço a envolvendo por um longo tempo.

A filhinha de Marie, com olhar súplice, manifesta o desejo para que elas não partam.

Laisinha, que assistia aquela cena, se sentia incomodada. Perguntava a si mesma o que estaria acontecendo.

ONDE ESTÃO AS NOSSAS KARENS?

Ela também estava com o coração oprimido, mas disfarçava. Sentimentos negativos passavam em sua mente. Mesmo assim, Laisinha encoraja Marie e Françoise:

– Não se deixem levar pelo pessimismo! Esta viagem será muito benéfica!

Senhor Fic esperava-as do lado de fora com sua carruagem. Ao entrarem no veículo, ele viu que as duas mulheres apresentavam o semblante tristonho. Concluiu que era por causa das três Karens. E, com ar brincalhão, disse logo:

– É suas choronas! Fiquem em paz! Já contratei uma moça para ajudar Laisinha com as nossas meninas. Ela é jovem e muito competente. Tranquilizem-se!

Françoise e Marie permanecem caladas durante todo trajeto até o porto.

Enquanto isso, um homem ao longe os espreitava. Era Boris que ouvira Sr. Fic e Nilo comentarem sobre o objetivo de afastá-lo de Françoise.

O cigano desconfiava que Sr. Fic estava apaixonado por sua namorada. Lembrou-se quando o cafeicultor ofereceu a própria filha Karen para ela, por isso concluí que o viúvo intencionava casar-se com Françoise.

Quanto mais pensava nesta possibilidade, mais o ódio crescia ao coração. Seu semblante se transformava. De uma bela fisionomia corada para uma palidez que lhe cobria a tez. O olhar tornava-se frio! De seus lábios saíam frases horríveis.

Por momentos, turbilhões de pensamentos grosseiros passavam pela sua mente que era alimentada por dois espíritos que se regozijavam com a infelicidade dele. Eles emanavam chispas de ódio sobre o cigano que absorvia tudo sem perceber.

Apesar da baixa vibração de Boris, também se apresenta no ambiente um espírito protetor. Ele, com recursos de fluidos benéficos, afasta aqueles irmãos obsessores. Com aquela presença amiga, o cigano fica mais sereno.

Boris pensa em Tácio e vai ao seu encontro. Monta seu cavalo e se dirige ao acampamento.

Ao aproximar-se do irmão, Tácio nota a sua exaustão, pois seu peito arfava.

A VIAGEM PARA O RIO DE JANEIRO

– Boris, até que enfim, apareceu! Você sabe que teremos que seguir viagem em breve. Estou cansado de realizar tantas tarefas.

Envergonhado, ele se mostra arrependido e propõe ajudá-lo. Infelizmente, a sua mente fugidia só se fixa em projeto de vingança.

Ao ver o irmão transtornado, Tácio intervém com o objetivo de ajudá-lo.

– Você está triste? Por acaso Françoise não poderá acompanhá-lo? É isso que o desagrada?

– Sim, meu irmão. Acabei de vê-la com sua mãe e o Sr. Fic. Eles partirão para o Rio de Janeiro. Não sei quanto tempo ficarão em viagem. Ainda bem que iremos em breve para lá.

– É verdade! Não se esqueça que ficaremos na parte menos habitada, alguns quilômetros longe da capital carioca. Mariana e alguns dos nossos, provavelmente, já se encontram lá. Não sabemos como será a receptividade dos moradores a todo nosso grupo cigano.

– Tácio, não seria melhor que eu fosse encontrá-los primeiro para averiguar o ambiente local e retornar trazendo informações seguras?

O chefe dos ciganos pensa por alguns minutos e, para agradar o irmão, responde:

– É, realmente pode ser bom!

Boris agradece, pois isso seria meio caminho andado para seus planos. Apesar da pressa, Tácio notou algo estranho em seu irmão. Preocupado, arremata:

– Você poderá ir, porém vou designar Wladimir e Caio para acompanhá-lo. Vou avisá-los para os preparativos da viagem. Vocês irão amanhã, no raiar da madrugada. Entrego-lhe este mapa da localização do nosso grupo. Ao chegarem, procurem Mariana e o restante do grupo para se certificarem, caso as condições não sejam plausíveis para instalar nosso acampamento. Depois, retorne sozinho para informar-me. Retorne de navio, pois a nossa estada aqui em Recife está findando.

Boris não gostou da ideia de ir acompanhado, mas não retrucou. Naquele mesmo dia, procura Wladimir e Caio.

– Amigos, Tácio pediu-me que fôssemos de carruagem para o Rio de Janeiro e verificássemos, com Mariana e os demais, as condições para o novo acampamento.

ONDE ESTÃO AS NOSSAS KARENS?

– Como faremos então? – Caio pergunta.

– Escutem bem, vocês irão por terra e eu necessito ir mais rápido pelo mar. Pegarei o trem de Gravatá[19] e, assim, chegarei logo ao porto. O meu principal objetivo é encontrar minha namorada Françoise no Rio de Janeiro.

Não comentem nada com meu irmão sobre essa mudança de planos.

– Boris, só queremos que não nos comprometa com Tácio. – disse Wladimir.

Os dias se passaram. Na casa de Thafic tudo corria bem, apesar das Karens sentirem a falta de Françoise e de Marie.

A viagem de Wladimir e Caio seguia em ritmo lento para as terras fluminenses, no entanto, Boris já se encontrava no centro carioca.

Boris era um homem moreno, alto, forte e de rara beleza. Despertava os olhares das mulheres por onde passava. Isso tornava-o vaidoso e quis melhorar, ainda mais, sua aparência. Resolveu comprar roupas novas para seu vestuário e ficou realmente muito elegante. Parecia até um homem de negócios.

Ao circular pela orla central do Rio, ele se admirou com os encantos da cidade maravilhosa. Observou surpreso a majestosa Avenida Central, o comércio das ruas adjacentes, o ritmo frenético das pessoas no ir e vir, o transporte público feito por bondes, as madames e cavalheiros com suas roupas modernas e as obras de grande valor arquitetônico.

Tudo o deixava deveras impressionado.

Num determinado momento, enquanto ele olhava os transeuntes, para sua decepção e surpresa, assiste uma cena que o tortura: vê Sr. Fic passeando de braços dados com Françoise. Ela belíssima, e muito bem vestida sorri, como se estivesse sendo galanteada.

Com isso, a ira fortalece no coração do cigano e fala de si para consigo:

– Traidores! Miseráveis! Vão me pagar por isso!

Transtornado, ele se esconde entre a multidão, busca sorrateiramente espreitar os dois e ouvi-los em sua conversa.

Quanto mais Boris tentava escutar o que eles diziam, mais confusa

....

19. A linha férrea Recife/Gravatá foi inaugurada em 1894.

A VIAGEM PARA O RIO DE JANEIRO

ficava sua mente. O barulho e o vai e vem de tantos impossibilitava-o de entender o diálogo entre eles. Retraído, para em um canto da rua e se senta no meio-fio da calçada. Esfrega as mãos, uma sobre a outra e ensaia murros no ar. Ao levantar-se, não vê mais o Sr. Fic e Françoise. Eles tinham desaparecido dos seus olhos.

O revoltado cigano procura-os em toda parte, contudo, uma tonteira faz-lhe forçosamente sentar-se. Não dimensionou quanto tempo ficou naquela posição. Tentou refazer-se.

Um novo acontecimento que ele presencia dá-lhe forças para sair da lassidão. Vê a sua frente uma mãe desesperada à procura da filha. A pequenina se perdera entre a multidão.

A mulher chorava compulsivamente. Seu marido aflito saía em busca da filhinha, porém hesitava em escolher qual caminho tomar para encontrá-la.

Nesse instante, Boris elabora uma trama terrível. Retornaria a Recife e, sem que ninguém soubesse, raptaria a filhinha de Thafic. Queria vê-lo desesperado, aflito e ver Françoise sofrida com a mesma dor daquela mulher, pois sabia do amor que ela dedicava à menina.

O cigano mal-intencionado sai lépido para a zona portuária em busca da próxima embarcação. Queria ver o seu plano tão infeliz ser concretizado o mais rápido possível.

No mesmo momento em que Boris elabora o intento tão trágico, Françoise sente um grande mal-estar. Sua cabeça roda e uma vontade intensa de retornar a Recife se faz.

Marie e Thafic, ao perceberem sua palidez, decidem levá-la para o hotel onde estavam hospedados, a fim de que ela pudesse descansar, pois o calor estava demasiadamente forte.

Gentilmente, Thafic acompanhou as duas mulheres até o quarto do hotel, onde estavam hospedadas e aproveitou o final da tarde para encontrar-se com comerciantes no famoso Café Colombo, no centro da cidade.

Mesmo em repouso, Françoise não tinha paz. A noite veio e ela não conseguia dormir, rolava na cama de um lado para o outro.

Ao ver sua aflição, Marie tenta acalmá-la com palavras reconfortantes e orações.

ONDE ESTÃO AS NOSSAS KARENS?

O pouco que Françoise dormia, balbuciava palavras que a genitora não entendia. No sono agitado gritava o nome de Boris, o que a fazia despertar com seus próprios gritos. Por um momento, ela pronunciou frases desconexas que deixou Marie sem entender nada:

– Não levem minha Dayana! Deus nos acuda! O soldado, o soldado! Venham! Vamos por aquela trilha![20]

Françoise delirava. Em um momento, sentou-se à cama. Olha para sua mãe e diz:

– Mamãe, perdoa-me por tê-la traído! Não deixe que levem Afonse e nem Karen!

Marie verifica que sua filha estava com febre. Acredita que era devido à exposição do forte sol durante todo o dia.

Naquela hora, em uma cidade estranha, seria muito difícil a presteza de um médico. Por isso, sendo enfermeira, a mãe de Françoise pega sua maleta de primeiros socorros e a utiliza para medicar a filha.

Fervorosa em princípios espirituais, Marie ora a Jesus e pede aos bons espíritos que zelem por Françoise. Ela deduz que o delírio era o trauma da filha em ter perdido Afonse. Em consequência, isso a fazia confundir o passado de uma outra reencarnação com a vida presente.

A mãe sensitiva percebe que mãos invisíveis auxiliam a Françoise. Era Francisco Renato que envolvia o ambiente em um halo de luz, acompanhado de tio Hirto com sua clarineta.

Naquele instante, sua filha se acalma e adormece. A febre que dantes lhe queimava a face desaparece. Marie também entra em sono profundo. Desligadas do corpo físico, elas dialogam com o espírito de Francisco.

Françoise é a primeira a falar:

– Que bom encontrá-lo outra vez! Considero-o meu protetor!

– Agradeço a sua consideração, mas sou apenas seu irmão de caminhada. Como disse-lhe em outra ocasião, nós já nos conhecemos de uma outra existência. Mas isso não é importante agora. Vim aqui para

---

20. Este fato foi uma lembrança de sua vida passada, onde Françoise, como Carla, fugiu com Daya dos soldados que as perseguiam. Veja o livro "Enfim o caminho" e a audionovela no canal: Belas Mensagens e Músicas.

A VIAGEM PARA O RIO DE JANEIRO

pedir-lhe e também a sua mãe que retornem a Recife, o mais rápido possível! As meninas Karens passam por um grande perigo!

Marie, que estava ali presente, ao ouvir o aviso do espírito amigo, roga-lhe:

— Senhor, peço-lhe que proteja nossas pequeninas. Realmente sinto que algo ruim pode acontecer a elas.

— Vamos orar juntos! A oração é um bálsamo aos nossos corações.

CAPÍTULO XXXVIII

O RAPTO DAS KARENS

Movidas pela orientação de Francisco Renato, Marie e Françoise tentam convencer Sr. Fic a retornar imediatamente para Recife com elas.

O homem, apesar de sensibilizado com o pedido, diz que só poderia voltar após fechar alguns negócios dentre os próximos dias.

Contrariadas, Marie e Françoise não tiveram outra escolha a não ser aguardarem.

Infelizmente, Boris mantinha o firme propósito de raptar a filhinha de Thafic e retornar a Recife neste macabro propósito.

Durante a viagem de volta, enquanto os passageiros estavam felizes e dispostos, ele apresentava fisionomia abatida.

Os pensamentos negativos sobre Françoise e Sr. Fic e a influência que sofria dos espíritos inimigos do astral inferior alimentavam o seu desejo de vingança.

Ao chegar em Recife, a primeira coisa que ele fez foi entrar no mar para refazer suas energias. Deitou-se na areia por alguns momentos e adormeceu. Em seus sonhos, eram-lhe mostradas imagens eróticas de sua amada com Thafic. Nas cenas, ambos riam dele, às gargalhadas.

O RAPTO DAS KARENS

Ele acorda banhado de suor, qual um bêbado que sai do seu estado de embriaguez. Jogou-se novamente nas espumas esbranquiçadas daquelas águas, tentando recompor-se.

A lembrança do pesadelo que tivera alimentou ainda mais o seu ódio.

Ali mesmo inicia o seu plano. Decide não se dirigir ao acampamento para estar com Tácio. Aluga um cavalo e vai por um atalho pelo meio da mata até chegar onde situava a fazenda de Thafic.

Próximo à fazenda, protegido pela vegetação, Boris avista ao longe três meninas. Elas brincavam na grande varanda, enquanto os adultos sentados riam das suas estripulias.

O cigano quase desistiu, ao avaliar que seria muito difícil a concretização do seu intento. Porém, prisioneiro do seu rancor, continuou a estudar uma maneira segura de raptar a filhinha de Thafic.

Ele observou quando todos entraram e aproveitou este momento para aproximar-se mais. Escondeu-se num canto escuro e passou a vigiar o movimento da casa. O que mais intrigou-lhe foi a semelhança física das meninas. Boris não queria a filha de Laisinha e nem a de Marie. Desejava, sim, a filhinha de Sr. Fic.

A noite chegou e nada da oportunidade de penetrar na residência e, muito menos, de chegar perto das pequeninas. Nunca estavam sozinhas! Pareciam bibelôs, preciosidades! Todos as envolviam com cuidados e com tanto amor que ele quase desistiu da trama.

Passadas algumas horas, Boris notou que todas as crianças se ausentaram, provavelmente para dormirem. Não se escutava mais o som de suas brincadeiras infantis. Isso contribuiu para que o astuto cigano ouvisse claramente a conversa dos moradores no interior da casa.

Um dos adultos comentava sobre a consagrada festa que haveria no centro de Recife, onde seria homenageada a padroeira Nossa Senhora D'ucarmo.

Para a decepção de Boris, ouviu que até mesmo as pequeninas seriam levadas para a festa. Pessimista, ele achava impossível o sequestro da filha de Thafic. Por isso, fez menção de ir embora, mas algo o fez voltar atrás. Escutou por outra janela o que dois adolescentes conversavam:

201

ONDE ESTÃO AS NOSSAS KARENS?

– Carlos, amanhã a festa será genial. Ao final da missa, haverá barracas, cantorias e muita coisa boa para nos divertir. Prometi às Karens que irão passear conosco, em um burrico.

– Francisquinho, eu acho muito perigoso. As meninas são pequenas para montarem um animal. É melhor passearem em volta da praça nas charretes coloridas e enfeitadas. É mais seguro!

– Amanhã, pedirei à minha irmã Laisinha para levarmos nossas princesinhas para a festa da padroeira.

– Tenho certeza que minha mãe permitirá – diz Franciquinho.

Boris agora vê que o seu infeliz plano será possível. Observaria nitidamente as Karens, a fim de não as confundir. Ele só queria sequestrar a filha de Sr. Fic. Ele sai sorrateiramente para um local mais afastado da fazenda e, ali, repousa satisfeito.

No dia seguinte, a cidade acordou jubilosa. Todos desfrutariam das alegrias da festa da padroeira N. S. D'ucarmo.

À tardinha, na festa, Laisinha, Nilo, Carlos e Franciquinho zelavam pelas três Karens. Eles notaram que a filhinha de Marie estava tristonha.

Para consolá-la, Laisinha pega a pequenina no colo que choramingava muito. Seus olhinhos mostravam medo e pavor.

Os rapazolas, Carlos e Franciquinho, no intuito de animá-la, solicitam a Laisinha que os deixem passear de charrete com ela e com as outras Karens.

Laisinha, por um momento, sentiu como se uma nuvem escura brotasse naquele local. Fez menção de retornar para casa, no entanto, todos, com exceção da filhinha de Marie, insistiam em coro para ficarem.

Ela concordou, apesar do seu sexto sentido indicar o contrário.

Próximo dali, Boris iniciava a concretização do seu funesto objetivo. Trajava-se como homem comum e usava um chapéu de abas longas que lhe escondia a face. Rapidamente, dirigiu-se à praça, onde estavam estacionadas variadas charretes e carruagens.

O cigano notou que um dos cocheiros estava acompanhado de uma jovem.

Pela conversa de ambos, o rapaz apresentava-se descontente em não poder estar ao lado dela nas comemorações da padroeira, pois teria que realizar o seu trabalho.

O RAPTO DAS KARENS

Boris aproveitou o ensejo e se aproximou dos namorados com grande sorriso. Entregou-lhes umas fichas de jogos e, com esperteza, perguntou:

— Meus jovens, vocês não querem jogar um pouquinho?

Os namorados entreolham-se devido ao convite inesperado do desconhecido.

— Vá meu rapaz! Eu fico aqui por uma ou duas horas enquanto vocês se divertem — Boris insiste.

A moça sente falsidade no recém-chegado e responde olhando firme para o namorado.

— Não, senhor! João tem responsabilidade com este trabalho. Seu patrão confia nele. Além disso, hoje ganhará um dinheirinho extra.

O cigano não desiste:

— Vá! É somente por um curto tempo.

A moça retruca, pois sente nitidamente a maldade no desconhecido:

— Não! Se João afastar-se daqui poderá também ser dispensado do emprego na fazenda. Por isso, é importante que cumpra sua tarefa.

Ela se despede do namorado que, insatisfeito, emudece. Boris aproveita a oportunidade e intervém:

— Deixa de ser bobo rapaz! Já lhe disse que tenho várias fichas de jogos e são suas.

— Por que insiste tanto com isso?

— Já fui tão jovem quanto você e essa fase é a melhor da vida. Você fica aí trabalhando, enquanto os outros se divertem. Eu não tenho namorada. A minha me deixou por um velhote. Você tem uma! Não a perca! Vá ao encontro dela!

Ao dizer essas palavras, o cigano fica rubro de ódio. Em sua mente, vem-lhe a imagem de Françoise de braços dados com o Sr. Fic.

João, em um ímpeto, largou-o com a carruagem, pega as fichas e vai ao encontro da namorada, prometendo retornar logo.

O cigano estava satisfeito, faltava pouco para completar seu ideal infeliz.

Enquanto os demais cocheiros aguardavam estacionados para os passeios, ele fez o contrário, saiu com a carruagem à procura dos familiares de Thafic. Encontrou-os na praça e aguardou uma oportunidade para o sequestro.

203

ONDE ESTÃO AS NOSSAS KARENS?

Ele observou que as Karens estavam sempre protegidas pelos adultos, mesmo assim, continuou espreitando-as. Em um certo momento, viu que Laisinha e Gerônimo se afastaram entre a multidão, provavelmente, com a finalidade de comprar guloseimas para elas.

O falso cocheiro aproveitou a ocasião e se aproximou de Francisquinho e Carlos que estavam com as Karens. Ele os convida para um passeio na bela carruagem com as meninas, no entorno da praça.

Francisquinho, filho mais velho de Laisinha que estava ao lado da filhinha de Marie, percebeu o seu pavor à chegada de Boris. Ela balbuciava frases rápidas que o deixaram preocupado.

Um pouco distante dali, em uma das barracas da festa, Laisinha sente vertigens, sendo amparada por Nilo. Ansiosa em retornar até as meninas, ela esquece até mesmo os doces que havia comprado.

Enquanto isso, Boris insiste com Carlos e Francisquinho para o passeio com as Karens.

Ele nota que uma das meninas demonstra pavor a sua presença. As outras duas, ao contrário, sorriem ao convite.

Carlos, filho de Thafic, que segurava as mãos de sua irmãzinha e da filhinha de Laisinha, resolve subir no veículo e, num gesto contagiante, vira-se para Francisquinho, que levava a filhinha de Marie ao colo e diz:

– Vamos dar uma volta ao redor da praça?

– O filho de Laisinha olha para Carlos e propõe:

– Deixe que eu vá com as Karens! Você aguarda aqui! Avise aos meus pais que eu fui com elas fazer um passeio rápido para alegrá-las.

Então, Carlos desce da carruagem deixando as pequeninas aos cuidados do jovem sobrinho e aguarda a presença de sua irmã e cunhado.

O cigano colocou as três meninas e o adolescente nas cadeiras traseiras e, rapidamente, fechou as cortinas do pequeno transporte.

Francisquinho reclama:

– Senhor cocheiro, por favor, abra as cortinas! Quero acenar para meus amigos e parentes.

Boris finge que não escuta. A galope, toma outro rumo, afastando-se da festa.

Logo a princípio, pelo cavalgar dos cavalos, as três Karens adormecem.

O RAPTO DAS KARENS

Francisquinho nota que o homem os levava para um caminho desconhecido, longe de todos. Só ouvia os trotes dos animais. Para ele, ficava cada vez mais distante o alarido das pessoas. Desconfiado, força a cortina várias vezes até abri-la. Então, ordena a Boris:

– Senhor, retorne à festa! Minha mãe deve estar preocupada conosco!

Ao ouvir aquelas palavras, o cigano ri ironicamente para o rapazola e pergunta:

– Qual destas meninas é a filha do Sr. Fic?

– Por que quer saber?

– Não lhe interessa! Diga-me? Ou, então, levo as três!

Agora não havia dúvida, Francisquinho vê a maldade no cocheiro. Num ímpeto, ele salta nas costas de Boris e tenta apertar seu pescoço para fazê-lo parar.

O cigano muito mais forte, empurra-o com violência para fora da carruagem e ele cai no chão.

O falso cocheiro dispara com as Karens para bem longe, enquanto Francisquinho grita por socorro, mas, infelizmente, ninguém escuta. Devido à queda, ele caminha com dificuldade em busca dos seus pais. Após um bom tempo, retorna à praça e os encontra.

Laisinha, de olhos apreensivos, pergunta pelas pequeninas.

O adolescente, aterrorizado e com voz embargada, mal consegue traduzir o desespero que sente em ter visto as Karens sendo sequestradas. Num fio de voz, ele explica o ocorrido.

Laisinha e Nilo Gerônimo procuram amigos e autoridades que possam ajudá-los na busca.

A tragédia se espalha e a festa é finalizada. Mães fogem com seus filhos com receio que também sejam sequestrados. Em pouco tempo, a praça se esvazia.

Alguns cocheiros são interrogados pelas autoridades que descobrem que a carruagem usada no sequestro era de responsabilidade de João. Ele é chamado para esclarecer sobre o rapto das meninas.

João se apresenta, acompanhado da namorada, e é imediatamente preso. Muito arrependido e traumatizado, pouco contribui para esclarecer a descrição do sequestrador, pois Boris não se vestia como cigano. A moça, muito nervosa, nada acrescentou às informações dadas e desatou em prantos.

ONDE ESTÃO AS NOSSAS KARENS?

O véu da noite começa e tudo fica mais difícil com a escuridão.

Os homens divididos em pequenos grupos vasculham as estradas com auxílio de tochas de fogo.

Infelizmente, a noite não auxilia e todos retornam para reiniciarem no dia seguinte a nova busca das tão queridas Karens.

CAPÍTULO XXXIX

A FUGA DE BORIS COM AS TRÊS KARENS

Boris fugia por caminhos desconhecidos pela maioria dos habitantes. Em determinado momento, devido à escuridão, ele é obrigado a parar. Observou que as três Karens tinham adormecido. Juntinhas, amparavam uma à outra.

O cigano ao olhá-las tão indefesas, sente um desespero enorme dentro do ser. Afinal, que mal elas lhe fizeram? Pesaroso e com remorso pelo seu ato insano, pega uma de cada vez para recostá-las melhor no assento quando, sonolenta, uma delas sente seus braços fortes. Com voz suave e meiga, a pequenina balbucia:

– Papai, dorme comigo!

E a pobre menina recosta o rostinho no peito dele que se deixa comover por aquele gesto infantil.

Boris fica um bom tempo naquela posição e o arrependimento o envolve, ainda mais. Ele chora como se fosse uma criança da idade dela! Olha para o céu como se a pedir ajuda. Diz para si mesmo que não desejava fazer mal a inocentes. E por que o fazia?

ONDE ESTÃO AS NOSSAS KARENS?

Após algum tempo, ele coloca, cuidadosamente, a menina junto das outras. Ao olhar uma a uma, arrepende-se de tê-las sequestrado. Sua mente o acusa! Condena-o!

Desesperado, ele não sabia o que fazer. Murmura:

– Por que pratico esta atitude tão cruel? O que devo fazer? Eu não posso abandoná-las aqui, pois elas poderão morrer.

Naquela mata fechada havia animais perigosos. Ele não poderia deixá-las ali. Devolvê-las aos pais? Certamente, o matariam antes disso!

A angústia toma conta dele. Lembrou-se de Tácio do seu carinho, seus bons conselhos e exemplos dignos. Isso tudo o inspirou a retornar com as meninas.

Na verdade, naquele instante, Laísa e tio Hirto colocavam energias salutares e lhe inspiravam bons sentimentos, desejando que ele não desistisse de entregar as Karens aos seus familiares.

Apesar das energias benéficas, sua índole não o deixava retornar e não era corajoso para tanto. Ele não tinha mais ódio em seu coração. Não desejava maltratar aquelas crianças. Tinha certeza de que teria que deixá-las em algum lugar. Não sabia onde. Algo gritava dentro dele.

As boas orientações de Tácio vinham novamente em sua mente. Seu irmão sempre lhe dera amor na infância. Sempre o protegera e procurou tornar sua vida uma vida feliz. O pavor, que sentia ao pensar no que as pessoas poderiam fazer com ele, o desnorteava.

O cigano desperta de seus pensamentos e decide seguir em frente. A fim de não levantar suspeitas, ele troca sua carruagem por outra, com um viajante que encontrara pelo caminho. Acreditava que muitos estariam ao seu encalço.

Logo que ele avista um pequeno lugarejo, teve vontade de abandonar as Karens, ali mesmo. Montaria um dos cavalos que guiava a carruagem e voltaria sozinho ao acampamento. Mas teve medo! Uma voz interior rogava que retornasse com as meninas a Recife, pois ainda tão pequenas necessitavam de amparo da família.

Infelizmente, Boris estava perturbado. Seu coração batia acelerado. Ele seguiu em frente alucinado. Muitos e muitos povoados passavam e ele nada de parar.

A FUGA DE BORIS COM AS TRÊS KARENS

Após horas e horas de viagem as crianças choravam famintas. Boris colheu algumas frutas pelo caminho e as alimentou. Sentia-se perturbado com aquelas lágrimas. Mesmo assim, seguiu adiante. Seu instinto cigano o guiava por caminhos desconhecidos. Pelo seu conhecimento, encontrava-se distante de Recife.

As meninas bem juntinhas, se apoiavam. Chamavam, ora por Marie, ora por Françoise e por Laisinha. Uma delas, em certo momento, pediu a ele que trouxesse sua mãe e os irmãos.

Ao ouvir aquela voz tão sofrida, a cabeça de Boris começou a rodopiar e ele pensou em voltar, no entanto, amedrontado prosseguiu. Tinha que decidir o que fazer com as três Karens.

O dia passara. O sol se despedia no horizonte quando o cigano chegou a uma grande fazenda. Ali existia a construção de várias casas. Ele parou em frente a uma delas e verificou que estava, praticamente, concluída, no entanto, estava vazia. Adentrou e avaliou que aquela moradia desabitada poderia abrigá-los por aquela noite.

Ele foi até a carruagem e pegou uma manta que lhe servia e a estendeu no chão, em um dos cômodos. Retornou e retirou as Karens, uma de cada vez, colocando-as deitadas sobre o tecido. As pobrezinhas dormiam em sono profundo, pois estavam exaustas, mal alimentadas, sujas e empoeiradas. Só tinham o apoio umas das outras.

Boris não saía do estado de arrependimento, principalmente, ao vê-las tão frágeis. Então, ele se recostou em um canto do cômodo para repousar. Decidiu que partiria no outro dia, ao amanhecer, pois até mesmo os cavalos estavam extenuados, precisavam descansar e se alimentar.

Aos primeiros raios do dia, Boris desperta. Antes de partir, ele escreve uma frase em uma das paredes da casa com um pedaço de carvão:
– "Deixo aqui as meninas! Não as separem!".

Mais uma vez, uma voz interior suplica a ele que não deixasse as Karens, pelo contrário, que as levasse de volta para seus familiares.

Os bons espíritos Laísa e tio Hirto buscam envolvê-lo para que ele mudasse o rumo daquela história. Isso o deixa paralisado. Contagiado pelas vibrações, volta até às meninas. Agora, está decidido a levá-las para seus pais.

Infelizmente, ao ouvir passos ao longe, o cigano se acovarda e deixa

ONDE ESTÃO AS NOSSAS KARENS?

rapidamente sobre a manta no chão uma das pequeninas que estava em seu colo. Assustado, retira-se do ambiente e, num salto, monta em um dos cavalos e sai em disparada.

Era José Abreu, um dos empregados da propriedade de Dr. Salles e de Sr. Tinoco que ao amanhecer, ao iniciar suas funções, visualiza uma carruagem estacionada em frente a uma das casas em construção. Intrigado, ele pega sua espingarda de caça e se dirige ao local, a fim de averiguar o que estava acontecendo. Ao aproximar-se, se depara com uma cena incomum, de um homem fugindo a cavalo. Mira sua arma em direção a ele com a finalidade de atirar, mas um choro de criança vindo da moradia o fez parar. Rapidamente, adentra a casa e encontra as três menininhas. Uma delas, já acordada, mostrava-se desesperada. Ele procura acalmá-la com todo carinho e a menina adormece.

Após essa atitude, o homem fecha a porta e, rapidamente, retorna ao seu lar para relatar o fato à esposa que ainda encontrava-se dormindo:

— Maria Jacira acorde, algo estranho aconteceu!

A mulher desperta assustada e responde:

— O que houve, Abreu?

— Um homem abandonou três garotinhas em uma das casas em construção.

— Leve-me até lá. Elas devem estar precisando de socorro! Depois avisaremos aos patrões.

José Abreu e a esposa dirigem-se até o local para acolhê-las. Ao chegar, trazem-nas no colo direto para sua simples residência.

Jacira, compadecida das meninas, não consegue imaginar a razão pela qual o homem citado pelo seu esposo teve coragem de abandoná-las.

Muito prestativa, a mulher prepara o banho e o alimento das crianças que estavam sujas e famintas. Envolvida nessas tarefas, ela pede ao marido que vá até os patrões avisar do ocorrido, apesar de ser ainda muito cedo.

Dr. Salles já se encontrava acordado e estava na varanda da sede da fazenda, quando José Abreu chega e lhe dá ciência de tudo. O homem fica surpreendido com o relato do empregado e resolve aguardar sua esposa Consuelo acordar para juntos conversarem sobre o assunto.

O médico havia chegado recentemente da Europa com o objetivo de

A FUGA DE BORIS COM AS TRÊS KARENS

investir em negócios agropecuários junto com seu sócio Tinoco que precisa muito do seu capital. Pensava adiante em clinicar na cidade de Recife, visto que era médico de renome na Espanha.

Tinoco também era imigrante espanhol, parente próximo de Consuelo, e já morava há alguns anos na região como produtor de café e cana-de-açúcar.

Infelizmente, os resultados financeiros iam de mal a pior. Por isso, a propriedade já se encontrava em fase final de negociação de venda e o objetivo deles era comprar terras mais produtivas na Bahia.

No Rio de Janeiro, Marie e Françoise estavam ansiosas. Abatidas, elas aguardavam o retorno a Recife. Pressentiam que algo ruim acontecia as suas Karens.

Thafic nada sentia, pois estava envolvido em possibilidade de concretizar grandes lucros financeiros. Achava exagero as duas mulheres insistirem em voltar para casa de uma hora para outra. Ele ultimava o término das negociações.

Na residência dos Barellas, o sofrimento era grande. Transtornados, todos andavam de um lado para o outro em compasso frenético. Esperavam o dia amanhecer para recomeçarem as buscas.

Com a finalidade de ajudar seus familiares a encontrar as pequeninas, Francisco Renato procurava intuí-los de forma a buscarem o caminho certo para chegarem à fazenda dos Salles e Tinoco. No entanto, a agitação e o desespero bloqueavam-nos.

Após deixar as pequeninas, Boris sentia seu coração bater descompassadamente. Estava alucinado, por isso seguia em frente sem parar. Somente quando o cavalo se mostrava esgotado que o cigano buscava repouso e alimento para si e para o animal.

Tácio, muito preocupado, aguardava a volta de seu irmão para iniciar a grande viagem para as terras fluminenses.

Até que, um dia em uma tarde ensolarada, Tácio e seus companheiros cansados de esperá-lo decidem partir. Estavam tão absortos em tantas tarefas, quando foram despertados por trotes de um cavalo.

Era Boris vindo em direção a eles.

Os ciganos se surpreendem ao vê-lo com aparência tão magra e

ONDE ESTÃO AS NOSSAS KARENS?

doentia, por isso fazem-lhe várias perguntas, mas ele silencia. Não responde a nada!

Todos tinham a certeza de que algo grave havia acontecido. Alguns até tentam falar em Françoise, contudo, ele de olhos perdidos emudece.

Tácio o abraça e o convida a sentar-se ao seu lado. Ele não aceita e sai cabisbaixo, encaminhando-se para a última carruagem, onde, indiferente a tudo, adormece pela grande exaustão.

Boris, após a trama cruel, torna-se um homem doentio e apático diante da vida pelo grande peso de consciência que carregava. Não se perdoava!

CAPÍTULO XL

A DECISÃO DE FRANÇOISE

Thafic termina as suas negociações e comunica a Marie e Françoise que, no dia seguinte, retornariam a Recife.

Já em viagem, as duas mulheres quase não conversam. A preocupação com as três Karens era constante em suas mentes. Pressentiam que algo muito ruim havia acontecido a elas. Até mesmo o Sr. Fic começava a mostrar-se desalentado. Não via a hora de chegar em casa e abraçar as netinhas e a filhinha.

Ao desembarcarem, após a exaustiva viagem de navio, pegam a primeira charrete que surge à frente. O condutor reconhece o rico fazendeiro espanhol e, após os cumprimentos, fez a chocante pergunta, deixando todos desesperados.

— E aí Sr. Fic, já tiveram alguma pista para encontrar suas meninas?

— Como assim?! – questiona Marie, muito assustada.

O cocheiro conclui que seus passageiros não tinham ciência do tão nefasto episódio do rapto das Karens. Ele tentou calar-se, mas as perguntas se sucederam.

— O senhor não está enganado? – fala nervosamente Sr. Fic.

E, ali mesmo, o homem que já havia iniciado o comentário, completa o episódio com detalhes.

213

ONDE ESTÃO AS NOSSAS KARENS?

Françoise tenta falar, mas sua voz fica embargada pelo choque emocional. Marie, aterrorizada, treme dos pés à cabeça.

Eles chegam à fazenda e adentram a residência, atônitos.

Laisinha corre para os braços do pai, em crise de choro.

Françoise assiste ao desespero da família Barella, principalmente o de sua mãe. Naquele momento, ela enxerga a vida como se fosse um grande pesadelo, deixando de acreditar na felicidade. Perdera o filhinho Afonse e agora as três Karens que amava como se fossem suas filhas. Além disso, ela fora informada por umas das empregadas da casa que Boris partira com dois companheiros para o Rio de Janeiro. Acreditava que ele retornara o compromisso com Mariana e se esquecera dela.

Ela mal sabia que seu amado já havia retornado e estava bem próximo no acampamento.

Na casa da família Barella, o ambiente parecia um grande funeral. Francisquinho e Carlos se sentiam responsáveis pelo sequestro das meninas, por isso as procuravam em todos os lugares com ajuda dos amigos, porém tudo era em vão.

Francisquinho, que havia visto Boris, no dia do sequestro, procurava-o no rosto de todos os homens. Naquele dia, ele estava bem diferente, a barba feita sem o bigode e a roupa de um homem comum, distanciava-o do Boris cigano.

Por mais que o filho de Laisinha tentasse descrevê-lo, ninguém o compararia ao namorado de Françoise.

Thafic pensava em Naara e lhe pedia perdão todas as vezes que via os pertences da filhinha. A decepção, de mais uma vez perder pessoas que amava, o fazia enfraquecer na fé e desacreditar em Deus.

Laisinha, saudosa, apoiava-se nas preces. Rogava a Deus que trouxesse as Karens. Ao pensar nelas, seu peito arfava e as lágrimas brotavam de seus lindos olhos.

Todos concluíam que, a cada dia que se passava, o reencontro com elas ficava mais distante.

Marie enviara carta para Allan para notificar sobre o rapto da filhinha e das outras Karens.

Ao receber a infeliz notícia, o médico deixa de lado todos os seus compromissos e parte ao encontro da esposa no Brasil. Amava-a e temia

A DECISÃO DE FRANÇOISE

que não suportasse fato tão grave. Fosse o que fosse, teria que superar o medo de que ela houvesse descoberto o caso que tivera com Françoise.

Allan pensava em seus familiares. Como estaria sua irmã Laisinha? E seu pai? Arrependia-se de ter ficado na Europa por mais de um ano, em face de tantos receios.

Seu sofrimento era grande, somado às turbulências do remorso do passado. Mesmo assim, iria para o Brasil encontrar-se com todos. Acreditava que a sua presença confortaria Marie. E quem sabe encontraria as Karens! Teria que enfrentar os desafios conforme sempre lhe ensinara o avô Francisco.

Nilo Gerônimo e Thafic decidem aguardar Allan, para, juntos, idealizarem um plano maior de descobrirem o paradeiro de suas filhinhas.

– Encontraremos as três Karens! – repetia Gerônimo, sem parar.

As mulheres pediam que não demorassem muito nesta decisão.

Marie insistia ao sogro que não aguardasse Allan e, sim, que buscasse outras pessoas para que, com ele, pudessem averiguar a razão pela qual alguém teria sequestrado as pequeninas e quem estaria com elas?

Após algumas semanas, Marie recebe Allan, seu esposo, em lágrimas.

A família de Thafic, principalmente os jovens, ficaram surpresos com a elegância europeia que o doutor se apresentava. Porém, apesar de suas roupas caras e finas, ele mostrava desânimo e angústia.

Ao abraçar os familiares, o médico chora qual criança num misto de saudade e arrependimento. Refletia que, se estivesse ali há mais tempo, talvez sua filhinha e as outras Karens não teriam sido raptadas. Já era a segunda vez que perdia uma filha. Uma falecera e agora a outra fora sequestrada.

Françoise, ao ouvir a voz de Allan, veio ao seu encontro. Fixou nele o seu olhar, recriminando-o como se apontasse todos os seus erros, principalmente pelo desaparecimento de Afonse.

O médico desvia do olhar condenativo da ex-amante. Sua mente o acusava, pois ele se recorda da primeira filha Karen, seu desencarne e a traição para com ela e Marie.

A lembrança de seu avô Francisco, homem digno e bom, o deixava envergonhado. Certamente, ele o julgava como um péssimo pai, esposo,

215

ONDE ESTÃO AS NOSSAS KARENS?

filho e irmão. Tudo isso acumulado, em sua mente, o fez estontear e perder o equilíbrio. Só não caiu porque seu pai o segurou a tempo.

Preocupada, Marie, com auxílio de Thafic, levam-no para o repouso, no primeiro quarto que encontram. Molham seu rosto. Dão-lhe água e, com um leque, abanam sua face. O médico, além de transtornado, parecia doente.

Françoise, que tudo observava, não se sensibilizou para auxiliar o padrasto. Ela preferiu ir para seu quarto e, sozinha, derramou lágrimas, num misto de raiva e decepção. Lembrou-se de Boris que nunca mais a procurou. Mais uma vez, acreditou que ele havia esquecido dela e, longe dali, estaria acompanhado de Mariana ou de qualquer outra mulher cigana de seu acampamento.

Naquela noite, ela não consegue conciliar o sono. Anda de um lado para outro, quando alguém levemente bate à porta do seu quarto. Seu coração se sobressalta. Tem medo de que fosse Allan, mas, do lado de fora, uma voz meiga a chama:

— Filhinha, posso falar-lhe?

Françoise abre a porta e Marie percebe que ela havia chorado. Estava trêmula e pálida. Sua mãe a abraça, a fitando com brandura.

— Minha filha, apesar da tristeza que vejo estampada em cada canto desta casa, me preocupo com sua felicidade. Por isso, vim até aqui.

— Você é jovem e muito bela. Além disso, tem uma profissão de valor. O que lhe falta é o que falta para todos nós, que é alegria de viver.

— Se você está preocupada comigo, esqueça disso! Allan já está aqui e me dará apoio para encontrar sua irmãzinha e as Karens. Não se preocupe mais! Deus é Pai misericordioso e bom! Tenho fé! Confio que a providência divina devolverá nossas meninas.

— Procure sua felicidade, onde estiver! Já passou por traumas muito grandes. Conte comigo no que desejar! Não posso ser indiferente ao seu sofrimento devido a minha tristeza. Você é muito importante ao meu coração e lhe desejo toda felicidade do mundo.

— Nós continuaremos à procura das três Karens e também de seu filho Afonse. Não desistiremos de encontrar os tesouros que nos fugiram das mãos.

216

A DECISÃO DE FRANÇOISE

E, se levantando emocionada, Marie sai do quarto e retorna logo após trazendo um embrulho. Nele, continha uma boa soma de dinheiro que foi entregue à filha para que ela tivesse a sua independência financeira.

A professora sabia que sua mãe não a abandonaria, portanto, ela decide de vez que o melhor seria ir ao encontro de Boris. Porém, onde ele estaria? Quem poderia informá-la? Será que ele ainda a amava?

Com os pensamentos em turbulência e com a presença de Allan naquela casa, no dia seguinte, ela pede ao Sr. Fic que a dispense de seus serviços. Comunica sua decisão à mãe, em afastar-se daquele lar e dirigir-se à antiga pousada.

Os Barellas não aprovam a escolha de Françoise, mas também nada fizeram para impedir sua decisão. Todos queriam que ela encontrasse a felicidade. Até as crianças que a amavam muito viam que não existia mais aquela alegre e dinâmica professora.

No acampamento, Tácio adiara a partida para o Rio de Janeiro, em face da enfermidade do irmão que estava cada dia mais perturbado. Procurava animá-lo com suas conversas amigáveis, mas ele vivia jogado pelos cantos. A barba se alongava. Os cabelos sempre desgrenhados mostravam um homem doente e indiferente à vida.

Certa manhã, com um grande sorriso nos lábios, Tácio narrou eufórico:

– Boris, Boris tive um belo sonho com você e Françoise.

O rapaz, que se mostrava alheio, fixou nele o seu olhar e aguardou silencioso as suas palavras:

– Meu irmão, visualizei Françoise voltando para os seus braços. Se apronte! Vá buscá-la! Minhas visões não são sonhos e, sim, avisos! Ela sente a sua falta e precisa de você. Ainda mais agora que todos comentam sobre o sequestro das três Karens. Ela deve estar sofrendo muito por isso.

Boris, ao pensar no que fizera às três Karens, não tinha coragem de retornar o seu romance com ela. Além do mais, ele se lembrava de sua amada com o Sr. Fic e não acreditava que ela realmente o esperasse.

Tácio insiste, pois sabia que seria a única maneira do irmão recuperar-se.

Como se Boris estivesse verdadeiramente alheio ao seu pedido, ele resolve ir pessoalmente à pousada onde Françoise se hospedara. Acre-

217

ONDE ESTÃO AS NOSSAS KARENS?

ditava que ela viria ao encontro de seu irmão, ainda mais sabendo-o abatido e doente de saudade.

Já na pousada, a filha de Marie teve a surpresa de receber a visita de Tácio. Ele trazia notícias sobre Boris, informando que ele estava adoentado e que precisava de sua presença.

Françoise decide ir ao encontro de seu amado. Agradece a Tácio a importante notícia que trouxera e, antes de partir com o grupo para o Rio de Janeiro, comunica Marie e a família Barella sobre sua opção. Apesar de todos temerem pelo seu futuro, respeitaram sua escolha. Afinal, naquele momento, a única preocupação eram as Karens!

CAPÍTULO XLI

O DESTINO DAS KARENS

Em uma fazenda distante de Recife, enquanto as três Karens brincavam em um canto de uma sala, dois casais estranhos e uma mulher decidiam sobre suas vidas.

Consuelo Salles e seu esposo, junto ao casal Tinoco e a serviçal Jacira Abreu, conversavam e procuravam uma solução para a inusitada situação.

– Dona Consuelo, a senhora não acha que devemos levar as crianças em várias igrejas para que, através dos religiosos, encontrássemos seus responsáveis?

– Acho que não! Já imaginou se alguém nos coloca como culpados por termos tirado essas meninas dos seus pais!?

– Senhora, outra coisa importante...

– O que Jacira?

– O homem que abandonou as crianças, antes de fugir deixou um escrito com letras enormes na parede para que não as separassem.

– Isto é bobagem, Jacira! Nenhum de nós pode ficar com as três. Seria muito trabalho. Esse achado foi bom porque não sou mãe e quero aproveitar esta oportunidade. Todas são lindas e eu jamais suportaria pegar uma criança sem beleza para cuidar. – diz Consuelo que liderava o grupo.

ONDE ESTÃO AS NOSSAS KARENS?

– Eu não quero ficar com uma delas, pois desejo ter um filho meu e não adotivo – opina Nancy Tinoco.

– Se você não se adaptar a ela, coloque-a em um orfanato – diz Consuelo friamente.

A esposa de Dr. Salles, mulher autoritária, ditava as decisões:

– Jacira, você deverá ficar com uma das meninas, pois seus filhos já estão casados e moram distantes. Uma criança no seu lar será muito prazerosa.

– Não devemos comentar nada disto a ninguém. Não sabemos ao certo o motivo pelo qual o homem abandonou as meninas. Por isso, é bom nos precavermos!

A senhora Abreu assentiu, meneando a cabeça, mas, no íntimo, achou que aquela imposição da patroa não era uma atitude cristã, todavia, não contestou.

Enquanto Allan, Sr. Fic e Nilo Gerônimo reunidos planejavam novas ações para encontrarem suas filhinhas, não imaginavam que, naquele momento, pessoas estranhas já haviam decidido o destino delas.

Consuelo foi informada pelo esposo que nos jornais havia uma reportagem sobre o desaparecimento de três meninas da mesma família, desaparecidas em Recife. No entanto, não estava nos seus planos a atitude de procurar os verdadeiros pais, mesmo sobre a reprovação de Dr. Salles. Negava-se a isso. Ela estava embevecida pela formosura das pequeninas. Nada lhe faria mudar de ideia! Até mesmo omitiu de Nancy e Maria Abreu as informações que tivera. Disse que precisariam ir com elas para outra localidade para evitar qualquer constrangimento.

Nancy e Maria Abreu entendiam pela expressão nervosa de Consuelo que algo mais existia sobre as crianças, mas não queriam se aprofundar nisso. As famílias de ambas eram dependentes financeiramente de Dr. Salles.

D. Maria esclarece que tem parentes em Tamandaré e que poderiam dar-lhes apoio.

Então, as três mulheres acompanhadas por José Abreu decidem ir com as meninas, provisoriamente para esta localidade, situada na região litorânea, ao sul do estado de Pernambuco.

O DESTINO DAS KARENS

Dr. Salles e Sr. Tinoco permaneceriam na fazenda. Concluiriam os últimos detalhes da venda da propriedade. Já era do interesse de ambos comprar novas terras mais férteis na Bahia.

Na paróquia da pequenina vila de pescadores, Consuelo, Nancy e Maria Abreu ultimavam a preparação dos batizados das três pequeninas.

Consuelo foi a primeira a escolher. O seu critério era a beleza física. Ela ficou indecisa, pois todas eram belas, graciosas e muito parecidas. Escolheu a que mais lhe chamou atenção pelos olhos mais expressivos e lhe deu o nome de Concita Maria Salles. Nancy Tinoco escolheu a segunda e lhe deu o nome de batismo de Laura Francisca Tinoco e, finalmente, a terceira menina, Jacira Abreu estava a pensar em um nome quando, para sua surpresa, a pequenina diz:

– Eu me chamo Karen Barella! Não quero mudar de nome!

Sr. Abreu e Jacira respeitaram a vontade da criança, mesmo sob crítica de Consuelo. Decidiram assim, pois já era dos seus planos não trabalhar mais para os patrões, e não tinha mais razão de obedecê-la.

Passado um curto período na localidade, Dr. Salles e Tinoco chegam trazendo a auspiciosa notícia da venda da propriedade e a decisão de mudarem para Salvador. Os Abreus decidem permanecer em Tamandaré com seus parentes pescadores.

Karen Barella ficaria separada das demais Karens que agora tinham outro nome. Momentos antes da partida, as três pequeninas se aconchegam como quisessem impedir o curso de sua linha do destino. Até aquelas famílias ficaram sensibilizadas a este quadro das meninas tão juntinhas e já saudosas.

Karen era muito bem tratada pelos pais adotivos. Naquele lugar de pessoas humildes, sua infância foi de brincadeiras e alegrias, junto às outras crianças.

Concita na rica família Salles, apesar de pequenina, sofria o excessivo rigor de Consuelo e a indiferença de Dr. Salles.

Laura era considerada uma estranha dentro de casa. Quando completou sete anos de idade, Nancy Tinoco deu à luz a um belo menino. Dada a essa circunstância, ela preferiu matriculá-la em um colégio interno, ali mesmo em Salvador e passou, exclusivamente, a dedicar-se ao filho legítimo.

ONDE ESTÃO AS NOSSAS KARENS?

Consuelo desejosa de passar uma temporada na Europa com o esposo, aproveitou o ensejo e colocou Concita no mesmo colégio interno que Laura. Seu esposo, Dr. Salles vendera a parte que tinha em sociedade com Tinoco e seus planos era voltar a clinicar, mas antes seu objetivo era realizar alguns cursos em Barcelona.

Karen Barella permaneceu no lar, estudando em uma escola simples. Dona Jacira era costureira e confeccionava belos vestidos para ela. José Abreu passara a trabalhar como maquinista. De vez em quando, a levava para passear nos trens que conduzia, o que lhe dava momentos de muita alegria. Ela era uma criança feliz!

O mesmo não acontecia com as outras duas meninas. Viviam em um colégio interno, onde adquiriam vários conhecimentos, mas o amor das famílias que as adotaram não o possuíam. Elas só estavam com seus tutores na época das férias, deixando-as constantemente aos cuidados das Irmãs católicas no educandário.

Infelizmente, com o passar do tempo, em vez de levar Laura e Concita para suas casas, os Tinocos e os Salles preferiam visitá-las no próprio internato. Isso as deixava tristonhas, pois sentiam cada vez mais o menosprezo dessas respectivas famílias.

Com o decorrer dos anos, até essas visitas se tornaram escassas. Ficou cada dia mais distante o encontro das internas com seus tutores. Somente enviavam o dinheiro para as suas despesas anuais. Até que, um dia, os Tinocos nem este compromisso assumiram. Nunca mais deram notícias!

Os dirigentes do colégio interno, juntamente com os Salles, procuraram os Tinocos, porém jamais os encontraram. As únicas informações que conseguiram é que haviam vendido a propriedade e mudaram de localidade.

As freiras tinham que decidir pelo destino de Laura Tinoco.

Laura, acostumada a estar junto a Concita, receava de se afastar dela. Pelo que ouvira, seria levada para um orfanato distante de Salvador e isso a deixava aflita.

Os benfeitores espirituais, Laísa e Tio Hirto, se esmeravam em amenizar o sofrimento de Laura. Eles tinham a missão de reunir as três Karens,

O DESTINO DAS KARENS

retornando-as ao lar. Entretanto, seus esforços não eram recompensados, devido à indiferença dos Salles e ao abandono dos Tinocos.

Tio Hirto e Laísa decidiram intuir a Sra. Salles para que assumisse as despesas de Laura, a fim de que ela não fosse afastada de Concita. Com esse propósito, naquela noite ingressaram no seu quarto, enquanto ela dormia. Ministraram-lhe passes magnéticos a fim de lhe inspirarem bons sentimentos.

O clarinetista tocava com tanta emoção que a Sra. Salles, desligada do corpo físico, ouvia atentamente a rogativa de Laísa. Portanto, prometia solução para o caso de Laura.

No dia seguinte, bem cedo, Consuelo dirigiu-se ao colégio onde as duas meninas estudavam.

Irmã Trindade, uma das dirigentes do educandário, a recebeu e usou as melhores palavras para a convencer a ajudar financeiramente Laura, conservando-a, ali, junto à Concita.

Consuelo Salles era muito mesquinha. Ao falar em números, ela achava impossível manter duas meninas que não eram suas filhas. Já mantinha Concita, e agora também Laura? – dizia ela.

Ao analisar a conduta da Sra. Consuelo, Irmã Trindade comenta:

– Sra. Salles, algumas pessoas na Terra não praticam o amor na essência que o Mestre Jesus nos ensinou. Se a criança vem do seu próprio ser, nada lhe falta. Porém, se é adotada, muitos agem com indiferença para com ela.

Deus une as pessoas com o propósito de aprenderem umas com as outras.

Irmã Tereza se aproxima. Ao perceber a resistência de Consuelo em aceitar as boas propostas, ela reafirma o que Trindade dissera:

– Somos todos irmãos em Cristo. Muitas vezes, o sangue que corre na veia de um, não é o mesmo que corre na veia do outro, mas para Deus o importante é que seus filhos se amem. Devemos ter compaixão pelas crianças que o Pai nos coloca no caminho.

– Aja com parcimônia. Não separe essas meninas! Isso trará grande sofrimento para ambas e também, posteriormente, para a senhora. Saiba que a consciência tranquila nos leva à paz.

Consuelo interrompe a Irmã:

ONDE ESTÃO AS NOSSAS KARENS?

– A responsabilidade não pode recair somente para mim.

– Irmã Trindade completa:

– Melhor para todos nós! A senhora tem conhecimento que há mais de seis meses o casal Tinoco não manda notícias. O nosso educandário, com isso, será obrigado a conduzir Laura para o orfanato. Eu e Irmã Tereza iremos colaborar com uma porcentagem do nosso salário para sua manutenção aqui. Mesmo assim, a diretoria prefere transferi-la, pois a nossa doação não é o bastante para suas despesas.

– Nós contamos com sua colaboração e do seu esposo para que ela continue conosco.

Nesse momento, Consuelo Salles lembra-se do sonho que tivera. As palavras incentivadoras de Laísa e a melodia de tio Hirto. Tudo isso era vivo em sua mente. Sensibilizada, ela aceita em compartilhar com as Irmãs as despesas de Laura para que continuasse no internato junto à Concita.

Laísa e tio Hirto, presentes no ambiente, regozijam-se de felicidades por manterem unidas as duas Karens.

CAPÍTULO XLII

O ENCONTRO DE MARIE

Passou-se de uma década e a melancolia ainda fazia parte da vida dos Barellas. Viviam na esperança de um dia encontrarem as três Karens para que a felicidade morasse novamente naquele lar.

Boris nunca mais esquecera do lamentável episódio que causara às três crianças inocentes. Apesar do reencontro com Françoise, e do amor que era recíproco, nada o fazia sorrir. Seu coração sempre batia descompassado, quando sua amada falava das Karens, as quais ela tanto amava. Muitas vezes, via-a chorar pelos cantos, na pequena casa onde residiam, por tantas perdas que sofrera em sua vida. Ele fazia o possível para confortá-la. Até um quarto para um filho que aguardavam, ele mobiliara. Mas em todos aqueles anos de união ele não viera.

Françoise olhava as outras mulheres com seus filhos e não tinha o júbilo de ter o seu Afonse e nem um filho com Boris. Acreditava que estava sendo punida por Deus, pelo seu antigo romance com Allan e o desencarne de sua primeira filha Karen.

Poucas vezes visitava sua mãe e seu padrasto. Apesar de amar os Barellas, não suportava a presença de Allan e o desfecho doloroso que ele lhe impusera, roubando-lhe

ONDE ESTÃO AS NOSSAS KARENS?

Afonse. Achava-se covarde, em nunca ter tocado com ele a tão grave atitude ao tirar-lhe o próprio filho.

Thafic trabalhava incansavelmente para esquecer de tão grave drama. Ele era o único que não alimentava a esperança de encontrar a filha e as netas.

Laisinha preenchia seu tempo da melhor maneira possível. Cuidava de seus dois filhos, dos irmãos e assistia às crianças carentes do local.

Nilo procurava a filhinha em toda a parte. Aprendeu a orar e ter fé. Unido a toda família Barella, realizava todos os dias a oração matinal e rogava a Deus que pudessem encontrar as Karens, trazendo-as de volta ao lar.

Marie abandonou a enfermagem, pois a motivação maior de sua vida era reencontrar as meninas. Buscava a consolação na leitura dos livros de Kardec que trouxera da França. A leitura era a sua companheira predileta. Isso dava-lhe consolação e força para auxiliar todos os familiares.

Allan permanecia introvertido, mesmo com todo o apoio de Marie. Somente a medicina o fascinava. Os seus conhecimentos adquiridos na Europa o tornaram reconhecido e respeitado na sociedade recifense. O casal procurava a filha sem cessar. Ambos nunca desistiram desse objetivo. Acreditavam que um dia encontrá-la-ia e também as demais Karens.

Certa vez, quando Allan e Marie visitavam Salvador, enquanto ele cuidava de compromissos profissionais na área médica, sua esposa passeava pela orla marítima da bela cidade baiana. Ela observava, como de costume, todos transeuntes e, quem sabe, encontraria as Karens.

As horas passavam, em dado momento, Marie atenta para certa jovem que atravessava uma rua movimentada distraidamente. Gritou, alertando-a, pois um bonde[21] vinha em sua direção. Aproxima-se da adolescente para dar-lhe apoio, pois conseguira evitar o atropelamento.

Pálida e muito trêmula, a esposa de Allan não consegue pronunciar uma só palavra, pois a jovem a sua frente era parecidíssima com Karen, a filha de Allan que havia falecido, ainda na adolescência. Seu coração descompassou. Parecia miragem. Ela não sabia se era sonho ou realidade!

A jovem, agradecida, não entendia a razão pela qual aquela senhora desconhecida a olhava sem parar.

....

21. Em Salvador as linhas de bonde elétrico iniciaram em 1897.

O ENCONTRO DE MARIE

Marie, sob forte emoção, pergunta o seu nome:

– Concita. Chamo-me Concita, senhora.

Marie segurava a mão de Concita querendo a reter, quando foram interrompidas por uma mulher de semblante rude que falava aos gritos:

– Concita, já a procurei em todos os lugares e só agora a encontro.

E, olhando para Marie com olhar duro, afirma:

– Por acaso, a senhora tem culpa pela demora de Concita?

Com brutalidade, Consuelo retira as mãos de Marie e leva a jovem para longe.

Ali por bom tempo, estática sem reação, Marie entra em desespero e os soluços sacodem todo o seu ser. Luta para se recuperar. Até que ganha novas forças e se dirige ao encontro de Allan.

Ao vê-la, o médico se espanta com seu estado de palidez, o tremor das mãos e a repetição do nome de Karen. Não entendia a razão pela qual sua esposa estava tão confusa e dispersa.

Marie, repetidamente, apontava a avenida para qual Concita seguira com a mulher e sai em disparada nesse sentido, ao que foi acompanhada por Allan.

A esposa do médico queria, novamente, ver Concita. Desejava constatar se ela poderia ser a sua filha desaparecida, pois era parecidíssima com Karen, a primeira filha de Allan.

Ele tinha consciência do sofrimento da esposa, desde a perda da filhinha. Devido a isso, se tornara mais gentil e atencioso para com ela.

Em dado momento, Marie parou diante de uma casa luxuosa. Algo lhe dizia que as duas mulheres haviam entrado ali.

No plano espiritual, Francisco e Laísa intuíam o casal Barella para não desistir da busca, pois naquela casa morava realmente uma das Karens.

Para surpresa de Allan, viu o Dr. Salles no jardim daquela residência. Ele era o médico que conhecera ainda há pouco no hospital.

Salles vai admirado ao seu encontro e, educadamente, abre o portão, o interrogando:

– O que se passa, Dr. Barella?

Allan apresenta-lhe Marie que, trêmula, não consegue sequer apertar a mão do médico que lhe estendia a destra.

O dono da casa, ao vê-la pálida e com suores pelo rosto, os convida a entrar.

ONDE ESTÃO AS NOSSAS KARENS?

A mulher parecia desfalecer, por isso é levada para dentro da casa.

Ao entrarem, o anfitrião chama por Consuelo, sua esposa.

Ela, educadamente, se apresenta e oferece ajuda, porém o seu olhar não disfarçava a indignação com a presença de Marie.

Nesse ínterim, Concita entra na sala, saudando os visitantes com gentileza.

Allan, quando colocou os olhos na jovem, quase foi ao seu encontro para um forte abraço.

A jovem era parecidíssima com sua filha Karen que havia falecido aos quatorze anos.

Allan olhava tanto para Concita que os donos da casa ficaram intrigados, por isso pediram que a mesma se retirasse e fosse para o quarto.

– Vá Concita! A esposa de Dr. Barella não passa bem e sua presença pode incomodá-la – diz Dr. Salles.

Ao ouvir o sobrenome Barella, Consuelo se descontrola.

Dr. Salles não entendia nada. Olhava para a esposa, para os visitantes e cada um aparentava mais palidez do que o outro.

Concita que ainda se encontrava no corredor, retorna à sala, movida por uma força que ela mesma não entendia. Sua vontade era ficar perto daquele casal.

No plano invisível, Laísa e Francisco continuavam a emanar fluidos benéficos no ambiente para acalmar a todos. Somente Consuelo não conseguia absorvê-los, por sua vibração negativa de repulsa aos visitantes.

– Vá para seu quarto, Concita! – diz Consuelo, rispidamente.

A adolescente obedece de mal grado. Algo a ligava àquele casal. Curiosa, queria saber a razão de eles estarem ali.

Dr. Salles continuava a não entender nada, por isso arriscou uma pergunta:

– Afinal, o que se passa aqui? Vocês aparentam ter visto um fantasma! Estão abatidos e nervosos! O que há?

Marie, mais que depressa, responde:

– Essa mocinha é minha filha!

– Sua filha! – disse, espantado Dr. Salles.

Nesse instante, Consuelo interrompe as palavras de Marie.

– Minha senhora, Concita não é sua filha! É minha filha!

O ENCONTRO DE MARIE

O esposo de Consuelo fitou-a surpreso, porém se calou, respeitando suas palavras.

Allan, ao ver o descontrole da esposa do seu colega, teve a certeza de que aquela jovem era sua filha desaparecida, por isso se dirige ao colega médico.

– Dr. Salles, podemos conversar a sós?

– Claro que sim!

Consuelo reage ardilosamente para impedir o diálogo entre ambos. Puxa o marido pelo braço e diz que está passando mal. Ensaia um desmaio.

O homem, espantado com o estado da esposa, a socorre, a levando para repouso na sala ao lado.

Marie e Allan, apesar de apreensivos, aguardam o socorro a Consuelo.

Após algum tempo, o anfitrião pede ao casal que deixe aquele assunto para o dia seguinte, devido ao estado de sua mulher.

Marie, muito fragilizada, cai em pranto convulsivo, deixando os dois médicos preocupados. Desesperada, ela ajoelha aos pés de Dr. Salles e implora que a escutasse e começa a discorrer frases que o impressionam.

– Dr. Salles, me perdoe! É um coração de mãe que há tempos sofre! Tive uma filha que desapareceu, sem que nunca mais tivesse notícias. Ela se chama Karen! Por favor, escuta-me! Diga-me se Concita é realmente sua filha, pois sua aparência é muito semelhante à da primeira filha de Allan.

O sofrimento de Marie era tão grande que o Dr. Salles não conseguiu deixar aquele assunto para o dia seguinte, apesar de Consuelo ter-lhe pedido que afastasse os visitantes. Ao contrário, ele os convidou a entrar na biblioteca onde pudessem conversar, sem que ninguém os interrompesse.

– Senhores, realmente, esta jovem que viram não é minha filha e nem de Consuelo. Assim que chegamos ao Brasil, moramos perto de Recife. Lá, algo inusitado aconteceu, encontramos em uma casa em construção três meninas abandonadas. Eram ainda bem pequenas!

O casal Barella estava extremamente aflito. Aguardava o restante das explicações de Dr. Salles, por isso Allan apressadamente completa:

229

ONDE ESTÃO AS NOSSAS KARENS?

— Todas com nome de Karens, não é!?

— Sim, todas elas diziam se chamar Karen.

Marie levanta-se e olha firmemente para o Dr. Salles e o questiona:

— Diga-me e as outras duas meninas, onde estão?

Consuelo entra como um furacão e interrompe a conversa. Ela responde em gritos, pois havia ouvido a conversa:

— As outras morreram! Só restou Concita e ela é minha filha!

A mulher continuava a esbravejar e isso deixou a todos desorientados.

— Vocês abandonaram as meninas e nós as recolhemos. Agora as querem de volta! A minha, vocês não vão ter! As outras, também não! Elas morreram! Morreram...

Ao ouvir aquelas palavras desconexas, o coração de Marie acelera ainda mais de dor e as lágrimas lhe descem a face.

Com todo aquele alarido, Concita aparece na porta.

— Tia Consuelo, por que a senhora grita tanto? Não está bem?

Consuelo se vira e tenta afastá-la.

— Este assunto é para adultos e não para menina de sua idade!

Na cabeça de Allan, as ideias borbulhavam. A voz de Consuelo confundia-lhe na mente. Lembrava-se de Adelle, quando discutia com sua filha Karen, por isso teve que se controlar ao máximo, para não ser estúpido com a dona da casa, mas fala em tom grave:

— Senhora Salles, a realidade é outra. A nossa filha foi...

Consuelo interrompe e não lhe dá ouvidos. Ela continua a dar ordens para Concita:

— Aqui não é lugar para meninas de sua idade. Vá para o seu quarto!

Marie, ao ver o constrangimento da jovem, prefere que ela obedeça àquela ordem.

Já anoitecia e Consuelo se mostrava exageradamente irritada com a presença de Marie e Allan.

Mesmo com toda aquela conturbação no ambiente, o casal Barella ansiava em concluir aquele assunto.

Infelizmente, Dr. Salles se mostra indisposto e solicita aos visitantes que retornem no dia seguinte. Eles tratariam o assunto com mais lucidez quando estivessem mais descansados.

Allan toma a iniciativa de se levantar, o que é acompanhado de mal

O ENCONTRO DE MARIE

grado por Marie. Ela pressentia que algo ruim poderia acontecer. Não sabia o quê! Mesmo assim, contrariada, despede-se dos donos da casa.

– Dr. Salles, tudo bem, iremos! No entanto, amanhã bem cedo estaremos aqui novamente para concluir este assunto deveras importante para nós – diz Allan.

O casal, muito contrariado e frustrado, se dirige para a hospedaria mais próxima, sob os protestos de Marie, que não aprovava o gesto de Allan de se retirar daquela casa, sem tudo estar solucionado.

Naquela noite, Marie não consegue conciliar o sono. Agitava-se minuto a minuto no leito.

Allan também dormira muito pouco. Seu sono intermitente era carregado de pesadelos negativos.

Aos primeiros raios da manhã, mesmo com todos contratempos de uma noite agitada, levantaram-se e, rapidamente, partiram para a casa dos Salles.

Lá chegando, viram uma senhora que entrava na casa e carregava uma grande mala.

Ainda no portão, Allan e Marie a chamaram a fim de conversarem com os donos da casa, como combinaram.

Infelizmente, a senhora que os atendeu informou que, há poucas horas, a família Salles partira de Salvador para o Rio de Janeiro.

Marie não viu sinceridade nas palavras daquela mulher, portanto, desejou aguardar os Salles ali mesmo. Ao contrário, Allan acreditou nela, insistindo para que fossem o mais rápido possível para o porto. Lá, certamente, encontrariam os Salles e Concita.

Sem saber o que fazer, Marie decidiu acompanhar o marido. Sua mente estava confusa, devido ao grande abalo emocional, em imaginar que poderia perder sua filha novamente.

No porto de Salvador, os pais de Karen foram informados de que uma embarcação partira para o Rio, há poucos momentos. Esperançosos, aguardaram o próximo navio com a finalidade de encontrarem a sua filha.

Após exaustivos três dias na cidade carioca, de busca nos cafés, praças, hotéis, magazines, Marie e Allan foram obrigados a retornar a Salvador para, mais uma vez, certificarem se os Salles permaneceram ou não em sua residência.

ONDE ESTÃO AS NOSSAS KARENS?

Seus esforços foram infrutíferos, pois encontraram a casa vazia, sem que ninguém lhe desse informações precisas. Resolutos em achar Karen, permaneceram dois meses naquela localidade.

As informações que obtinham sobre os Salles eram confusas e contraditórias, alguns diziam que eles tinham ido para a Europa; outros para o Rio de Janeiro e alguns arriscavam dizer que estavam ali mesmo em Salvador.

O fato é que, por mais que pesquisassem, tudo era inútil. Não conseguiam encontrá-los, principalmente, a jovem Concita.

Sem alternativa, Marie e Allan, decepcionados, retornam a Recife, em busca de ajuda dos familiares.

A notícia do reencontro com uma das Karens fez brotar, em cada coração da família Barella, a esperança de reencontrá-las.

Thafic, Nilo e Allan partiram em diligências para Salvador e, respectivamente, para o Rio de Janeiro, a fim de buscarem informações sobre onde estariam os Salles.

Mesmo que a senhora Consuelo Salles afirmara que as outras duas Karens haviam morrido, todos da família Barrela não acreditavam nisso.

Se Deus tinha-lhes apresentado uma das Karens, provavelmente, elas não estariam longe. Quem sabe não estariam bem mais perto do que imaginavam!

O trio espiritual, Laísa, tio Hirto e Francisco, continuava a envolver a todos com suas vibrações amorosas. Mais esperançosos comentam entre si:

– As meninas e os seus familiares estão completando o ciclo dos seus resgates cármicos. Sabemos que, em tudo, há a justiça divina! Ninguém sofre o que não merece! – diz Laísa.

Tio Hirto aproveita o momento e afirma:

– Devemos continuar auxiliando os Barellas. Pressinto que Françoise será mais receptiva às nossas intuições para a tarefa de reconduzir as Karens aos seus lares, mesmo com a negatividade de Boris.

Francisco completa:

– Jesus nos asseverou: "Deve haver o escândalo, porém aí do escandalizador!"

O ENCONTRO DE MARIE

Boris, infelizmente, foi o escandalizador da história e colherá os frutos amargos, porém nunca perderá a oportunidade de se redimir. O Mestre também falou: "Um bem cobre uma multidão de pecados"

– É Francisco, devemos vigiar e orar para não sermos os escandalizadores das provações de nossos irmãos. Na oração do Pai Nosso há um alerta para não cairmos em tentações, de forma a nos livrarmos do mal. – finaliza Laísa.

Após esse diálogo no plano espiritual, os benfeitores partem ao encontro de Françoise para auxiliá-la a auxiliar.

CAPÍTULO XLIII

A GRATA SURPRESA DE FRANÇOISE

Já era noite, quando duas adolescentes conversavam em um internato, na cidade do Rio de Janeiro:

– Concita, ainda bem que estamos juntas!

– Eu pensei que a tia Consuelo a deixaria em Salvador.

– Você sabe a razão pela qual ela nos trouxe para cá?

– Eu acho que sei, Laura! Senta aqui ao meu lado que eu vou lhe contar algo que aconteceu na casa dos Salles.

– Na sua casa, Concita!

– Não é minha casa! Não considero a casa de tia Consuelo, também minha. Mas escute só o que aconteceu. Uma mulher chamada Marie e seu esposo Dr. Allan foram na casa dos Salles. O estranho é que este casal jurou que eu era a filha perdida deles.

– Que coisa estranha, Concita!

– Tia Consuelo ficou apavorada com a presença dessas pessoas, principalmente quando eles disseram que éramos três Karens e que eu era a filha deles.

– Hum!

– O fato é que realmente não sou filha dos Salles. Tia Consuelo sempre repetiu isso. Meus ouvidos já estavam

A GRATA SURPRESA DE FRANÇOISE

cansados de ouvi-la dizer que fui abandonada e se não fosse ela, nem viva eu estaria! Sei que depois disso, os Salles viajaram para Barcelona e incumbiram a governanta que me trouxesse para cá. Implorei a eles que você viesse também e graças a Deus aceitaram. Aqui você está!

– Que bom que estamos aqui unidas, Concita! Deus não se esqueceu de mim. Vou até fazer uma novena em agradecimento. Mas continue, e a Marie mostrava-se sincera?

– Claro que, sim, ela mostrava um sentimento profundo de perda. Mas de que adianta! Como poderei descobrir aqui tão distante se sou ou não a filha dela?

Um sentimento de apatia toma conta de ambas e é Laura que diz em um fio de voz:

– E se, ao invés de você, for eu, a filha desse casal? E se for a terceira Karen, a filha deles? Afinal, fomos abandonadas juntas! Sei que éramos três.

– Por isso, – diz Concita,– acredito no casal. Como poderiam aquele homem e aquela mulher desconhecida, saberem que junto a mim haviam mais duas meninas! Disseram que todas as três chamavam-se Karen.

– Três meninas com o mesmo nome! Essa história ainda irá longe demais!

– Tia Consuelo mandou-me para cá com a finalidade de afastar-me deles. Acho que esta história tem fundo de verdade. E se é assim, do que adianta?

– Concita, será que um dia você encontrará novamente este casal?

– Não sei, Laura! Vamos dormir, pois já é tarde. Amanhã teremos um lindo dia. É a festa de São Sebastião, o padroeiro do Rio de Janeiro.

– Que bom, podermos ir a uma festa! Será um fim de semana maravilhoso, pois vivemos muito confinadas aqui.

As duas jovens adormecem. Em sono profundo, Concita se vê como criança, numa charrete em disparada, por uma estrada deserta. O veículo era conduzido por um cocheiro de belas feições, contudo, embrutecidas. A jovem acorda aos gritos.

Laura, ouvindo os gritos da amiga, acorda e vai até ela.

– O que foi, Concita? O mesmo sonho?

235

ONDE ESTÃO AS NOSSAS KARENS?

– Sim! E nele aquele homem bruto. Que horror o que senti! Laura, faça uma prece comigo, por favor!

E, assim, as duas jovens ajoelhadas, oram com fervor, para afastar aquela imagem perturbadora dos sonhos de Concita.

Em Recife, naquela noite, a família Barella estava abalada. Receberam uma carta de Catarine sobre o desenlace de sua mãe. Efigênia era muito querida de todos e por ela todos tinham grande apreço.

Allan estava muito sentido com a perda da madrinha, porque Efigênia fora um grande exemplo em sua vida. Ele e Marie continuavam com seus pensamentos concentrados em Concita e tinham a impressão de que ela necessitava deles. Relembravam o fato de terem perdido a oportunidade de resgatá-la, mas, para fortalecer a esposa, a quem tanto amava, prometia mais uma vez que a encontraria, como também as demais Karens.

No Rio de Janeiro, Laura e Concita, com grande expectativa, se aprontavam para irem à tradicional festa de São Sebastião[22]. Uniformizadas, elas aguardavam as professoras que as levariam para o local da comemoração no centro da cidade.

Todas as internas levavam cartazes e mensagens, a fim de homenagearem o padroeiro. Tudo era alegria!

Para decepção de Concita, as Irmãs católicas não lhe concederam a ida ao festejo tão esperado. A sua presença em lugares públicos fora proibida por Consuelo, devido ao episódio com Marie e Allan. Porém, esperta como era e muito parecida com Laura, a jovem conseguiu sair, sem que as religiosas notassem que ela estava na festa.

Na multidão, Laura e Concita ficavam sempre uma longe da outra para despistarem as Irmãs. Uniformizadas, ainda mais se assemelhavam.

Em meio à festa, algumas mulheres com suas vestes coloridas dançavam o bailado cigano.

Laura observava com atenção a apresentação na praça pública. Curiosa, aproximava-se cada vez mais.

Ela ficou embevecida com a bela voz de uma mulher que cantava junto ao grupo.

....

22. O dia de São Sebastião é comemorado no dia 20 de janeiro.

A GRATA SURPRESA DE FRANÇOISE

Concita olhava o vai e vem das pessoas e mantinha a distância sua visão em Laura. Em dado momento, aproveitando a distração das religiosas que não desconfiavam da presença das duas na festa, colocou-se ao lado de sua amiga e lhe deu a mão. Ambas não paravam de admirar a cantora, com sua voz que lhe parecia familiar e lhe traziam uma vaga recordação.

A mulher notou o interesse das jovens para com ela e lhes dirigiu o olhar. Nesse instante, ela sentiu uma grande emoção a tal ponto de sua voz embargar, interrompendo a canção.

O grupo musical cigano não entendeu a sua reação, no entanto, continuou a tocar. Somente Françoise se calou, para surpresa de todos.

Concita e Laura também se emocionaram. Resolutas, foram ao encontro dela, pois sua presença trazia-lhes algo inexplicável.

Ao se aproximarem de Françoise, Laura foi a primeira a falar:

— Senhora, cada uma de nós tem uma moeda. Pode ler a nossa mão?

Ao escutar aquela voz, Françoise sensibilizou-se ainda mais. Admirou-se por suas semelhanças com Karen, a primeira filha de Allan, já falecida.

As meninas notavam o olhar interrogativo da cantora, porém sabiam que suas semelhanças físicas eram, muitas vezes, motivo de estranheza para aqueles que acabavam de conhecê-las. Por isso, elas ainda continuavam com as mãos estendidas, aguardando a leitura de suas mãos.

Françoise, com voz trêmula, falou-lhes:

— Não sou cigana e, muito menos, sei a técnica da quiromancia.

Surpresas, Concita e Laura mantinham o olhar fixo em Françoise. Elas não acreditavam em suas palavras.

Françoise, delicadamente, pega as mãos das jovens e as convida para se sentarem em um dos bancos da praça. Carinhosamente, ela se coloca entre as duas e, olhando uma e outra, lhes pergunta:

— Quais são os seus nomes?

Uma das adolescentes responde:

— Eu sou Laura e esta é minha amiga Concita.

Ao ouvir Laura, a cantora deixou-se comover, pois o timbre de sua voz lembrava-lhe ainda mais de Karen, filha de Allan. Lágrimas rolaram

ONDE ESTÃO AS NOSSAS KARENS?

pela sua face e soluços impediam-na de falar. Sem que pudesse controlar-se, ela a abraçou e beijou os cabelos da adolescente.

As jovenzinhas se assustaram com a atitude da desconhecida, por isso se levantaram rapidamente, fazendo menção de irem embora. Deduziram que a mulher previra algo ruim para elas.

Françoise se recompõe e, com voz ponderada, dirige-se a elas e tenta evitar que partissem.

— Estou emocionada porque vocês me lembram uma amiga de há muito anos. Ela era parecidíssima com vocês!

— Mais uma parecida conosco! Então, é a tal Karen! – diz Concita.

Françoise queria fazer novas perguntas, contudo, Boris a chamou e a afastou do seu intento.

Num piscar de olhos, enquanto ela se dirigiu ao esposo, Laura e Concita sumiram na multidão, deixando-a desapontada.

Boris viu as jovens de longe. Não poderia imaginar que ali estavam as suas vítimas de outrora. Ele notou que Françoise estava muito emocionada e quis saber o porquê.

Ela pede ao companheiro para auxiliá-la na busca das mesmas. Explicou-lhe que eram semelhantes à filha de Allan e tinha certeza de que eram duas das Karens, filhas dos Barellas. Quem sabe uma delas seria a sua irmã!

O cigano ficou perplexo e nada comentou, apenas com um aceno de cabeça prometeu ajudar. No âmago do seu ser, pedia a Deus que as Karens fossem encontradas, para tirar-lhe o peso da culpa.

Otimista em encontrar Concita e Laura novamente, Françoise explica a Boris com detalhes sobre o uniforme que vestiam. Esclarece ainda que eram encantadoras jovens de cabelos aloirados e olhos claros, de forma que tudo isso fosse possível para reencontrá-las.

No meio do povo, Françoise procurava, nos rostinhos de todas as jovens uniformizadas, a presença de Laura e Concita, quando uma voz tímida lhe surpreende os ouvidos:

— Senhora, quer comprar um santinho? Quanto mais eu vender, mais rápido eu posso ir embora.

Françoise volta-se para trás e quase dá um grito de tanta surpresa. Ali estava uma jovem parecidíssima com Laura e Concita. Viu que, ape-

238

A GRATA SURPRESA DE FRANÇOISE

sar da semelhança com elas, seus cabelos não mostravam bom trato. O uniforme era diferente e os sapatos estavam bem surrados.

O seu primeiro gesto foi comprar todos os santinhos, o que ela agradeceu com sorrisos. A jovem se despediu, quando Françoise a chamou pelo nome:

— Karen, Karen, fique!

A mocinha, surpreendida, volta-se e diz:

— É...! Dizem que os ciganos são espertos e são mesmo! A senhora até adivinhou o meu nome!

Françoise que não queria perdê-la de vista, logo iniciou o diálogo:

— Onde você mora?

— Moro em um orfanato, um pouco distante daqui.

— E você gosta de morar lá?

— Não! Não gosto! Apesar das Irmãs me tratarem com carinho, eu sinto falta dos pais que me criaram, principalmente minha mãe Jacira.

— Como assim?

— Meus pais verdadeiros, não os conheci. Fui criada por um casal que me tratou muito bem. Infelizmente, há dois anos atrás, eles faleceram. Uma chuva forte inundou todo o local onde morávamos. Nossa casa simples foi levada pelas águas e junto com ela meus pais adotivos.

Ao ouvir o relato da menina, os olhos de Françoise se encheram de lágrimas. A vontade de abraçá-la e protegê-la era grande, mas conteve--se. Não queria repetir com Karen o mesmo erro que cometera, anteriormente, com as outras duas meninas.

A adolescente continuava:

— Só não morri, junto a eles, porque retardei a minha chegada em casa, quando parei para alimentar pássaros no caminho de volta da minha escola. Estava tão entretida em apreciar a beleza deles, que vinham a meus pés que perdi a noção do tempo. Só dei conta quando a chuva forte caiu com força. Ao chegar no meu lar, a catástrofe. Não pude socorrer aquelas pessoas, tão queridas, que me criaram e que me amaram tanto.

A jovenzinha parou por um instante. Suas mãos estavam trêmulas.

Françoise abraça-a carinhosamente, ao que é retribuída.

— Karen você quer novamente ter uma família?

— Como? As meninas que saem do orfanato vão para casas de famí-

239

ONDE ESTÃO AS NOSSAS KARENS?

lias para servirem de criadas, ou melhor de escravas. São maltratadas e nada recebem em troca do trabalho a não ser comida ruim. Família era a que eu tinha! Tudo fazia para alegrar os meus dias, no entanto, isso já passou e agora tenho que aguardar o que virá. Tenho quase certeza que daqui há algum tempo, ao sair do orfanato, ficarei junto a um grupo familiar. Certamente, nunca mais serei tratada como os Abreus me trataram. Era considerada por eles como uma verdadeira filha!

Françoise sabia que Karen falava a verdade. A maioria das meninas que sai dos orfanatos, realmente são levadas para casas de famílias e trabalham em troca de comida e moradia. Ela tinha razão!

Ela temia perder Karen de vista. Quis logo saber onde ficava o orfanato que ela estava. Françoise tinha receio de que ela desaparecesse como Concita e Laura, por isso arrisca uma pergunta:

— Onde você deseja morar?

— Num colégio interno. Lá eu seria bem tratada.

Françoise necessitava reter aquela menina no orfanato, em tempo hábil para comunicar-se com Mary e os Barellas. Abriu a bolsa, retirou uma quantia em dinheiro, entregou-lhe e disse:

— Karen, este dinheiro é seu. Guarde-o! Gaste-o apenas nas horas de emergência! Não saia do orfanato! Me aguarde! Caso a mandem para a casa de alguém, não vá! Vou dar-lhe o meu endereço e você vai dar-me o seu. Qualquer dificuldade, procura-me.

— Você mora em um acampamento cigano? — interroga Karen.

— Não, meu companheiro é um cigano, eu não. Atualmente moro em Teresópolis[23], numa casa comum, como tantos. Logo, logo irei buscá-la. Você não será tratada com indiferença. Muito pelo contrário, será mais filha do que imagina!

Boris, que se aproximava, reteve-se por um momento. O olhar da adolescente penetrou-lhe no âmago do ser. Quase cambaleou.

Karen ao vê-lo, seu coração dispara e, num ímpeto de forte medo, afasta-se em correria, sem que Françoise pudesse detê-la.

O homem não estava tranquilo. Aquela menina deixara-o conster-

....

23. Teresópolis é uma belíssima cidade, localizada na região serrana do Estado do Rio de Janeiro.

240

A GRATA SURPRESA DE FRANÇOISE

nado. Lembrara-se do dia em que abandonara as três Karens, em um lugar estranho, sem proteção. Desde aquele dia, ele nunca mais teve paz.

Françoise, logo que chega em seu lar, envia uma carta para sua mãe com detalhes de tudo que acontecera. Sabia que a sua missiva iria dar-lhe a esperança, a qual ela tanto precisava e a todos os Barellas. A última correspondência que recebera de Marie, ela ainda repetia a frustração do encontro na Bahia com uma das Karens e, desde então, se achava adoentada.

CAPÍTULO XLIV

O REENCONTRO DAS TRÊS KARENS

Em retorno ao orfanato, Karen encontrava-se contente com o dinheiro ofertado por Françoise e ter o seu endereço para alguma emergência. Afinal, nunca tivera em suas mãos uma reserva financeira e há muito tempo alguém com quem pudesse contar nas dificuldades.

Era interessante, mas parecia conhecer aquela mulher de voz meiga e olhar cativante. Em sua mente, via-se pequenina, sendo cuidada por alguém que lhe lembrava Françoise.

No dia seguinte, Karen Barella foi chamada pela Madre Superiora.

– Karen, minha querida, você sabe como a estimamos, no entanto, chegou a hora de praticar o trabalho com uma experiência fora daqui.

– Mas, Irmã!

– Querida, não a abandonaremos. Eu e as outras Irmãs, de maneira alguma, deixaremos de visitá-la. Tem uma senhora que precisa de uma dama de companhia. Você que é uma jovem caridosa que ama Jesus, irá para auxiliá-la. É necessário entrar em contato com outras pes-

O REENCONTRO DAS TRÊS KARENS

soas, pois um dia terá a sua própria família. É assim que apreenderá a conviver.

– Karen, seja cortês para com todos. Nesta casa, você auxiliará uma senhora idosa. Perto da sua residência há um educandário, onde você estudará.

– Fizemos um acordo com Irmã Trindade, a diretora do internato, para que você estude pela manhã e, após este período, inicie seu trabalho como acompanhante da Sra. Vicentina. Ela tem quase noventa anos e tem problemas visuais sérios, enxergando somente vultos. Você vai ler e auxiliar em tudo que ela necessitar.

– Se algo não ficar bem, tenha certeza que em nossas visitas corrigiremos. Você terá a nossa proteção sempre que precisar!

Karen não gostou do trabalho que iria fazer, contudo, o fato de ficar todas as manhãs num educandário deixou-a radiante.

Naquela mesma tarde, um homem muito bem vestido com carro e motorista parou em frente ao orfanato com a finalidade de levá-la em casa de D. Vicentina.

Ao chegar, notou que a residência na qual trabalharia era luxuosa. Ali, a família rica e ilustre a recebeu com cortesia. A mais simpática de todos era a Sra. Vicentina que, mesmo tendo idade avançada, era uma velhinha mentalmente sã e alegre. O diabetes prejudicara a sua visão e ela necessitava de uma cuidadora para as horas em que ficava sozinha.

À noite, após os cuidados com Dona Vicentina, Karen foi para o seu quarto descansar. Há tempos não tivera um cômodo só para si. O espaço era amplo com grandes cortinas e móveis de madeira escura de jacarandá, sendo muito sóbrio para o seu gosto.

Ela estava contente, porém o ambiente silencioso sem o vozerio das colegas a deixara saudosa. Exausta pelo dia, adormece. Seus sonhos foram muito marcantes naquela noite. Nele, uma mulher de olhar muito meigo e aparência vivaz, acompanhada de um clarinetista, dialogava com ela.

Ao acordar, ela se lembrava claramente das últimas palavras ditas pela mulher que se identificara como Laísa. A música tocada no clarinete não saía de sua mente.

243

ONDE ESTÃO AS NOSSAS KARENS?

Antes de ir para o colégio, ela pegou um lápis e papel para escrever rapidamente o que ouvira em sonho: "Confie na força divina do bem. Não esqueça das recomendações de Françoise. Ore todos os dias de maneira a fortalecer a sua caminhada, pois terá belas surpresas em sua vida."

Ao terminar a escrita, guarda-a na gaveta da cômoda para que relesse quando fosse necessário. Logo após, veste seu uniforme e pega seu material escolar. Dirige-se ao primeiro dia de estudos, conduzida pelo motorista da casa.

No educandário, Karen é apresentada à Irmã Trindade, uma das dirigentes. Ela se espanta ao vê-la. Acha-a muito semelhante às outras duas internas, Concita e Laura.

Ainda surpresa, a religiosa pergunta seu nome, ao que a jovem responde timidamente:

– Karen Barella.

Irmã Trindade a convida para acompanhá-la até a sala de aula, no segundo andar da edificação. Neste ínterim, ela teve tempo para conversar com a recém-chegada.

– Karen, eu tenho aqui sua ficha de matrícula, mas não tive tempo de lê-la. Pode falar-me um pouco sobre você?

– Irmã, minha história é triste, vim de Pernambuco para o Rio de Janeiro residir com parentes da minha querida mãe adotiva. Ela faleceu há pouco mais de dois anos, juntamente com o Sr. Abreu, em uma enchente. Fiquei só e órfã pela segunda vez. Uma caridosa vizinha, D. Benta acolheu-me naquela trágica circunstância e me encaminhou para a tia Laurita, irmã da minha mãe Jacira. Nós viajamos vários dias até chegar ao Rio.

– Após deixar-me sob a responsabilidade da minha tia, a bondosa vizinha retornou para Tamandaré. Ela confiava que eu estaria protegida e se foi em paz. Porém, no dia seguinte, tia Laurita me levou sem piedade, para um orfanato, onde estive até semana passada.

– Felizmente, lá, as Irmãs me receberam de braços abertos, pois sabiam que meu sofrimento era grande. Hoje estou aqui! Quero esquecer este episódio em minha vida!

Irmã Trindade estava curiosa em saber mais sobre Karen Barella, contudo, deixou para outra ocasião, em face do início das aulas. Suspei-

O REENCONTRO DAS TRÊS KARENS

tava que algo a mais havia na vida daquela menina que a entrelaçava a Laura e Concita, dada a semelhança com elas.

Na noite anterior, a religiosa havia sonhado com uma Irmã de caridade de olhar meigo e muito azul. Não se lembrava do seu nome. Em sonho, a Madre pedia-lhe insistentemente que desvendasse o passado de Concita e Laura. O intrigante é que, nele, ela lhe mostrava uma terceira personagem, parecidíssima com as outras duas internas. Em sua lembrança, a afetuosa Irmã afirmava que as três adolescentes eram parentes próximas.

Ao caminhar pelos corredores da instituição, Trindade indagava-se, ao pensar como desvendaria aquele mistério que envolvia as três jovens. Conhecia a história de Concita e também de Laura, ambas não eram filhas legítimas. Foram adotadas ainda na infância. Ela aguardava o final das aulas para novamente estar com Karen.

No término das aulas, Maria Trindade foi procurá-la, no entanto, ela já estava acompanhada por outra Irmã que a conduzia para o portão principal, onde o motorista a aguardava.

À noite, Irmã Trindade vai até o quarto de Concita e Laura e as encontra, a dialogar. Atenta, ela observa que Concita chorara. Preocupada, senta-se ao lado dela, de maneira afetuosa.

— Concita, o que lhe aconteceu?

— Irmã, eu não sei a razão, mas o destino comigo não é bom! Estou aqui há pouco tempo. Sinto-me bem ao lado de Laura e gosto de todos daqui. Porém me aparece aquela mulher, outra vez!

— Que mulher?

— Tia Consuelo. Nunca fui bem tratada por ela. Tenho roupas e calçados de qualidade, contudo, ela jamais me tratou com carinho. Sempre fui deixada em segundo plano.

— Irmã, veja só o que me aconteceu, um dia chegou na residência dos Salles, em Salvador, uma senhora simpática e seu esposo. Os dois olhavam-me como se me conhecessem. Foi estranho! Depois deste encontro, eles ficaram muito desesperados. No dia seguinte, o Sol ainda despontava, quando o Dr. Salles e tia Consuelo disseram que iriam para Barcelona e que não me levariam. Até gostei! Não queria sair do Brasil. A governanta da casa trouxe-me para o Rio de Janeiro e me matriculou

245

ONDE ESTÃO AS NOSSAS KARENS?

neste internato, cumprindo ordens de meus pais adotivos. E aqui estou há dois anos!

– Nesse período, os Salles não me enviaram uma só carta, nem uma só palavra! É como se eu não existisse! Já estava acostumada com esta distância por parte deles! No entanto, ainda há pouco, fui informada que tia Consuelo e seu esposo retornaram e estão residindo no bairro Laranjeiras, aqui no Rio de Janeiro e querem a minha presença. Sinto--me uma estranha para com eles e eles para comigo. Não quero sair daqui! Não quero estar com eles!

Concita estava muito abalada. As lágrimas embargavam sua voz.

Irmã Trindade e Laura tentavam consolá-la. Por mais que apresentassem argumentos, nada adiantava.

Já era tarde, quando exausta, a jovem adormece.

No dia seguinte, na aula de Canto, as alunas Laura, Concita e Karen estavam presentes. Realmente, suas semelhanças eram marcantes, porém havia algumas diferenças nas suas maneiras de ser e na estrutura física; Concita e Karen Barella eram praticamente da mesma altura, olhos esverdeados, porém seus cabelos eram diferentes. Os de Concita eram cacheados e cor de mel. Os de Karen eram lisos e aloirados.

Laura, apesar da fisionomia parecidíssima com as duas, seus olhos eram azuis esverdeados. Era um pouco mais alta, tinha silhueta esbelta e andar elegante.

Karen Barella tinha o olhar enigmático, parecia analisar tudo e todos. Seus dentes eram perfeitos como louça. Tinha um sorriso lindo.

Realmente, para todos no internato, elas eram muito confundidas, pois até o timbre de voz eram assemelhados no gracioso som juvenil e o ligeiro sotaque nordestino.

No intervalo das aulas, as três jovens buscavam aproximação, pois sentiam que algo comum existia entre elas. Esta oportunidade só ocorreu após uma semana. Distantes de todo o grupo de colegas, puderam dialogar. Concita foi a primeira a falar:

– Karen, de onde você veio? Notou que é muito parecida comigo e com Laura?

Karen contou a sua história e as duas internas concluíram que suas vidas tinham muito a ver com a dela.

246

O REENCONTRO DAS TRÊS KARENS

Com o relato de Karen, Concita lembrou-se das palavras de Dr. Allan, o médico que há dois anos atrás falara das três Karens. Acreditava que seu nome e o de Laura foram mudados, apesar de os Salles não comentarem sobre isso.

Também se recordava que Consuelo, nos momentos de raiva, afirmava que se arrependera de tê-la adotado e que deveria ter ficado com uma das outras duas órfãs e não com ela.

Laura não dizia nada! Apenas escutava Concita e Karen que falavam sem parar.

Logo que o sinal de reinício das aulas tocou, a conversa das jovens ficou para uma outra ocasião.

Naquela noite, Concita não conseguia conciliar o sono. Ela refletia que, daí a três dias, teria que se encontrar com dona Consuelo. Uma ideia fantástica veio-lhe à mente, como era muito parecida com Karen, quem sabe, ela aceitaria trocar identidades!

Agitada, ela questiona Laura, que tentava dormir:

– Você acha que Karen Barella iria no meu lugar para a casa de tia Consuelo?

A jovem achou que não estava completamente desperta, em face da pergunta estranha, que ouvira.

Concita repete tudo:

– Você acha que Karen Barella iria no meu lugar para a casa de tia Consuelo?

Laura olha firme para a amiga e responde:

– Tenho certeza que Karen aceitaria essa proposta, mas eu nunca a faria se fosse você. A mentira não nos leva a bons resultados.

Concita, ao sentir a falta de apoio da amiga, termina ali mesmo o diálogo e tenta dormir, no entanto, seu sono é entrecortado por cenas confusas e distorcidas.

247

CAPÍTULO XLV

A TROCA DE IDENTIDADE

Pela manhã, Concita estava indisposta, por isso se manteve em seu quarto e se ausentou das aulas.

Na hora do recreio, Laura e Karen foram visitá-la em seu dormitório. Tentaram reanimá-la. Falaram das novidades que aprenderam nos estudos da Ciência naquele dia.

Karen discorria sobre a beleza da natureza em verso. Ela possuía talento em colocar rimas nas frases mais simples. Tinha uma voz belíssima ao recitar poemas que ela mesma criava.

A presença das amigas contagia Concita. Em um impulso, ela se levanta do leito e, um tanto desajeitada, tenta imitar Karen. No entanto, suas frases não eram bem postas e provocavam gostosas gargalhadas.

Ao ouvirem a sineta, que anunciava os estudos de Francês, as três jovens despertam das brincadeiras e, unidas, dirigem-se à sala de aula.

Karen amava a língua francesa, contudo, a sua pronúncia era deficiente, dado às escolas simples que frequentara.

Concita era muito dedicada nos estudos. Sempre estudara em boas escolas, portanto, possuía uma vasta cultura.

A TROCA DE IDENTIDADE

Laura tinha um grande domínio no aprendizado de línguas e nas artes manuais. Criava peças de roupas femininas com uma habilidade inata.

Das três jovens, a mais feliz de estar ali naquele educandário era Karen. No término das atividades escolares, notava-se claramente a sua mudança repentina de humor. O motivo era a insatisfação de ir para casa de D. Vicentina. Mesmo sendo bem tratada por ela, a adolescente preferia ficar ali na companhia de Concita e Laura.

Concita estava amargurada na expectativa da chegada dos Salles, apesar dos bons conselhos da Irmã Trindade em mostrar-lhe que, dentre as três, era a única que possuía uma família.

Naquela noite, Concita estava nervosa e agitada. Chorava baixinho para não acordar Laura, mas, sensível como era, ela desperta com os seus soluços e questiona a razão de sua melancolia:

— Por que está triste, Concita?

— Pela volta de tia Consuelo e do meu retorno àquela casa. Por falar nisso, você já observou que eu sou mais parecida com Karen do que com você.

— Já sei! Você vem com a mesma história de trocar de lugar com Karen.

— Mesmo que você não concorde, eu farei esta proposta a ela.

— Concita, você acha que conseguirá enganar as Irmãs?

— Você sabe que somos tão parecidas que nem as Irmãs, nem Dona Vicentina e Tia Consuelo notarão.

— Cuidado! Irmã Trindade é muito esperta! Ela, provavelmente, perceberá. A mentira tem perna curta!

— Não desistirei! Amanhã conversarei com Karen.

Nas sextas-feiras, as aulas terminavam mais cedo, em virtude de muitas internas irem para seus lares. Em razão disso, a maioria delas ficava eufórica em reencontrar seus familiares. Ao contrário, Concita permanecia tristonha.

Depois de alguns instantes, Concita, resoluta, vai ao encontro de Karen, a fim de propor-lhe o seu intento.

Karen ficou surpresa com a proposta de Concita, porém aquilo muito a agradou. Tudo a favorecia; ficaria tempo integral no educandário,

ONDE ESTÃO AS NOSSAS KARENS?

aprenderia mais e, nos finais de semana, teria oportunidade de conhecer uma nova família. Quem sabe haveria alguém de sua idade para conversar. Sentia-se muito sozinha na casa de Dona Vicentina, apesar de ela fazer de tudo para agradá-la.

Concita estava satisfeita pela anuência de Karen. Evitaria a convivência com a Sra. Salles, que era algo que muito a desagradava. Além do mais, não se importaria de ser uma dama de companhia para uma senhora idosa.

Naquele mesmo dia, trocaram suas vestes, modos de pentearem os cabelos, de forma a realizar o que planejaram.

Na hora apraz, Concita vestida como a amiga, aguardava o motorista que a levaria para a casa de Dona Vicentina.

Dentro do carro, a jovem disfarçada vê a mãozinha de Karen, acenando-lhe da janela do segundo andar. Sabia que aquele gesto era para desejar-lhe boa sorte. Algo que muito precisaria!

Karen Barella, com as roupas de Concita, enganaria qualquer um. Porém encontrou com sua amiga Laura no quarto, a saudando e a chamando pelo nome verdadeiro.

– Karen, como você está linda com essas roupas! Aposto que confundirá até Irmã Trindade!

– Que pena que você me reconheceu, Laura! Agora estou com muito medo de Irmã Trindade descobrir a verdade. Ou será que me reconheceu, por saber da minha troca de identidade com a Concita?

– Reconheci o seu olhar. Mesmo que seus olhos sejam da mesma cor aos de Concita, eles são enigmáticos. No fundo, mostram saudade de algo que eu não sei dizer o que é.

Karen e Laura conversavam, aguardando a chegada dos Salles, quando Irmã Trindade adentra suavemente no aposento e algo lhe intriga.

Karen, que se passava por Concita, desconcertou-se com o olhar da religiosa. Laura, ao perceber a situação, procurou quebrar o silêncio.

– Irmã Trindade, os Salles já chegaram?

A Irmã acena afirmativamente com a cabeça. Pede à jovem que se identifica, naquele momento, como Concita, para acompanhá-la até a sala de espera, a fim de encontrar com os pais adotivos.

A TROCA DE IDENTIDADE

Laura segue a Irmã e a falsa Concita até sumirem no corredor e baixinho pede a Deus que ilumine suas amigas, pois ambas certamente encontrariam grandes dificuldades em seus falsos papéis.

Trindade continua silenciosa. Vez ou outra olha para a falsa Concita, denotando que algo estava diferente naquele rostinho, mas não identificava o quê.

Para surpresa da religiosa, ao chegarem à sala de espera, onde estava o casal Salles, a jovem foi ao encontro de Consuelo. Em um impulso, deu-lhe um forte abraço, ao que foi correspondida. Este gesto deixou o Dr. Salles muito feliz.

Elas se despedem de Trindade e saem de mãos dadas, deixando a Irmã ainda mais intrigada.

Maria Trindade, após despedir-se da família Salles, sobe rapidamente as escadas e vai ao encontro de Laura, em seu quarto. Ao chegar, encontra-a ajoelhada, orando aos pés da imagem de N.S. de Fátima que estava em uma pequena estante. Respeitosa a sua fé, ela retorna, a fim de em melhor ocasião suscitar todas as suas dúvidas.

CAPÍTULO XLVI

A REVELAÇÃO DO BAÚ

Laura viveu aquele final de semana com grande ansiedade. Aguardava a segunda-feira, quando se encontraria com Karen e Concita e saberia das novidades.

Irmã Trindade estava na mesma expectativa de conversar com elas.

No dia apraz, pela manhã, tanto Trindade quanto Laura esperavam Concita e Karen no portão principal.

Em dado momento, ambas viram Karen que fazia o papel de Concita descer do carro e se despedir dos Salles, numa afeição singular. Após essa despedida, ela pede bênçãos à Irmã e, logo em seguida, abraça Laura.

Trindade continuava no atendimento às demais internas que chegavam dando-lhes boas-vindas. Nesse ínterim, Laura aproveita e, em sigilo, fala para Karen:

– Amiga, suba logo para meu quarto e troque suas vestes. Ah! Não esqueça de prender os cabelos, como é de seu costume!

Karen, com o intuito de exercer a sua própria identidade, o mais rápido possível, sobe rapidamente para o quarto. Já Concita, numa tentativa de confundir a religiosa, entra pelo portão lateral, indo para o seu dormitório, com a finalidade de vestir suas roupas habituais e soltar os seus cabelos, ao contrário de Karen.

A REVELAÇÃO DO BAÚ

Desse modo, as duas adolescentes voltam a ter as suas reais identidades.

No corredor, em direção à sala de aula, Laura questiona Concita e Karen:

— Vocês conseguiram despistar dona Vicentina e tia Consuelo? Elas desconfiaram de alguma coisa?

Karen é a primeira a falar:

— Tia Consuelo achou que eu estava mais amadurecida. Disse que o tempo fez-me ser uma pessoa melhor. Comentou que eu estava mais alegre, provavelmente, pela grande gratidão que eu tenho para com ela.

Concita completa:

— Não falei que ela nem perceberia! Afinal, faz dois anos que os Salles não me visitam.

— E você Concita conte-nos sua experiência? — pergunta Laura.

— Dona Vicentina quase não enxerga. No entanto, ela ficou meio desconfiada. Achou que eu estava diferente, mais descontraída. Eu mudei logo de assunto.

Sorridentes, elas se dirigem para o *hall* da escada e vão para as suas aulas rotineiras.

Laura agora aprova as trocas de identidade das amigas, por vê-las tão radiantes. Ela somente teme a descoberta pela Irmã Trindade.

No intervalo das aulas, Karen é convidada por Laura e Concita, para ir ao dormitório de ambas.

Lá chegando, elas se divertem. Concita imita Dona Vicentina e Karen aproveita para imitar Consuelo.

De repente, Irmã Trindade entra sorrateiramente e as surpreende, revelando, claramente, que suas dúvidas se confirmavam. Certamente, Karen fazia a vez de Concita, indo para a casa dos Salles e Concita para a casa de Vicentina.

Envergonhadas, as duas tentam explicar seus projetos de felicidade. Concita é a primeira a falar:

— Irmã, perdoe a minha franqueza. Jamais me senti tão realizada, quanto neste final de semana! Quando conheci a Sra. Vicentina, identifiquei-me com ela. Fiquei contente em contar-lhe histórias e passear com ela, na praça. Diverti-me com suas perguntas e curiosidades. Ela é

ONDE ESTÃO AS NOSSAS KARENS?

idosa de corpo físico, mas é jovem na sua maneira de ser. Por mim, seria a Karen para sempre, somente para estar ao seu lado. Prefiro estar ali, como dama de companhia do que ter o sobrenome Salles de uma família que não me ama e da qual eu não tenho afinidade.

Trindade amava Concita e lhe desejava todo o bem do mundo, por isso calou-se. E, virando-se para o lado, dirige-se para Karen:

— E você Karen, tem algo para me dizer?

— Eu sei que a senhora acha que a riqueza não é importante, mas acredite, ser pobre é muito ruim! No orfanato, tratavam-me com carinho. As Irmãs eram de uma grande dedicação, porém, lá, eu jamais tive na mesa o alimento que eu queria. Era tudo dividido. Só possuía duas vestes que, enquanto uma estava no varal, a outra estava em uso.

— No orfanato, nós, as mais velhas, tínhamos que cuidar das menores, a tal ponto que, algumas vezes, precisávamos dar o nosso alimento para elas. Quantas vezes dormi com fome!

— Na casa dos Salles fui bem recebida. Tive alimentação farta e um quarto maravilhoso só para mim, de onde pude visualizar de sua janela as águas verdes da Baía da Guanabara.

Ontem, fomos fazer compras no centro do Rio de Janeiro e depois conheci as belezas do Jardim Botânico. Nunca fui a um lugar tão bonito, repleto de árvores, flores e o canto dos pássaros que me fez recordar a infância. Tia Consuelo tratou-me com gentilezas.

— Dr. Salles prometeu levar-me a Barcelona para apresentar-me aos parentes. Estou ansiosa nesta expectativa.

Laura Tinoco, que tudo ouvia, resolveu falar um pouquinho:

— Irmã Trindade, sou a favor da verdade, contudo, avalie a vida de Concita de dois anos atrás com os Salles e, hoje, com Dona Vicentina. Observe também a alegria de Karen, atualmente com os Salles. Pense como estava infeliz há dias atrás. Procure compreender tudo isso, antes de tomar qualquer decisão precipitada.

Trindade ouvia tudo com muita atenção e concluía que Laura tinha razão, mas não poderia apoiar mentiras.

Concita fixa a educadora e conclui:

— Irmã, caso descubram nossa farsa, tudo ficará arruinado para nós. Seremos abandonadas como um dia fomos em tenra idade.

A REVELAÇÃO DO BAÚ

Desalentada, Karen completa:

— Fui abandonada bem pequenina, não sei por que razão. Depois, eu perdi meus pais adotivos e fui para o orfanato. Agora, a minha promessa de felicidade pode acabar! Que mal fizemos a essas pessoas que nos receberam tão bem e se alegraram conosco?

A educadora, sensibilizada, abraça Karen e Concita. Laura, ao vê-las tão aconchegadas, diz:

— A minha vontade mesmo é de conhecer meus pais verdadeiros! Podem ser pobres ou ricos, não me importo! Guardo em minha mente a lembrança de uma família grande, harmoniosa e que muito me amava.

Concita, Karen e Trindade ficam surpresas com o desabafo sincero de Laura.

Envolvida por aquele momento onde os espíritos benfeitores, Francisco, Laísa e tio Hirto irradiavam vibrações positivas, Laura vai até o seu armário e tira um pequeno baú. Olha fixamente para todas ali presentes e diz:

— Quando eu completei sete anos e estava ainda no internato, lá na Bahia, os Tinocos foram me visitar e entregaram-me este baú. As palavras da Sra. Nancy ficaram gravadas em minha mente: — "Guarde este baú! Nele, coloquei os três vestidos que você, Concita e a outra menina vestiam quando as encontramos. Há também três pulseiras, onde estão gravados os seus nomes de origem. É provável que este seja o enigma para encontrar os seus familiares!"

Tomada de grande emoção, Laura continua:

— Até o dia de hoje, eu não tive coragem de abri-lo. Somente agora vou fazê-lo devido a um sonho na noite passada. Nele, um homem que se apresentava como Francisco apontava-me este baú. Ele insistia com palavras doces, mas firmes que eu encontraria nele respostas sobre meu destino, o de Karen e o de Concita.

Num ímpeto, Concita toma o baú das mãos trêmulas de Laura e o abre. Rapidamente, retira os três vestidos infantis que estavam um tanto mofados. Eles eram confeccionados com tecidos caros e rendas refinadas. Isso demonstrava que elas pertenciam a famílias de grande poder aquisitivo.

ONDE ESTÃO AS NOSSAS KARENS?

Ao aproximar-se, Karen observa que, no fundo da pequena arca, havia três pulseiras. Ao retirá-las uma a uma, viu que estavam assinalados respectivamente os nomes: Karen Barella, Karen Barella Gerônimo e Karen Martin Barella.

Irmã Trindade toma em suas mãos as pulseiras e comprova que eram de ouro maciço. Analisa-as cuidadosamente e vê nas letras, quase imperceptíveis, o nome do ourives, a data de fabricação e o nome da cidade de Recife, contidas nelas.

Laura, desejosa de saber mais sobre sua história e a das amigas, apalpa os bolsinhos dos vestidos e, num deles, encontra um bilhete muito significativo. Prontamente, o lê, em voz alta:

– "Laisinha, não se afaste das meninas! A noite passada tive um sonho ruim. Via nossas pequeninas sendo raptadas. Foi horrível!

– Mamãe convidou-me para ir ao Rio de Janeiro. Seu pai nos acompanhará nas compras. A minha irmãzinha lhe entregará este bilhete. Ela é esperta e não vai esquecer. Por favor, não saiam com elas. Tranque bem as portas quando forem dormir.

Um abraço Françoise Marie Martin."

Para Irmã Trindade, começava ali o desvendar de um enigma. Através das pulseiras e do bilhete, comprovadamente, as jovens eram parentes.

Karen pegou a mensagem e se fixou no nome Françoise.

Observada pelas demais, ela retira de seus objetos escolares um pequeno papel. Nele, continha o endereço da mulher que encontrara na festa de São Sebastião e sua assinatura coincidia em semelhança com a que estava no bilhetinho do baú.

Com lágrimas nos olhos, as três adolescentes se abraçam. Naquele momento, elas tiveram, pela primeira vez, a esperança de reencontrarem os seus verdadeiros familiares.

CAPÍTULO XLVII

UM BREVE ENCONTRO COM AFONSE

Em Teresópolis, Françoise acreditava que com a missiva que enviara sobre o encontro com as Karens, no Rio de Janeiro, sua mãe ficaria bem e logo recuperaria a saúde. Sabia que toda família Barella estaria contagiada na grande expectativa de rever as meninas e ela faria todo possível para dar essa esperança a eles.

Com o endereço de Karen em suas mãos, Françoise formulou planos de ir o mais breve possível ao seu encontro, no orfanato situado em Santa Teresa, no Rio de Janeiro. Lá, iria dialogar com as Irmãs e, com a aprovação delas, levaria a jovem até seus familiares.

Resoluta, ela objetivava estar também com Concita e Laura. Sua finalidade era encontrar o colégio interno, cujo nome se lembrava, pois estava expresso nos uniformes que ambas vestiam no dia da festa do padroeiro.

Faria uma coisa de cada vez para retornar Karen, Concita e Laura ao lar. Sabia que a fé em Deus, acrescida da ação, levá-la-ia ao sucesso! Acreditava no auxílio dos espíritos amigos que ultimamente lhe guiavam os passos.

ONDE ESTÃO AS NOSSAS KARENS?

Ao pensar nas Karens, vinha-lhe à mente a imagem do filho Afonse. Nunca mais tivera quaisquer notícias dele, no entanto, não perdera a fé de encontrá-lo.

Lembrava-se da frase dita especialmente para ela, através da mensagem da médium Wilma pelo espírito Francisco Renato: "Cuide de todas as crianças como se fossem suas".

Na manhã do dia seguinte, a filha de Marie já estava arrumada para sair, quando pediu apoio a Boris para acompanhá-la.

Toda vez que ouvia comentários sobre as meninas sequestradas, Boris suava frio. Torcia para que realmente fossem encontradas, no entanto, não tinha vontade de auxiliar em nada, pois não suportaria estar novamente com suas vítimas. Preferia deixar Françoise ir sozinha para resolver esta grande pendência em sua vida.

A mulher, ao despedir-se dele, nota em seu rosto grande desolação.

Ela acreditava que essa depressão era fruto da saudade do irmão Tácio que falecera há pouco mais de um ano. Contudo, devido à necessidade da viagem, beija-o rapidamente e toma rumo para o Rio de Janeiro, já que ele se mostrava desinteressado em acompanhá-la.

O cigano não ficara bem desde o último encontro com as adolescentes, nos festejos de São Sebastião. A forte melancolia que sentia aumentou muito, tornando-o mais abatido e fragilizado. O seu ritmo de trabalho que vinha minando, a partir daquele dia, paralisou. Françoise vinha assumindo os encargos financeiros do lar com as aulas de Francês.

Boris estava tão pensativo sobre sua vida que só despertou quando ouviu palmas no portão. Desanimado, foi até lá e viu um jovem acompanhado de um casal de idosos. Eles procuravam Françoise.

Ele os atende e esclarece que sua esposa estava em viagem e só voltaria após uma semana. Já fazia menção de retornar para casa, quando ouviu a senhora falar ao jovem:

– Afonse, voltaremos daqui a uma semana! Suas aulas de Francês ficarão para mais tarde.

O cigano estonteou ao ouvir o nome Afonse, todavia, recompôs-se da surpresa. Ele observa o rapaz de expressivos olhos azuis e acredita estar à frente do filho perdido de Françoise.

UM BREVE ENCONTRO COM AFONSE

Recordou-se das várias noites consecutivas em que a companheira, ao sonhar com o filho, acordava chorando, repetindo o seu nome.

Antes de partir, Afonse para um instante e se volta dizendo:

– Por favor, comente com a professora Françoise que estou ansioso por iniciar as aulas. Deixo aqui o endereço onde moro com meus pais. Se acaso ela retornar antes do tempo previsto, diga a ela que nos avise!

Timidamente, Boris pega o pequeno escrito e pensativo, retorna para dentro de casa. Realmente, ele acreditava que aquele rapaz era o filho perdido de Françoise.

Com essa conclusão, ele teve vontade de rasgar aquele papel e de fugir daquela realidade. No entanto, uma voz repercutia em sua mente, intuindo-o para que não errasse mais; que fosse sincero, verdadeiro e não escondesse de uma mãe o seu próprio filho. Parou por um instante e a emoção bateu-lhe forte.

Recordou-se de Tácio, do seu carinho e dos bons exemplos que lhe dera, os quais, até aquele dia, ele não seguira por ser rebelde e egoísta.

Sensibilizado com aquelas recordações, lágrimas de arrependimento correm pela sua face. Veio em sua mente o sofrimento de Françoise.

Com tudo isso, deduziu que os familiares das três Karens deviam também sofrer com a grande perda, pela qual ele era o responsável. Desolado, sentou-se em uma cadeira rústica que ele mesmo havia talhado. Lembrou-se de como tivera o amor e dedicação de seu irmão Tácio que lhe cuidou com zelo, desde a morte dos seus pais. Nem por um instante o abandonara, o cobrindo de ternura e sempre com bons exemplos.

Boris sentia que alguém no plano invisível estava ao seu lado. Era Tácio! Ele tinha certeza da sua presença ali a intuí-lo para o bem.

Sob forte emoção, levantou-se e foi ao pequeno galpão onde havia acumulado muitos móveis inacabados, fruto da apatia que estava vivendo. Com as vibrações emanadas por Tácio, seu irmão tão querido, Boris reinicia o trabalho que há tempos deixara para trás. Iria concluir os móveis com seus dons artísticos, transformando a madeira bruta em obra de arte.

Ele prometia a si mesmo levar Françoise até Afonse, a fim de comprovar se ele era ou não seu filho.

Sensível, ele pede a Deus que ilumine os caminhos da sua amada para que ela reencontre as três Karens, reconduzindo-as aos seus lares.

CAPÍTULO XLVIII

VAMOS, ANTES QUE SEJA TARDE DEMAIS!

Em Recife, Marie recebe a missiva de Françoise. Ansiosa, ela lê rapidamente o seu conteúdo. Emociona-se com as notícias e lágrimas umedecem os seus olhos, chamando a atenção de Laisinha que estava próxima.

Prestativa, Laisinha se aproxima e se dirige a ela:

– O que se passa? Aconteceu algo grave?

Com as mãos trêmulas, Marie entrega-lhe o papel.

Laisinha só compreende a emoção da sua cunhada quando lê o seguinte trecho da carta de Françoise: – "Mãe querida, encontrei na festa de São Sebastião aqui no Rio de Janeiro, especificamente no centro da cidade, nossas três joias perdidas há tantos anos atrás. Quero pedir-lhe desculpas por não as ter resgatado devido às circunstâncias inusitadas do momento.

Duas de nossas Karens estão sob os cuidados de Irmãs caridosas, num internato para meninas, aqui mesmo no Rio, com os respectivos nomes: Concita e Laura.

A terceira Karen também a encontrei. É tão linda quanto as outras! Ela está residindo em um orfanato, em um bairro próximo ao centro da cidade, sob a proteção de religiosas.

VAMOS, ANTES QUE SEJA TARDE DEMAIS!

Eu tenho certeza que as três são as nossas pequeninas sequestradas, ainda na infância! Por isso, estou enviando o endereço do orfanato e o nome do colégio interno, de maneira que será fácil reencontrá-las."

Após a leitura, Laisinha abraça Marie e, em vez de lágrimas, esboça um grande sorriso e se expressa com voz contagiante:

– Marie, sinto dentro de mim uma força inexplicável e vozes entoando cânticos de vitória. Encontrei ainda hoje este livro que pertenceu à minha avó Laísa. E o mostrando, continua:

– Meu avô Francisco presenteou-o à minha tia Karina e ela entregou-o a mim. Há tempos que não o lia. À noite passada, sonhei com vovô mostrando-me este livro. Pedia-me que o abrisse na página que vovó Laísa mais gostava.

E leu o trecho com carinho para Marie:

"Onde eu for, Jesus deve estar,

Onde Jesus estiver, todos os meus filhos estarão.

A crença só tem base na flor do entendimento,

Entendimento é a luz que abre todos para a evolução.

Evolução com o Evangelho do Nosso Senhor, do Nosso Senhor, do Nosso Senhor."

E continuava:

– Tia Karina dizia-me que vovó Laísa transformara este poema numa canção e, todas as noites, antes de dormir, cantarolava-a para os quatro filhos, introduzindo seus nomes.

– Laisinha, o que você quer dizer ao recitar este verso?

– Para mim, significa que nossas três Karens voltarão. A carta de Françoise, o sonho com vovô e esse singelo poema comprovam que isso ocorrerá em breve. Não vamos viver mais de saudades! Tenho certeza de que vovó Laísa e vovô Francisco estão guiando nossos passos.

– Vamos, Marie! Vamos falar com papai, com Nilo e com Allan! Eles estão na sala de estar. Vamos até lá!

As duas mulheres seguem de mãos dadas até o salão, interrompendo os três homens que conversavam. Laisinha é a primeira que se expressa:

– Meus queridos, aqui temos a carta de Françoise, relatando algo que queremos muito.

Olhando-as, eles verificam a emoção estampada em seus rostos.

ONDE ESTÃO AS NOSSAS KARENS?

Preocupado com a saúde da esposa, Allan aproxima-se dela.

Marie abraça-o com um sorriso e lhe entrega a carta de Françoise, para tranquilizá-lo.

O médico, desencorajado em ler qualquer conteúdo vindo da filha de Marie, entrega o papel para seu pai.

Thafic, após ler a carta em voz alta, expressa-se com júbilo:

— Partiremos ainda hoje. Não deixaremos para amanhã, pois poderá ser tarde demais! Já estou velho!

— Todos os dias de minha vida, eu peço a Deus que, antes de fechar os olhos para eternidade, traga-me a filhinha com quem tão pouco convivi. Eu sonho muitas vezes com Naara a implorar-me pelo retorno da nossa Karen ao lar.

Com voz embargada, o velho fazendeiro emudece e é Nilo que se dirige a todos:

— Vamos, antes que seja tarde demais!

Naquele instante, Allan, ao ver a felicidade de Marie, coisa que há tempos não via, repete a mesma frase:

— Vamos, antes que seja tarde demais!

Do plano espiritual, Francisco, Laísa e tio Hirto emanam boas vibrações às expectativas de todos.

Os Barellas se aprontam para rever suas meninas na cidade carioca. Cientes dos horários das embarcações, eles se apressam para chegarem o mais rápido possível em seus destinos.

Enquanto isso, Françoise desembarca no Rio de Janeiro. Sem conhecer muito a cidade, pede informações a uma transeunte para chegar com exatidão ao local. O endereço que tinha em mãos era o do orfanato, fornecido por Karen Barella.

A mulher explica que deveria pegar o bonde de Santa Tereza que passava pelo aqueduto. Já anoitecia e Françoise preferiu pernoitar em uma hospedaria, adiando a sua busca para o dia seguinte.

Com o calor do verão, e muito apreensiva, Françoise se levanta aos primeiros raios da manhã e se apronta para o tão esperado encontro. No percurso, ela se deliciava com a paisagem exuberante da cidade. Imaginava como tudo ali seria agradável com a presença de Karen ao seu lado.

VAMOS, ANTES QUE SEJA TARDE DEMAIS!

A filha de Marie, ao descer do transporte e sob a orientação de um morador da localidade, chega a um casarão modesto que se estendia com sua fachada larga e recoberta de bouganvilles.

Ao bater a sineta, vem ao seu encontro uma noviça de olhar cativante e muito atenciosa que se apresenta como Irmã Beatrice.

A jovem religiosa a convida para entrar. Infelizmente, as notícias não eram boas! Beatrice explica com detalhes que Karen Barella fora trabalhar na casa de uma família, num bairro próximo. Relatou ainda que a adolescente continuava seus estudos em um educandário no centro da cidade.

Com olhar tristonho, a professora despede-se de Beatrice, levando somente uma anotação com o nome do colégio onde a jovem estudava. Observou que o nome da escola ali escrito era o mesmo existente no emblema da blusa dos uniformes de Concita e Laura.

O próprio universo concedera este reencontro. Dessa vez, ela estava confiante que as Karens seriam encontradas, pois estavam juntas.

Ao perceber o olhar surpreso e as mãos trêmulas de Françoise, a noviça a convida a sentar-se em um pequeno sofá.

O silêncio do local foi cortado por um cântico que vinha de uma capela ali localizada.

Levada pelo ambiente de paz, a religiosa propõe para a visitante que entrassem na capela e orassem juntas aos pés da imagem de Santa Tereza, ao que fizeram com muito ardor.

Passados alguns instantes, a irmã Beatrice deixa-a sozinha e dirige-se à sacristia.

Mais calma e confiante, Françoise despede-se da simpática Irmã Beatrice agradecendo toda sua atenção e carinho.

No bonde, em retorno ao centro da cidade, Françoise adormece profundamente. Seu espírito se desliga do corpo e vê em sua frente a presença de uma freira de significante olhar azul. Esta lhe pedia que não demorasse em resgatar as Karens. O tempo urgia e uma delas poderia estar ausente quando ela chegasse.

A professora desperta, quando um passageiro lhe toca o ombro e a convida para descer. Assustada, ela se levanta e olha para os lados, não sabendo em que direção seguir para chegar ao internato. Andou um

263

ONDE ESTÃO AS NOSSAS KARENS?

pouco mais à frente e observou que havia uma pequena loja de produtos religiosos. Ali, poderia buscar informações.

Entardecia e as portas da loja já se fechavam, isso mostrava que, por ora, estaria adiado o reencontro com as Karens. No entanto, a voz da religiosa de olhar azul repercutia em sua mente: "O tempo urge"! Motivada por essa lembrança, Françoise entra na loja e pergunta à vendedora o caminho mais fácil de ir ao internato.

Gentilmente, a senhora explica com detalhes a sua indagação.

Françoise estava indecisa, pois a noite chegava e a iluminação precária não clareava tanto assim as ruas. Decidiu, então, por segurança, pernoitar em uma estalagem ali por perto.

Cansada pelas emoções do dia, logo adormece no pequeno quarto da simples hospedaria. Em seu sonho, surge uma bela jovem que ela identifica como a primeira filha de Allan, a qual tinha convivido na França. Karen oferta-lhe um abraço carinhoso e, com voz vibrante, pede-lhe:

— Francesinha, estou aqui para fortalecê-la! Você é a bússola que encontrará minha irmã, minha prima e minha tia, as três Karens que um dia foram covardemente subtraídas da família. Você terá a glória de reconduzi-las aos seus lares. Em breve, a sua felicidade ficará completa, pois reencontrará também seu filho Afonse.

— Você descobrirá verdades sobre seu esposo Boris que a deixarão decepcionada. Não o abandone por isto! Ele melhorará o seu caráter através da convivência com Afonse.

— Aproveite este momento e perdoe meu pai Allan e meu avô Thafic! Eles erraram muito, abandonando Afonse, mas hoje se arrependem do que fizeram. Jamais repetirão este erro! Perdoe-os! Eu lhe rogo em nome de nossa amizade de tantas vidas já vividas! Fique em paz!

Um barulho que vinha da porta fez Françoise despertar. Era a dona da pousada que a chamava, pois lhe havia solicitado isto.

O relógio da matriz anunciava com o seu badalar o início da missa das seis horas da manhã. Ela se levanta e se apronta para chegar bem cedo ao internato.

Enquanto isso, na embarcação em direção ao Rio de Janeiro, a família Barella encontrava-se tensa e agitada, com exceção de Laisinha. Apesar de todo o sofrimento passado, ela mostrava no semblante, além da be-

VAMOS, ANTES QUE SEJA TARDE DEMAIS!

leza física, a suavidade de alguém que confia. Ela aguardava, com ação no bem, os desígnios de Deus. Tinha grande amor pela vida. Absorvera esse entendimento com as belíssimas leituras confortadoras do livro "O evangelho segundo o espiritismo", presenteado por Efigênia, sua saudosa madrinha.

Tia Karina também lhe deixara bons exemplos. Aprendera com ela a arte de ensinar, no tempo que conviveram juntas em Santarém.

Com esse aprendizado, ela praticava com as crianças carentes dos arredores da fazenda o ensino da leitura e da escrita. Aproveitava esse momento também para narrar as espetaculares parábolas do Mestre.

Enquanto os demais familiares andavam impacientes por todos os lados do navio, Laisinha, recostada em uma cadeira confortável, adormece. Desligada do corpo físico, encontra-se com os amigos espirituais.

Tio Hirto, como sempre, envolve o ambiente com canções suaves, reconfortando aquele coração materno.

Para auxiliá-la, o espírito de Laísa aproxima-se dela que ainda estava em desdobramento:

— Minha querida, não tive a satisfação de acompanhar a preparação do seu reencarne. Conheço-a de outras vidas e das visitas espirituais que lhe faço. Aprendi a admirá-la, ainda mais, por tudo que você é na ação no bem!

Sem nada dizer, Laisinha pega as mãos da avó e as beija em atitude de agradecimento.

Francisco, que também estava presente, mostra seu apreço e envolve a ambas. Enquanto isso, tio Hirto continuava a tocar, dessa vez a canção predileta de Laísa.

Sob o som daquela maravilhosa canção, a avó continua sua mensagem à neta:

— Laisinha, sei da sua dor pelo desaparecimento de sua filha e das outras Karens. Afirmo-lhe que não demorará a tê-las em seus braços. Não se espante, caso a princípio houver indiferença dela para você e seu esposo. Afinal, foi afastada de seus convívios ainda muito pequena.

Nesse momento, Francisco sente necessidade de lhe falar:

— Minha neta, continue com a sua fé em Deus! Sua filha necessitará de sua compreensão. Ao rever Francisquinho, renascerá nela a vontade de estar em família.

ONDE ESTÃO AS NOSSAS KARENS?

O trio espiritual, ao abençoar a todos, se afasta e se dirige para a casa dos Salles, com o objetivo de dialogar com Karen Barella.

Laisinha desperta contente e narra aos familiares o encontro com seus avós, deixando-os emocionados. Tudo levava a crer que as Karens retornariam ao seio familiar.

Marie ficou tão bem a partir daquele relato de Laisinha que Allan contagiou-se. Ela falava de Karen e citava também o nome de Françoise.

Ao ouvir o nome de Françoise, o médico se aflige. Lembrava-se do seu passado, onde fora tão irresponsável e cruel com sua enteada.

Marie, ao notar a sua mudança de humor, dirige-se a ele com carinho:

– Meu amor, o que lhe angustia? Nossa vida, em breve, se tornará radiante com a presença de nossa filha Karen. Não confia no que Laisinha nos acaba de dizer?

Allan prefere calar-se. Tinha vergonha do que fizera outrora. Sua vontade era de abrir seu coração para Marie revelando toda a verdade. Sabia que o afastamento de Afonse também era uma amargura para sua esposa, que sequer conhecera o neto. A vida lhe cobrara, com juros, o mal que fizera a Françoise.

Ao avaliar suas ações, seus olhos ficaram cheios de lágrimas. – Que arrependimento! Como poderia corrigir tão grave erro?

A esposa, sempre gentil, tenta auxiliá-lo.

– Diga, meu bem, o que o deixa tão amargurado? É a saudade de nossa filha?

Allan procura disfarçar, acenando que sim. Não queria trazer mais esmorecimento àquele coração materno.

CAPÍTULO XLIX

AS REVELAÇÕES

Na casa dos Salles, Karen Barella, que fazia o papel de Concita, dormia. No estado de emancipação da alma, ela se encontra com os espíritos amigos Laísa e Francisco.

Francisco é o primeiro a falar:

— Karen, talvez não se recorde, mas já estivemos juntos.

A jovem parecia confusa. Ao olhar para o lado, viu Laísa e algo lhe doeu no fundo da alma. Lágrimas incontidas brotaram de seus belos olhos e soluços sacudiram-lhe o peito.

Laísa, ao notar o sofrimento daquela que, um dia, na vida anterior, lhe prejudicara, aproxima-se com imensa ternura.

— Karen, você tem hoje a oportunidade de ser feliz. Não guardo nenhuma mágoa de todos os agravos que submeteu a mim e aos meus filhos. Esqueça e perdoe-se! A nova reencarnação lhe garante chances renovadas! Muito aprenderá! Uma bela novidade lhe aguarda! Seus familiares estão a caminho. Seu pai, Thafic, seus irmãos e demais parentes procuram-na há muito tempo.

A família Salles que hoje lhe acolhe não compreenderá e muito menos aceitará perdê-la, pois foram seus pais

ONDE ESTÃO AS NOSSAS KARENS?

em outra reencarnação. Por isso, vocês têm afinidades comuns. Provavelmente, mesmo após o reencontro com sua família, os Salles não deixarão de visitá-la, pois amam-na verdadeiramente.

Após essa fala, Laísa beija a face de Karen e vai junto com Francisco ao encontro de Concita, na casa de Vicentina.

A jovem, sob a energia benéfica dos amigos espirituais, sente-se mais fortalecida para que no dia seguinte esteja pronta para o encontro com Françoise.

Em seu quarto, Dona Vicentina e a jovem Concita, que fazia o papel de Karen, conversavam:

– Karen, eu ganhei um livro muito interessante, intitulado "Livro dos espíritos de Allan Kardec". Gostaria que lesse para mim, pois fala de reencarnação, vida após a morte e outros assuntos elucidativos.

– Com todo prazer, Dona Vicentina! Mas tire-me uma dúvida: existe realmente outra vida?

Deitada em seu leito, a idosa esclarece que as páginas do "Livro dos espíritos" estão repletas de esclarecimentos, em forma de perguntas e respostas.

– Deus, na sua bondade e sabedoria, nos dá sempre novas oportunidades para evoluir, por isso nascemos e renascemos, quantas vezes forem necessárias. Abra o livro para aprendermos ainda mais – diz Vicentina.

Passado um tempo, Concita, absorta com os novos conhecimentos adquiridos do maravilhoso livro de Kardec, adormece ali mesmo sentada na cadeira de balanço. Seu sono era agitado. Ora acordava, ora dormia. Até que o descanso reparador veio.

Livre das amarras do corpo físico, ela percebe a presença espiritual de Laísa. Como se necessitasse muitíssimo daquele amparo, a jovem abraça-lhe, vislumbrando em sua presença a própria mãe na última encarnação.

Levada pelo sublime momento, o espírito de Laísa canta para Concita: "Onde Jesus estiver, Magda estará".

Concita lembrava-se nitidamente daquela canção que sua mãezinha, todas as noites, cantarolava para ela e seus irmãos.

Emocionada, Laísa traz-lhe uma grata notícia:

AS REVELAÇÕES

– Minha querida, logo, logo você estará com seus pais verdadeiros!

Sei que isso lhe causa incertezas. A princípio, você não terá prazer em estar ao lado de seu pai, Nilo Gerônimo. No entanto, o tempo lhe ensinará a amá-lo e respeitá-lo. Francisquinho, seu irmão mais velho, há tempos lhe acompanha. É amigo fiel de muitas reencarnações e lhe auxiliará em sua nova caminhada.

E beijando a fronte de Concita, o espírito materno se despede, acompanhado de Francisco que estava no ambiente em oração.

Enquanto isso, no educandário, o espírito da Irmã Sílvia aproxima-se de Laura, que não conseguia dormir. Seu coração estava agitado. Sabia que algo novo lhe aconteceria após aquelas revelações encontradas no baú.

Fervorosa na fé, Laura, ajoelhada diante de Santa Edwiges, pede paz e resignação. As suas dores e dificuldades na atual reencarnação elevaram o seu espírito, tornando-a melhor.

Irmã Sílvia, naquele momento de serenidade, envolve a mocinha com fluidos calmantes e, intuitivamente, passa-lhe a seguinte mensagem: – Laura, você irá reencontrar seus pais, Marie e Allan. Aceite-os e, assim, terá a sorte merecida! Deus, na sua sabedoria, colocou-a novamente em convivência com Allan.

Lembra-se das palavras do Cristo: "Reconcilie com seu adversário, enquanto estais a caminho com ele."

Laura registra algo da mensagem que viera em sua mente e anota no pequeno livro de preces que estava na cabeceira e se encaminha para seu leito.

O espírito da religiosa se retira do ambiente e aproveita para visitar outras internas necessitadas do seu amparo e do seu amor. Lembrava-se dos seus momentos na Terra, quando abraçara a bela missão de orientar crianças e jovens.

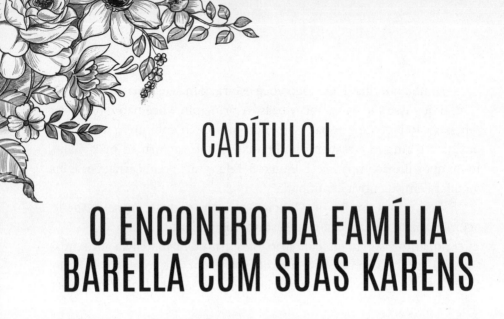

CAPÍTULO L

O ENCONTRO DA FAMÍLIA BARELLA COM SUAS KARENS

Naquela manhã, o sol radiante iluminava tudo e a todos. Françoise caminhava de passos largos, ansiosa para chegar ao educandário, onde provavelmente estariam as três Karens. O sonho que tivera na noite anterior dava-lhe a certeza de que as encontraria. Lembrava-se também do filhinho perdido e lágrimas corriam pela sua face. Que bom seria se Deus lhe desse a ventura de encontrá-lo!

De repente, a professora viu-se diante da fachada do colégio que tanto buscava. Ao bater a sineta, viu uma estudante se aproximar, pedindo-lhe licença para entrar. Era Karen que trocara a identidade com a amiga Concita. Ela reconhece Françoise e, num gesto amável, lhe sorri.

A filha de Marie treme da cabeça aos pés. Não identifica se aquela jovem que estava ali é Karen, Concita ou Laura. A sua dúvida só se desfez, depois que ouviu a jovem lhe falar:

— Veja, estou aqui no internato! Meu sonho se concretizou! Deus me ajudou! Até logo, Françoise!

Irmã Trindade chega e abre o portão. Ouve a mocinha despedir-se daquela mulher tão bela dizendo o seu nome. Isso lhe deixou muito surpresa.

O ENCONTRO DA FAMÍLIA BARELLA COM SUAS KARENS

Enquanto Karen, vestida como Concita, entra rapidamente e vai direto para colocar seu uniforme, Françoise é convidada pela religiosa para adentrar na instituição a fim de conversarem.

Em uma pequena sala, sentada diante da Irmã, Françoise mostrava-se nitidamente agitada.

Ao perceber sua desarmonia, Trindade faz uma prece interior a Jesus, pois pressentia que algo muito especial as aguardava.

Compenetrada, a religiosa inicia o diálogo:

– Pelo que ouvi de nossa interna, seu nome é Françoise?

A visitante acena timidamente que sim!

– Pode falar-me, pois neste ambiente só Jesus nos ouve e nos acolhe.

Confiante, a mulher muito emocionada conta-lhe toda a história, desde o rapto das três Karens, até o último reencontro com elas na comemoração do padroeiro do Rio de Janeiro.

Irmã Trindade estava diante de fatos de uma trajetória que lhe parecia chegar ao fim. Tinha consciência de que aquelas três jovens eram merecedoras de retornarem ao seio familiar. Eram educadas e estudiosas. Apesar do sofrimento que passaram, elas mostravam-se resignadas e confiantes em Deus.

Após a longa conversa, Françoise é convidada pela religiosa para subir até a sala de Música, onde se encontravam as três Karens. Seu coração parecia que ia saltar pela boca. Subia as escadas com dificuldade, pois a respiração faltava-lhe pela tamanha ansiedade que lhe cobria todo o ser.

Ao aproximar-se da porta, ela ouve um canto harmonioso. Naquela canção bem entonada, lembrava-lhe a voz da filha de Allan, já falecida.

Antes que Irmã Trindade batesse à porta, Françoise a abre. Ela vê a sua frente uma bela jovem de olhos azuis. Acreditava ser Laura, apesar de tê-la visto muito pouco na festa do padroeiro.

Seu semblante era parecido com o de Karen, a filha de Allan com Aneci. Seu porte físico lembrava-lhe o de Marie, sua mãe.

Tinha convicção de que aquela jovem era sua irmã! Em um ímpeto, foi ao seu encontro e a envolveu com um forte abraço.

Laura reconheceu aquela mulher. Não podia esquecê-la. Timidamente, retribui ao abraço e, num ímpeto, a convidou a cantar, a fim de mostrar sua linda voz.

271

ONDE ESTÃO AS NOSSAS KARENS?

Os olhos de Françoise procuravam, entre as alunas curiosas do inesperado acontecimento, Concita e Karen. Ambas se aproximam e o trio é envolvido em novo abraço.

Completando a ocasião especial, Trindade acena à Irmã Selma, professora de Música, para que entoasse a canção de Maria, ao que é acompanhada por todas as internas.

A música enchia de luz, não somente aquela sala, mas todo o educandário.

Tio Hirto, Francisco, Laísa e Irmã Sílvia, presentes no ambiente, acreditavam que, em breve, a família Barella estaria sorrindo outra vez.

Naquela tarde especial, Françoise desfrutou da presença agradável das três Karens. Relatou a elas o sofrimento de todos os familiares ao perdê-las. Contudo, afirmava que eles nunca deixaram de procurá-las. Sempre confiaram na providência divina em retorná-las ao lar.

Em virtude da ciência da carta de Françoise a Marie, indicando o paradeiro das Karens, as Irmãs superioras preferiram aguardar a chegada da família Barella para decidir seus destinos.

Irmã Trindade estava convicta da necessidade do sigilo do caso, principalmente, por causa de Consuelo que, certamente, iria impedir o retorno de Concita ao lar de origem.

Françoise é convidada pela Direção a permanecer no educandário até que os Barellas chegassem.

Os dias corriam até que, numa tarde, quando as Karens animadamente conversavam no pátio, Irmã Trindade as chama para um diálogo. Apreensivas, elas acreditavam que seus familiares verdadeiros já se encontravam ali.

As três Karens encaminham-se para a sala de Trindade. Ao chegarem, elas verificam que a porta estava entreaberta. Respeitosas, elas aguardam do lado de fora, porém, curiosas, aguçam seus ouvidos para ouvirem os interlocutores:

– Irmã, estamos aqui devido a uma carta enviada por Françoise, minha filha mais velha. Nesta missiva é relatado que aqui, neste educandário, estão duas de nossas Karens, enquanto a outra se encontra num orfanato.

A religiosa esclarece com um grande sorriso nos lábios:

O ENCONTRO DA FAMÍLIA BARELLA COM SUAS KARENS

– Não somente as duas Karens, mas a terceira de suas meninas também se encontra aqui conosco.

Marie embarga a voz e é Allan quem completa:

– Viemos de Recife. Viajamos vários dias e desejamos com toda força de nosso coração rever nossas meninas.

Laisinha que até então encontrava-se calada, aproxima-se da religiosa e, com um grande sorriso nos lábios, completa:

– Querida Irmã, hoje Deus nos proporciona a maior recompensa de tantos anos de espera. Sei que aqui estão nossas Karens! Não suporto mais esperar!

Gerônimo tentava falar, mas tropeçava nas palavras.

Thafic tinha as mãos trêmulas, estava apoiado pelas mãos carinhosas de Carlos, um dos seus filhos. Ele balbuciou qualquer coisa sobre a filha e sobre Naara. Sabia que o espírito de sua esposa estava ali presente, pois seu coração bem o dizia.

Do recinto, Irmã Trindade vê através da pequena viseira da porta que as três jovens se encontravam ali. Provavelmente, elas ouviam tudo.

A família Barella acompanha o andar calmo da religiosa que se dirige à porta e a abre, vagarosamente.

Lá estavam elas: Concita, Laura e Karen.

Assustadas, as três fazem menção de retornarem, mas é Allan o primeiro a chamar o nome da filha.

– Karen, é você que retorna minha filha?

Tonto e nauseado, o médico é socorrido por Marie e Thafic.

As jovens observam um e outro, um tanto assustadas. Não sabiam ao certo quem eram seus pais.

A família Barella, pela semelhança física que as meninas possuíam, também tinham dúvidas em identificá-las.

Laisinha não queria saber qual delas era a sua Karen. Correu e abraçou as três, ao que foi acompanhada de toda a família, com exceção de Allan que se recuperava da emoção.

Françoise que ficara hospedada no próprio educandário, chega naquele instante, sente que a missão que lhe fora passada em sonho pelos amigos espirituais se concretizava.

Ela saudou e cumprimentou a todos e participou também do abraço afetuoso às Karens.

273

ONDE ESTÃO AS NOSSAS KARENS?

Contente, Irmã Trindade convida a todos para fazerem o Pai Nosso, em agradecimento. Após, ela solicita as três jovens que cantassem um louvor à Virgem Maria.

E ali, diante daquele quadro espetacular de reencontro de pais, mães, irmãos, primos, tios e, principalmente, daquelas jovens, é entoado o cântico no plano espiritual através do clarinete de tio Hirto.

Laísa e Francisco traziam Naara para presenciar tão belo acontecimento.

Antes de partir, Naara aproxima-se de Françoise, beija de leve seus cabelos e lhe expressa em um dos sentidos mais belos que é o da mediunidade:

— Françoise, sou-lhe eternamente grata em ter cuidado de minha menina, quando pequenina e tê-la encontrado agora, retornando-a ao lar. Seja feliz, pois você bem o merece!

E sob aquela expansão de carinho, o trio espiritual conduz Naara para o plano espiritual. Ela agora encontrava-se em paz.

Após tanta felicidade, a família Barella é convidada por Trindade a ir ao encontro dos Salles. Eles seriam os únicos a colocarem empecilhos para o retorno de Concita ao lar, já que possuíam a tutela sobre a mesma.

Antes de partirem para a casa de Consuelo, as jovens Concita e Karen revelam a todos a mudança de identidades. Elas não conseguem concluir o relato, é Laura que, em breve palavras, explica tudo:

— Desculpem as minhas amigas e apontando para a verdadeira Concita, continua:

— Esta é Concita que há dois anos atrás estava com os Salles.

E se achegando a Karen, completa:

— Esta é Karen Barella que há poucos meses encontrava-se no orfanato. Foi encaminhada pelas mãos das Irmãs para a casa de Dona Vicentina. Elas trocaram de identidades por estarem descontentes no local onde estavam.

Desejosa em esclarecer seus familiares, Laura dirige-se para Allan e Marie e, para surpresa de todos, num franco sorriso, diz:

— Tenho certeza! Sou filha de vocês!

E abraça o casal, chorando como criança. Um choro contido de há muitos anos. Ainda em forte emoção, conduz Concita até Laisinha e Gerônimo, afirmando:

O ENCONTRO DA FAMÍLIA BARELLA COM SUAS KARENS

– Concita, esses são seus pais!

Nilo e Laisinha abraçam Concita que, timidamente, encolhe-se, porém retribui ao afeto.

Thafic, que estava um pouco distante, olha para Karen Barella que lhe sorri. Naquele gracioso sorriso emoldurado, nota a semelhança dos dentes tão perfeitos como eram os de sua esposa Naara. Tinha certeza que aquela era a sua pequena Karen. Não se contendo, enlaça-a comovido, o que é seguido pelo seu filho Carlos.

Françoise, que observava tudo envolvida pelo ambiente de tamanho júbilo, conclui que a família, após quatorze anos, agora estava completa. Com exceção dela, que aguardava o reencontro com seu filho Afonse.

CAPÍTULO LI

O CONFRONTO DOS BARELLAS COM OS SALLES

Após tantos acontecimentos, Irmã Trindade propõe aos Barellas o encontro com os Salles. Sabia que a conversa com eles seria muito desgastante.

Nilo e Laisinha determinados a resolverem tudo que fosse a favor de Concita, preferem deixar os familiares ali no internato e se encaminham à casa de Consuelo com sua filha.

Alertados por Trindade que seria um confronto, levam em mãos certidão de nascimento, jornais e cartazes que, na época, foram colocados em vários pontos de Recife.

Françoise se oferece para acompanhar os pais verdadeiros de Concita, apesar de não ter sido convidada. Desejava concluir sua missão com as três Karens, o que é aceito pelo casal.

Ao chegarem à casa de Consuelo, os visitantes são atendidos por uma senhora atenciosa que se apresentou como Letícia. Intrigada por acompanharem Concita, pede a todos que aguardem na sala de espera enquanto avisa aos patrões.

O CONFRONTO DOS BARELLAS COM OS SALLES

Após algum tempo, ela retorna com a seguinte observação:

– Senhores, os Salles pedem desculpas, pois não poderão atendê-los agora.

E, olhando para Concita, completa:

– Menina, D. Consuelo ordena que vá até ela!

Concita, ao ouvir tais palavras, pega as mãos de Laisinha com força, como a pedir-lhe proteção.

De olhar sereno, porém firme, a mulher-mãe achega-se à filha e diz:

– Minha filhinha, tranquilize-se! Nada mais nos separará! Confie em Deus e tudo dará certo!

Laisinha leva seu pensamento ao Criador e ora baixinho.

Era notória a presença dos amigos espirituais naquele ambiente.

Letícia insiste:

– Concita, mais uma vez Dona Consuelo pede-lhe que não retorne ao internato. Ela precisa urgentemente que entre, para falar-lhe.

Laisinha, sob influência espiritual de sua avó Laísa, interrompe a serviçal:

– Senhora, diga a seus patrões que deixaremos o nosso endereço de Recife, caso eles queiram falar conosco. Levaremos Concita! Queremos agradecer por todo cuidado que dispensaram a ela, mas é nossa filha desaparecida há quatorze anos.

E, fazendo menção de ir embora, finaliza com um lembrete:

– Só viajaremos à tarde para Recife. Caso seus patrões ainda queiram conversar conosco, estaremos no educandário junto à Irmã Trindade. Obrigada!

Já estavam do lado de fora do portão, quando Consuelo veio em disparada. Gritava em total descontrole:

– Concita, ordeno que entre em nossa casa agora mesmo!

Irritado, Nilo se vira para a mulher e fala em tom áspero:

– Senhora, se Concita entrar, entraremos também! Ela é nossa filha, sequestrada há tempos! Caso a retenha, denunciaremos às autoridades competentes. Isso poderá até levá-la à prisão!

A senhora Salles, em total desequilíbrio, defende-se:

– Não fui eu quem a sequestrou! Ela e mais duas meninas bem semelhantes foram abandonadas em uma casa na localidade em que morávamos. Não a sequestrei! Não a sequestrei!

ONDE ESTÃO AS NOSSAS KARENS?

Dr. Salles, que ouvia a tudo, aparece à porta e se volta para Concita:

– Consuelo, você sempre soube que ela não era nossa filha. Peço licença a todos, mas eu gostaria de ouvir uma resposta de Concita.

Olha fixamente para a jovem e lhe pergunta:

– Deseja de todo o seu coração ficar conosco ou acompanhar este casal?

A adolescente aconchega-se a Laisinha e também a Françoise, ergue a voz e responde:

– Sr. Salles, eu sonhei durante toda a minha vida por esse momento! Nunca fui amada como filha por vocês! Agradeço a proteção que me deram. Peço que me deixe acompanhar meus verdadeiros pais. Eles nunca desistiram de mim!

Ela agora volta-se para Consuelo e conclui:

– Tia Consuelo, não sou a jovem que nesses dois meses conviveu nesta casa com vocês. Karen Barella ficou em meu lugar por todo esse tempo e sequer perceberam. Isso prova que, apesar dos anos que viveram comigo, não tiveram por mim quaisquer afinidades. Meus pais amam-me e querem-me! Soube por eles que tenho dois irmãos que me aguardam com ansiedade.

Consuelo, cheia de ira, olha para a menina e ordena:

– Ingrata, devolva todas as joias e roupas finas que lhe demos!

Nilo, neste momento, retira do bolso um bornal, contendo várias moedas de ouro maciço. Entrega o conteúdo a Consuelo e arremata:

– Se nossa filha lhe deu prejuízos, aqui lhe pago! Acredito que este valor seja o suficiente para recompensá-la de todos os gastos que teve com ela por todos estes anos.

Dr. Salles retira as moedas de ouro das mãos de sua mulher, intencionando devolvê-las.

Nilo não aceita a devolução e, antes de despedir-se, desabafa:

– Jamais darei prejuízo a quem quer que seja! Se estas moedas lhe incomodam, doe-as ao orfanato onde Karen Barella viveu por esses anos. Assim ajudarão muitas meninas que passam por dificuldades. Adeus!

No caminho de retorno ao internato, Françoise muito grata com os resultados positivos daquela história, envolve, carinhosamente Concita:

– Querida, procure ser uma filha dedicada para seus pais. Em meu

O CONFRONTO DOS BARELLAS COM OS SALLES

nome, diga a Karen, a minha irmã Laura e a minha mãe que, em breve, as visitarei, como também a todos. Já estou fora de minha casa por muito tempo. Graças a Deus, cumpri minha missão!

– Que missão? – questiona Concita.

– Prometi a um espírito que me foi muito caro, Karen a filha de Allan e Aneci, que iria resgatá-las e vê-las junto aos familiares. Estou em paz agora! Sei que ela, de onde está, também está pacificada.

Françoise não imaginava que ali estava presente o espírito de Karen, acompanhado de Francisco, que sorria agradecida.

Não desejando estar com Allan mais uma vez, por não lhe ter perdoado, Françoise, ali mesmo, despede-se. Entrega a Laisinha uma carta endereçada a Marie.

Sensitiva, Laisinha percebe ao seu lado a presença espiritual de seu avô Francisco e de uma adolescente. Emocionada, deixa que lágrimas lhe venham aos olhos. Compenetrada naquela visão, observa que seu avô aponta para a jovenzinha e diz-lhe ser a sobrinha Karen, com a qual tão pouco convivera.

Para surpresa de todos, a neta de Francisco olha para os céus e fala como a conversar com ela:

– Querida sobrinha, agradeço ao Criador pelo reencontro com nossas Karens. Sei que um dia estaremos com você, através de uma nova reencarnação. Sei também que está protegida por Deus, através da presença tão dedicada de vovô Francisco. Jesus nos abençoe!

Mais uma vez, o espírito de Karen lança um olhar afetuoso para todos e parte em paz para o plano espiritual.

A jovenzinha Concita não entendeu aquele comportamento da mãe e o significado do que falara.

Durante o retorno ao educandário, curiosa, questionou Laisinha sobre suas palavras e que ela explicasse melhor sobre a reencarnação.

Laisinha elucida com carinho a sua indagação:

– Filha, vê a natureza que é uma grande obra de Deus a nos brindar com sua beleza e a nos ensinar com suas leis. Por exemplo: a chuva em seu ciclo, desce para depois subir ao céu novamente. Esta renovação abençoada também está no reino vegetal. O fruto amadurecido cai de uma árvore, putrifica no solo e depois dá uma nova vida da mesma espécie.

279

ONDE ESTÃO AS NOSSAS KARENS?

O ser humano é tão valioso que a sabedoria divina não permitiria uma passagem tão rápida para nós vivida, em apenas um ciclo aqui na Terra.

Jesus nos falou que nenhuma ovelha seria perdida em seu aprisco!

— Mãe, me explique mais? Esses assuntos me intrigam.

— Querida, aprendi muito com o livro "O evangelho segundo o espiritismo de Allan Kardec". No capítulo IV, cujo título é "Ninguém poderá ver o reino de deus se não nascer de novo", vem o esclarecimento sobre o diálogo de Jesus com Nicodemos.

— Veja, Concita: se a vida fosse criada no momento do nascimento, como explicar o progresso da humanidade? E as causas das diferenças sociais? E os dons natos? E a situação das crianças que já nascem com doenças graves?

— Somente a reencarnação explica isto tudo que lhe falei! Deus é magnanimamente bom e justo!

Surpresa pela clareza dos ensinamentos da mãe, a filha se quedou pensativa. Comparou-se como se tivesse em um degrau de uma escada e sua mãe, em outro acima. Refletiu que naquele patamar não conseguiria ter o seu ângulo de visão. Precisaria de sua experiência para alcançá-la e só a vida em seu dia a dia lhe daria.

CAPÍTULO LII

A CONFISSÃO DE ALLAN

Concita estava exultante em reencontrar seus pais e parentes. Tantos anos de sofrimento terminavam para todos. Tudo ficara no passado!

No educandário, à tarde, a família Barella e Irmã Trindade, juntos a um advogado, formalizam o retorno das jovens aos seus verdadeiros pais. Por mais alguns dias, toda a documentação estaria pronta. Os nomes atuais das adolescentes permaneceriam, porém com os sobrenomes de seus familiares. Não mais seriam as três Karens e, sim, Concita, Laura e somente a filha de Thafic continuaria como Karen Barella.

Marie estava realizada com a presença de Laura. No entanto, estava preocupada com Françoise, por ainda não ter encontrado o filho.

Firme no objetivo de auxiliá-la na busca de Afonse, ela aproveita a presença do Dr. Ademar para orientar-lhe.

O advogado, com bons propósitos, pede o endereço de Françoise com a finalidade de visitá-la e saber detalhes sobre o desaparecimento do menino.

Ao ouvir referências sobre Afonse, o marido de Marie, empalidece. Laura, que estava próxima do pai, ao perceber o seu descontrole emocional, interpela-o, carinhosamente:

ONDE ESTÃO AS NOSSAS KARENS?

– Pai, o que ainda o aflige?

A voz de Laura era parecidíssima com a voz de Karen, a sua filha falecida em Barcelona. Isso fez nascer dentro dele as culpas do passado e lágrimas vertem de seus olhos. Trêmulo, apoia-se no ombro da filha.

Ao vê-lo em descontrole, Marie achega-se para ampará-lo.

Cabisbaixo, o médico sai do recinto. Pede licença a todos, ao que é acompanhado pela esposa. Numa sala ao lado, senta-se na cadeira mais próxima. De mãos estendidas em súplica, pede a ela que o ouça e o ajude.

Gentil e amiga, Marie o acolhe de prontidão. Acredita que ele sentia um misto de euforia em reencontrar Laura e, ao mesmo tempo, saudades da filha Karen.

Allan, diante de si mesmo, não desejava esconder de Marie o fato tão cruel que praticara com Afonse e Françoise. Não poderia viver plena ventura com Laura e seus familiares com a consciência que tanto o acusava.

Mesmo que a esposa o recriminasse, ele deveria confessar seu erro a ela. Certamente, o espírito de Francisco, seu avô, estaria ali. Ele jamais aprovaria sua atitude, caso não corrigisse tão grave deslize.

Sob a iluminação de Francisco, espírito tão querido que acariciava seus cabelos como sempre o fizera, Allan encoraja-se. Ele inicialmente pede perdão a Marie, antes de iniciar relato tão desastroso:

– Querida, peço a Deus que você me aceite após o que vou confessar-lhe.

Fitando-o ternamente, Marie afirma:

– Seja o que for, vou compreendê-lo! A vida nos trouxe novamente a filhinha perdida! Nada pode tirar-me o júbilo que vivo agora!

O homem, com voz trêmula e olhar direcionado ao nada, diz timidamente:

– Marie, vou direto ao assunto antes que eu desista!

E em um só fôlego, confessa:

– Há tempos atrás, enquanto namorava você, eu também mantinha um romance com outra mulher. Isso eu continuei, mesmo depois de casado.

Allan tentou parar, mas Marie pediu a ele que continuasse.

– Esta outra mulher engravidou e teve um filho meu. Filho que eu somente vi uma única vez. O pior de toda essa história é que eu, um grande covarde, afastei este menino da própria mãe.

282

A CONFISSÃO DE ALLAN

– Como assim? – pergunta Marie.

– Da forma mais cruel possível. Ajudei a raptá-lo, mandando-o para bem longe da mãe.

Marie, penalizada, olha firmemente para Allan, demonstrando perplexidade e desalento. Deduzia o final daquela história, mas deixou que o marido concluísse.

Allan tentou parar a narrativa, porém já havia começado e uma voz interior ordenava que continuasse.

– Marie, me perdoe! Esta mulher é Françoise, sua filha e o homem que desapareceu com seu neto naquele dia, fui eu. Covardemente, fui eu!

O médico assustado com a reação da esposa tenta se afastar, contudo, ela o retém.

– Allan, quem tem que se perdoar é você mesmo! A única maneira, para isso, é resgatar o filho de Françoise. Ele é seu filho e também meu neto.

Apavorado, o homem balbucia:

– Como, como?

A mulher via o desespero de seu esposo. Ele muito errara. Era-lhe difícil compreender uma atitude tão cruel por parte dele.

Marie teve vontade de fugir daquele homem, contudo, foi acolhida por mãos invisíveis. Uma voz meiga repercutia em sua mente, socorrendo-a: Marie, perdoe Allan! Acima de tudo, auxilie-o a ser um homem de bem! Ajude-o no que for possível, a corrigir seus erros do passado!

Intuída por aquela presença amiga, ela segura as mãos de Allan e diz:

– Não somente você, mas nós dois encontraremos Afonse e faremos de Françoise uma mãe tão realizada como sinto-me agora, após o reencontro com Laura.

CAPÍTULO LIII
O ENCONTRO DE FRANÇOISE COM AFONSE

Na viagem de volta a Teresópolis, Françoise estava introspectiva, apesar da paz no coração em ter auxiliado no resgate das Karens.

O reencontro com Allan, e sabê-lo responsável pelo desaparecimento de Afonse, fazia-a rancorosa e desiludida da vida. Nunca cobrara dele o sumiço do filho, por respeito ou vergonha de sua mãe pelo ato que cometera no passado. Achava-se culpada. Tinha medo de prejudicar a união de Marie com Allan.

– Certamente – pensava ela que se Marie soubesse de toda sua história, a consideraria uma filha ingrata, irresponsável e traidora.

Envergonhava-se de seu passado. Sua situação presente não era aprazível. Seu futuro era incerto como mulher, mãe e esposa. Apenas o fato de ser professora e lecionar dava-lhe momentos de satisfação.

O sustento da casa ficava sob a sua responsabilidade. Era com seu trabalho honesto que mantinha o lar. Boris, seu esposo, vivia depressivo e revoltado, deixando para ela todos os encargos da casa. Não sabia mais se o amava ou o suportava.

O ENCONTRO DE FRANÇOISE COM AFONSE

Ao olhar pela janela do trem, no destino à cidade serrana, Françoise via a exuberante paisagem de matas e cachoeiras, incentivando-a ainda a refletir sobre sua vida. Já vivera o bastante! Com seus recentes quarenta anos, mostrava-se cansada de viver. Se pudesse ou se tivesse coragem, saltaria ali mesmo pela janela do trem e acabaria com sua vida enfadonha, sem realizações. Seu desejo também era de não retornar mais ao lar. Era um local sombrio, onde a esperava um homem frágil que não acreditava em Deus. Em suas palavras, sempre cogitava revolta e arrependimento, o qual ela não sabia do quê.

A filha de Marie tinha o conhecimento da vida espiritual, através dos livros doados pela médium Wilma. Tinha consciência de que ninguém sofre por acaso, principalmente ela que fora tão arredia às leis do amor.

As horas passavam, quando o trem parou na estação de Teresópolis, onde morava. Ali desceu para retornar ao seu cotidiano melancólico. Lembrava-se das Karens e esse era o único momento em que ficava feliz. Fizera a sua parte ao contribuir para que fossem encontradas.

A caminho de sua casa, Françoise atravessava uma praça e estava tão absorta em seus pensamentos que não viu um jovem que caminhava em sua direção. Ele deu-lhe um encontrão, o que a faz desequilibrar-se e cair.

Num afã de auxiliá-la, ele pega seus pertences caídos, levanta-a do solo e lhe pede desculpas.

Neste instante, Françoise vê no estranho a aparência e semelhança de Allan em sua juventude, olhos azuis, cabelos pretos e cacheados. Tonta devido ao tombo, ela não estava ciente se o que via era realidade ou fruto de sua imaginação. – Só poderia ser Afonse! Ou será que estava sonhando?

A professora suava frio! Suas mãos ficaram trêmulas! Não sabia se ria ou se chorava.

O moço, preocupado com a saúde daquela mulher, retira do bolso um lenço e enxuga seu rosto.

Para sua confirmação, Françoise vê nitidamente o nome bordado naquele lenço: Afonse.

ONDE ESTÃO AS NOSSAS KARENS?

Ali mesmo, ela teve vontade de gritar seu nome! De revelar-se, mas a voz não saía! Um nó se fez em sua garganta que a impedia de pronunciar nem mesmo um agradecimento!

O belo jovem, junto a outros transeuntes que se aproximavam, oferecem-lhe água para acalmá-la.

Após um tempo, já restabelecida do susto, porém ainda emocionada, apresenta-se a ele como Françoise, professora de Francês.

Afonse pede desculpas, mais uma vez pelo incidente. Apresenta-se e aproveita a ocasião para destacar seu interesse em ter aulas de língua Francesa. Diz tê-la procurado dias atrás com a intenção de receber as aulas.

Françoise estava encantada com o filho. Olhava para o céu e agradecia interiormente a Deus em tê-lo encontrado. A felicidade era tão grande que seus pés não conseguiam sair do lugar. Estava sem direção e sem saber para onde ir. Se pudesse, pararia o relógio para que fosse eterno aquele acontecimento ao qual tanto aguardara.

Afonse dá sinal a uma charrete que se aproxima para levar a professora para casa. Jamais ele poderia imaginar que não fora o tombo e, sim, a grata surpresa em tê-lo ao seu lado que provocou todo o descontrole daquela mulher.

No caminho, Afonse procurava ser gentil. Queria ver a professora restabelecida, antes mesmo de deixá-la em casa.

Françoise, na companhia do filho, considerava-se a mulher mais realizada do mundo. Tinha vontade que o tempo parasse.

Ao chegar, Afonse auxilia-a a descer do veículo. Educado, abre o portão da casa que estava apenas recostado.

Ainda sob forte emoção, Françoise não consegue abrir a porta principal de sua casa e entrega a chave para Afonse.

Boris surpreso assiste a cena de um canto da janela. Com voz ríspida desfecha, como sempre, a sua revolta no que vê:

– Françoise, que história é essa? Você disse que iria ao encontro das Karens e volta aqui, com este seu filho?

O jovem não entendia o que aquele homem impetuoso e irritado havia falado. Já o conhecia de outra vez. Por que ele dissera aquilo?

Françoise olhava para um e para outro e não compreendia porque Boris via naquele jovem o seu filho Afonse. Estava tudo confuso demais!

O ENCONTRO DE FRANÇOISE COM AFONSE

Afonse despede-se e promete retornar no dia seguinte. Viria por dois motivos: para saber notícias do estado de saúde da professora e também dar providências às suas aulas. Necessitava, com urgência, reforçar o Francês e melhorar a escrita do Português, já que retornara há poucos meses para o Brasil.

Ao fechar a porta, Françoise quis explicações de Boris quanto ao que acabara de ouvir. Ao passo que ele, inconformado, queria explicações sobre a razão dela ter chegado com o filho.

Os gritos de Boris eram tão altos que, mesmo distante, Afonse ouvia-os. Chocado com a rudeza daquele homem, ele resolve voltar para socorrer a professora.

Em seu retorno, os brados de Boris e a voz da professora são bem claros aos seus ouvidos. Ela tentava explicar, sem sucesso, que levara um tombo ao sair da estação e esbarrara naquele jovem que vinha muito apressado em sua direção.

Boris continuava sua fala desordenada, porém, a mulher repetia o mesmo. Dessa vez, ela afirma:

– Deus me abençoou! Este jovem que esteve aqui é Afonse, meu filho querido que ainda tão pequenino me foi tirado.

Do lado de fora da casa, o rapaz ouvia tudo. Dessa vez é ele que treme as pernas, tem um nó na garganta e parece sonhar. Procura restabelecer-se do susto e aproxima-se da porta, empurrando-a. Ele olha para Françoise e para Boris, buscando uma explicação para aquilo que ouvira.

Françoise, em um ímpeto de afeição, abraça Afonse que retribui com carinho.

Confuso, o jovem reflete se Boris é ou não é seu pai. Mesmo assim, Afonse aproxima-se dele e o abraça fortemente.

O homem tão rude, ao receber gesto tão afetuoso, desdobra-se em lágrimas, como há tempos não fazia.

No plano espiritual, Tácio também se emociona. Torcia para que seu irmão, ainda naquela reencarnação, fosse um homem mais justo e bom. Afonse mudaria aquele coração endurecido, pois era um grande amigo de outras vidas que retornava.

287

ONDE ESTÃO AS NOSSAS KARENS?

Tácio entendia que aquele capítulo de sofrimento de Françoise findara ali.

As horas passavam. As explicações eram dadas, porém muito mais do que as palavras, os sentimentos bons eram a tônica naquele momento. Apesar do contentamento, de ter Afonse ao seu lado, Françoise compreendia que ele teria que retornar à casa dos pais adotivos, provavelmente estavam preocupados com a sua demora.

O filho de Françoise despede-se e prometia retornar no dia seguinte para que pudesse continuar o assunto sobre sua vida. Traria os pais que o adotaram para conhecerem Françoise e Boris. Ele os amava muito. Sempre o trataram como filho verdadeiro. Nunca esconderam dele a verdade sobre sua procedência.

Françoise estava exausta. A emoção que tivera ao reencontrar Afonse fora imensa. Por isso, pede licença ao esposo e, após um banho revigorante, vai para o repouso em seu quarto. Antes de se deitar, pega a obra de Kardec. Abre-a aleatoriamente e lhe vem o capítulo "Bem-aventurados os misericordiosos", no item "Perdão às ofensas". Leu-o.

Após a leitura reconfortante, elevou o pensamento a Deus e agradeceu a dádiva do reencontro com as Karens e a maravilha de ter seu filho de volta.

CAPÍTULO LIV
A NECESSIDADE DE PERDOAR

Ao dormir, desdobrada do seu corpo físico, Françoise vai ao encontro do espírito de Karen. Ao lado dela, encontrava-se uma mulher parecida com Laisinha. Ambos os espíritos a aguardavam para um diálogo importante. Karen foi a primeira a falar:

— Francesinha, vejo que o sofrimento pela falta de seu filho e das Karens foi ultrapassado. Agora, você precisará ter, além da paciência, o perdão incondicional.

Karen apresenta-lhe o espírito de Laísa com a finalidade de orientá-la:

— Françoise, você progrediu muito nesta reencarnação. Ontem como Carla, você errou muito. Nesta vida, devido à prática do bem, você se fez merecedora de conviver doravante com seu filho. Meu bisneto Afonse é um jovem dedicado e honesto. No momento, ele não irá separar-se dos pais adotivos, porque são idosos e necessitam de seu apoio nesta fase de suas vidas.

Na sua ausência, foram eles que protegeram seu filho e o educaram. São almas boas que, em breve, retornarão à pátria espiritual.

Françoise se aflige com o recado de não poder ter o filho ao seu lado. No entanto, vê a necessidade de cuidados aos pais adotivos por parte de Afonse.

ONDE ESTÃO AS NOSSAS KARENS?

Laísa, ainda presente no ambiente, aponta em direção a Boris. Ele trabalhava na conclusão de uma cômoda que iria presentear Françoise. E comenta:

– Minha querida, seu companheiro ainda é espírito rebelde e muito errante. Agora, com a presença de Afonse, ele se modificará.

– Tácio, no plano espiritual, encontra-se em paz desde a chegada de Afonse, pois antevê a mudança do irmão.

– Françoise, você ouvirá de Boris uma verdade que vai doer-lhe no fundo d'alma, mas perdoe! Afinal, você é uma mulher forte, compenetrada no bem! A princípio, irá revoltar-se com a revelação. Mas lembre-se que deverá perdoar e conviver em harmonia, acima de tudo. Ele necessita da sua presença amorosa.

– Mesmo que a notícia o decepcione, lembre-se do capítulo do Evangelho lido há pouco, que orientou-lhe sobre o valor do perdão das ofensas.

Laísa agradece a Françoise pelo bem que fizera as suas duas bisnetas, Concita e Laura e a neta Karen.

Antes de partir para o plano espiritual, Laísa vai ao encontro de Boris e lhe fala de pensamento para pensamento:

– Boris, doravante seja um homem de bem, como seu irmão Tácio sempre lhe ensinou!

– Kardec cita que o verdadeiro homem de bem "é o que cumpre a lei da justiça, de amor e caridade, na sua maior pureza."

E ali, afetuosamente acaricia os cabelos de Boris e num aceno para Françoise, despede-se.

Pela manhã, apesar da névoa e do frio, Françoise acorda radiante pelas graças recebidas. Para sua surpresa, Boris acordara muito cedo e já trabalhava na confecção de um belíssimo móvel para presenteá-la. Artisticamente, talhou na madeira o nome dela.

Grata, ela se aproxima do esposo e elogia seu talento, incentivando-o, cada vez mais, a continuar com tão belo trabalho.

Juntos, eles tomam o café da manhã enquanto conversam sobre as dádivas do dia anterior.

Em alguns intervalos entre uma fala e outra, Françoise lembra-se do sonho que tivera, prevendo que um fato ruim seria revelado. No entanto, a ansiedade da visita do filho livra-a das preocupações neste sentido.

A NECESSIDADE DE PERDOAR

Ao cair da tarde, ele chega acompanhado de dois idosos simpáticos que se apresentam como pais de Afonse.

Ao vê-los tão unidos, Françoise sente uma ponta de ciúmes. Disfarça e se recompõe, pois reconhecia que aquele homem e aquela mulher mereciam todo o apreço e a dedicação de seu filho.

Françoise observou que eles acreditavam que Boris era o pai de Afonse. Isso deixou-os muito felizes, a ponto de ela não corrigir o engano.

Enquanto a anfitriã conversava com Philippe e Gema, seu filho não deixava Boris um só minuto. Os dois pareciam companheiros que não se viam há muito tempo, a tal ponto que o cigano o convidou para ver suas peças em madeira no galpão.

Gema estava satisfeita em conhecer a verdadeira mãe de Afonse. Nada questionou sobre seu distanciamento do filho.

Philippe ficava apático, diante do que as mulheres comentavam. Mostrava-se mentalmente doente. O esquecimento, muitas vezes, era notório nas poucas palavras que proferia. Sua esposa, sempre gentil, não corrigia seus erros, mas incentivava os seus acertos.

Françoise compreendia agora o que Laísa dissera-lhe em sonho. Realmente aquele casal era idoso e necessitava do apoio do filho jovem. Seria a melhor maneira de agradecer tudo que ele recebera de Philippe e Gema.

A noite chegara. E, assim, Boris e Afonse retornam da oficina para estar junto aos demais.

Há tempos não se via tanto entusiasmo no semblante do cigano. Até mesmo uma estátua, entalhada em madeira; ele ofereceu a Dona Gema que agradeceu o presente.

Após tantas recompensas, Gema, Philippe e Afonse despedem-se e convidam Françoise e Boris para um almoço festivo em sua casa. Iriam comemorar aquele reencontro tão especial.

Na despedida, antes que Françoise abraçasse Afonse, seu esposo aproxima-se dele e, num tom amistoso, fala:

— Afonse, quero ser para você o que Tácio foi para mim. Um irmão e amigo.

Todos se emocionaram com as palavras sinceras daquele homem, principalmente Françoise que há tempos não o via tão bem-humorado.

ONDE ESTÃO AS NOSSAS KARENS?

Ao estarem a sós, Françoise, admirada com as boas atitudes do marido, achou conveniente falar-lhes dos detalhes do resgate das três Karens. Até então, nada comentara sobre isso, dada a ansiedade do reencontro com Afonse.

Ela notou que o semblante de Boris se modificou ao falar naquele assunto. Seu olhar ficou vacilante e, num ímpeto, levantou-se como se nada daquilo o interessasse.

Ela insiste na conversa e lhe pede que a ouça, pois as notícias eram boas e queria dividi-las com ele.

O homem para um momento e, fixo no que ela dizia, deixou que lágrimas corressem em sua face. Para surpresa de Françoise, ele se ajoelha aos seus pés, beija suas mãos e lhe pede perdão sem cessar.

Confusa com a atitude do marido, antevê a revelação de algo muito ruim, portanto, pede-lhe explicações. Não imagina a tônica da ação tão grave, tão vil que ouviria dele.

Ali mesmo, Boris confessa em poucas palavras o sequestro das três Karens. Com receio da reação de Françoise, ele sai em disparada na noite escura.

A mulher, chocada, não imaginava tal realidade. Jamais escolheria para companheiro um homem capaz de ato tão cruel! Chorou! Chorou!

Após algum tempo, mais calma, Françoise lembrou-se das palavras de Laísa e da leitura do Evangelho sobre o perdão das ofensas. Pediu a Jesus que lhe abrandasse o coração, pois não sabia que atitude tomar com Boris, após aquela revelação. Questionava que mal fizera para ter amado, em primeiro lugar Allan que lhe roubara o filho e depois a Boris que sequestrara as três Karens, as quais tanto amava?

Desnorteada, procurou orar, mas as palavras sumiam de sua mente. Só conseguia visualizar os dois homens que passaram por sua vida e lhe fizeram tanto mal, causando dores atrozes.

Naquele instante, pede socorro a Deus e insiste em orar, pois não desejava que seus sentimentos de bondade e fraternidade fossem consumidos pelo rancor.

Com a prece feita, sentiu uma luz que entrava em sua moradia e mãos acariciavam a sua fronte. Não reconhecia ao certo quem estava presente no ambiente. A claridade era tão bela e a paz tão grande que não se preocupou em identificar quem estava ali.

A NECESSIDADE DE PERDOAR

Agradeceu a Deus a bênção do socorro por ter conseguido trabalhar seus sentimentos, procurando perdoar Allan e Boris. Não poderia viver do passado! Compreendeu que eles não cometeriam esses erros no agora. Pensava: – Quem era ela para julgar?

Vinha, em sua mente, as recomendações do Mestre Jesus: – "Não julgueis para que não sejais julgados". Com isso, sentiu-se liberta das amarras que a prendiam em vibrações negativas.

Apesar da ausência do companheiro no ambiente, pediu àquela presença amiga e tão especial que retornasse com ele para casa. A temperatura caíra muito. Lá fora estava extremamente frio e a chuva fina não cessava. Ela não queria vê-lo doente, pelo contrário, desejava o seu bem.

Não dimensionou quantas horas se passaram quando viu Boris adentrando na sala. Foi ao seu encontro e o acolheu, dizendo:

– Eu lhe perdoo! Eu lhe perdoo!

O homem, tocado por aquelas palavras, promete ser um homem de bem, ao qual Tácio, seu irmão, tanto lutara.

A noite estava alta e o casal, após tantas emoções vividas, decide repousar, mas, antes, eles proferem "o Pai Nosso", agradecendo a Deus e a Jesus tantas bênçãos.

293

CAPÍTULO LV

A RECONCILIAÇÃO

No internato, a família Barella despede-se de todos! O dia estava lindo como se comemorasse aquele acontecimento.

Irmã Trindade já sentia saudades de Concita, Laura e de Karen, mas a realização em vê-las com os familiares recompensava-a. Ela as acompanhou até o porto do Rio de Janeiro, pois não queria perder a oportunidade de ficar um pouco mais ao lado delas. A doce Irmã prometia visitá-las assim que pudesse.

Concita e Laura, naqueles anos de convivência com Trindade e as demais professoras do educandário, aprenderam, desde as tarefas mais simples até a convivência com as outras internas. Contudo, o mais importante é que passaram a acreditar mais na vida, não desistindo dos bons propósitos. A dedicação e o amor das Irmãs católicas fortaleceram nelas a fé e a esperança.

Karen, na despedida à Irmã tão querida, comenta com simplicidade juvenil:

– Irmã Trindade, agradeço tudo que fez por mim, por Concita e Laura. Talvez, lá no futuro, eu retorne aqui ou como religiosa ou professora; ou as duas coisas! Quem sabe?!

A RECONCILIAÇÃO

Muito comovida, Karen abraça a religiosa, ao que é acompanhada por Concita e Laura. As quatro mulheres ficam assim por algum tempo, até que Laisinha interrompe:

— Eu me comprometo, juntamente com Nilo, trazermos vocês três, pelo menos uma vez ao ano para visitarem Irmã Trindade e o educandário que as acolheu e as educou. Jesus nos ensinou a sermos gratos com todos aqueles que nos servem como ponte para a felicidade.

— Fiquem tranquilas, nós estaremos em todos os meses de janeiro na festa de São Sebastião ajudando na quermesse.

Allan, agradecido, completa:

— Tomei ciência que a senhora doou parte de seu salário para que Laura continuasse no internato, ao lado de Concita. Caso alguma das jovens internas necessite de recursos financeiros para continuar seus estudos, me comunique. Eu enviarei o montante como contribuição para que ela permaneça no educandário.

Após as despedidas, na hora de embarcarem em retorno a Recife, Marie decide não ir com os demais familiares. Prefere viajar para Teresópolis e convence Allan e Laura a acompanhá-la.

Marie estava contente com o retorno de Laura, contudo, não vivia plenamente o êxito, pois vira sua filha mais velha em grande desgosto pela ausência de Afonse.

Allan concluía que a melhor maneira de se sentir liberto seria acompanhar Marie ao encontro de Françoise e enfrentar aquela situação difícil.

A família Barella prossegue o intento de retorno a Recife e aceita a resolução de Marie e Allan que é acompanhado pela jovem Laura.

Na viagem de trem para a cidade serrana, Laura sorria e gesticulava com tudo o que via, quebrando por alguns momentos o clima tenso entre Marie e Allan.

Após um tempo, o trio desce na estação e vai em busca da residência de Françoise.

Allan, com o endereço da enteada em mãos, chama um condutor e auxilia Marie e Laura a subirem na charrete para irem aos seus destinos.

Durante o pequeno trecho de viagem, o médico mostrava-se tenso e abatido. Pedia a Deus que o tranquilizasse. Em alguns momentos, sentia

295

ONDE ESTÃO AS NOSSAS KARENS?

uma paz imensa, como se Francisco estivesse ali ao seu lado. Ele lembrava-se de Santarém, quando ainda menino era levado pelas mãos do avô para visitar os pacientes em lugares distantes. – Que vontade! – pensava ele – em tê-lo ali consigo, de mãos dadas, para resolver aquela grande pendência.

Os seus pensamentos foram cortados pelo cocheiro que anunciava o fim do trajeto.

Ao chegarem, a família de Allan observa o belíssimo local, situado ao pé de uma montanha, cercado por uma mata verdejante. A casa fora construída em madeira com entalhes belíssimos, mostrando que ali morava um competente artista. No jardim, as hortênsias floresciam e os manacás perfumados enfeitavam todo o local.

Marie, na expectativa de estar com Françoise, logo aciona a sineta, no entanto, o silêncio reinava e nenhum morador se apresenta para atendê-los.

Eles, então, decidem pedir informações a um adolescente que se encontrava no jardim da casa vizinha.

O jovem informa que Françoise provavelmente fora à casa de dona Gema, pois ouvira comentários sobre isso.

Encantado com a beleza de Laura, ele se oferece gentilmente para levá-los até lá, pois conhecia onde ela morava, visto estudar com Afonse.

Os risos de Laura e de Tadeu, o moço que os acompanhava, distraíam Allan e Marie que se entreolhavam, muitas vezes, até esquecidos da questão que os trouxera até ali.

Ainda a distância, Allan visualiza um rapaz que conversava animadamente com um homem que se encontrava de costas. Quis parar! Não prosseguir! Porém o olhar de Marie reprova-o e o obriga a continuar.

No portão, Laura despede-se de Tadeu, enquanto Marie bate palmas, chamando a atenção dos dois homens que direcionam seus olhares para os recém-chegados.

O médico estava calvo e envelhecido. A barba extensa de nada assemelhava-se ao Allan de tempos atrás, chegado da Europa. Naquela fase de sua vida, não apresentava tamanha semelhança com Afonse e não despertou, assim, curiosidade em Boris.

296

A RECONCILIAÇÃO

Marie, que se aproximava, teve um grande susto quando viu um jovem que dialogava com Boris. Ele era parecidíssimo com Allan no tempo da mocidade. Ela deu um grito tão assustador que alardeou a todos que se encontravam dentro da casa, trazendo-os para fora.

Françoise, acompanhada de Gema e Philippe, corre para ver o que acontecia. Ao vê-los, ela abraça sua mãe e, em seguida, à irmã. Eufórica, ela aponta insistentemente em direção a Afonse, o que o filho não entende o significado de tal gesto.

A semelhança do rapaz com Allan de outrora era significativa, Marie com isso deduz que ele era seu neto. Muitíssimo emocionada, ela vai ao seu encontro e o olha admirada.

Ainda mais, Afonse fica sem compreender nada!

Boris, enciumado, prefere afastar-se do grupo. Afinal, ele conclui que ali estava o verdadeiro pai do filho de Françoise. Tinha receio de atrapalhar as apresentações, como também ser desconsiderado, já que não era o seu progenitor.

D. Gema que tudo observava e sensitiva a isso, notava que o ambiente se achava confuso e procurou interromper, convidando a todos para o lanche que estava à mesa. Ela pediu que deixassem qualquer assunto para depois.

Boris, que já estava distante, foi despertado pelo chamado de Afonse.

Marie e Allan atenderam ao pedido de Dona Gema e se encaminharam para a farta e saborosa mesa que se estendia com as iguarias de uma boa anfitriã.

Boris permanecera calado o tempo todo. Em um momento, ele olhou de soslaio para Laura, observou a sua graciosidade e avaliou quanto mal lhe fizera e também às outras Karens, retirando-as do lar. Ele, pensativo, afasta-se para o jardim e se senta embaixo de uma quaresmeira e faz uma reflexão. Vê que não poderia mudar nada em seu passado culposo, a não ser a lição onde o maior mal voltara contra ele mesmo, pelos tormentos que vivera. Contudo, tinha certeza que, dali para a frente, ele se esforçaria para ser um verdadeiro homem de bem, como sempre Tácio desejara.

Após o saboroso lanche, D. Gema convida os visitantes a conversarem na pequena biblioteca da residência, ao que é aceito de bom grado

ONDE ESTÃO AS NOSSAS KARENS?

por Marie, Allan, Françoise e Afonse. Laura prefere conversar com o Sr. Philippe na sala de estar.

O anfitrião encantava-se com o ar juvenil da adolescente que relatava o contentamento de ter reencontrado os pais. Ela estava tão radiante que não esboçou nenhuma aversão por Boris.

Na biblioteca, para surpresa dos visitantes, veem na primeira prateleira da estante, obras do francês Hippolyte Léon Denizard Rivail. Eles concluem que os moradores daquela casa eram espíritas. Notaram que o livro "O evangelho segundo o espiritismo" estava sobre uma mesa previamente arrumada com uma toalha alva, num convite à leitura.

Com um sorriso, Dona Gema propõe a se sentarem. Inicia a conversa e fala sobre o regozijo que ela e Plilippe tiveram em Afonse ter reencontrado sua verdadeira mãe e, agora, sua avó. Ela sempre tivera grande preocupação em deixá-lo sozinho, visto a sua idade avançada e a do esposo. No entanto, acreditava que um dia o destino o levaria à genitora e isso acabara de acontecer.

Relembrava o acontecimento perdido em um passado longínquo em Recife. O fazendeiro que negociava com eles, mudas de café, veio angustiado com um menino nos braços e, os olhando profundamente nos olhos, lhes ofereceu o pequenino para adoção.

Nesse momento, foi interrompida por Françoise:

– Dona Gema, como soube que o nome do meu filho era Afonse?

– No dia em que nos foi oferecido o menino, peguei-o no colo agradecida. Foi, para mim, um momento tão especial, pois se concretizou um sonho que eu tivera, há meses atrás, no qual eu recebia uma criança. Era uma ventura!

– Eu e Philippe quisemos saber detalhes de sua origem com o fazendeiro espanhol, porém ele se mostrou muito nervoso e não quis dizer nada. Apressado, ele retirou-se com um simples agradecimento. Mais tarde, já em casa ao trocar a roupinha do menino, eu descobri que nela havia um singelo bordado com o nome Afonse. Aí, nós resolvemos registrá-lo com esse belo nome, pois sabíamos que isso seria útil para que um dia ele reencontrasse sua verdadeira mãe e isso aconteceu.

Eu sinto que algo mais será revelado aqui, mas tenho certeza que terá resultado positivo.

A RECONCILIAÇÃO

Todos ali ficam estupefatos com aquela história, principalmente Allan, que se contorcia pálido de um lado para outro no assento

E Gema finaliza, pedindo Afonse que abra o Evangelho e faça a leitura, em uma página qualquer para que haja ação dos bons espíritos.

O tópico escolhido aleatoriamente, citava sobre: "Bem-aventurados os que são misericordiosos", item "Reconcilie com seu adversário".

Allan, compenetrado no que ouve, pede licença a Afonse e interrompendo a leitura, levanta-se e se dirige a Françoise:

– Sei que, no passado, eu errei muito e minha consciência sempre pesou por isso. O que lhe fiz foi fruto da minha ignorância e só o tempo, através das lições amargas, me corrigiu. Peço nesse momento tão importante que Deus me abençoe e que você possa me perdoar.

Meneando a cabeça, Françoise demonstra afirmativamente que o perdoa. Com isso, conquista sua paz interior, proporcionando também alívio no coração dele.

Afonse, surpreso por aquela revelação de Allan, não imaginava que seu nascimento fora fruto de um romance com um drama tão profundo. Com ar de interrogação, olha para Marie.

Marie, como se adivinhasse os pensamentos do neto, segura suas mãos e lhe sorri carinhosamente, demonstrando que não guardava qualquer rancor de nenhum deles.

Afonse, satisfeito, olha para a avó e retribui o sorriso. Depois, fixa o olhar em Allan e lhe tem repulsa. Ele gostaria que seu verdadeiro pai fosse Boris. Contudo, relembra os dizeres de sua mãe adotiva para que tudo tivesse sentido de paz e, assim, procura reagir.

Espíritos compromissados à pacificação daquele grupo estavam presentes. A canção de tio Hirto era tocada no astral, harmonizando a tudo e a todos. No entanto, somente Françoise tinha dons de ouvi-la realmente, além de perceber toda a movimentação da equipe espiritual.

Enquanto Afonse reiniciava a leitura, a professora notou que dentre aqueles benfeitores encontrava-se um espírito de uma mulher que se identificava como Efigênia, a qual lhe falava carinhosamente pelos canais da mediunidade:

– Querida, um dia estivemos juntas em Caiena, na Guiana Francesa. Hoje, eu constato com alegria a sua grande transformação de Carla para Françoise.

ONDE ESTÃO AS NOSSAS KARENS?

– Allan, num passado recente foi meu filho que desencarnou com apenas dois anos de idade, numa queda de um pônei. Agora aí está, ao lado de Marie.

– Françoise, sei que, intimamente, já perdoou Allan pelo grande deslize, em ter-lhe roubado o filho. Parabenizo-a por isso!

– Fique em paz! Você é, hoje, a flor rara que enfeita e perfuma o jardim da vida de muitos.

– Por enquanto, não fale para Laura que Afonse é irmão dela. Em seus poucos anos de vida, ela passou por muitos dramas e seu psiquismo necessita ser fortalecido. Ela não irá entender ser sua irmã e também irmã de Afonse. Ela tem de amar e confiar em Allan. Caso saiba, toda esta lamentável história já começará um relacionamento difícil com o genitor.

Françoise visualiza também dois espíritos que chegam recentemente no ambiente. Identifica entre eles uma freira de belíssimo e meigo olhar azul de mãos dadas a Karen, a adolescente que, quando encarnada, lhe chamava de Francesinha.

– Tenha certeza de que não somente a sua família física, mas também a sua família espiritual está feliz com a força do perdão – reforça Efigênia.

Convicta, ela tinha certeza de que poderia contar sempre com os irmãos espirituais. Eles eram instrumentos do amor de Deus, em sua vida!

Apaziguada, Françoise olha cada rosto ali presente. Ela para por alguns segundos, fixando em seu filho Afonse e agradece ao Mestre Jesus por tamanha felicidade!

FIM

COMENTÁRIO FINAL

Leitor amigo,
Ao fim destas páginas repletas de emoções, provavelmente existirão muitas indagações para aqueles que não conhecem os mecanismos da mediunidade. Uma delas, talvez a principal, é como a autora, Regina Célia, conseguiu retratar a história das personagens da família Barella ocorrida há mais de um século.

Na época em que o livro lhe foi psicografado, Regina Célia tinha o compromisso de cuidar de seus três filhos, lecionar em várias turmas de adolescentes e mais os deveres de dona de casa, além de gerenciar a ONG Casa do Caminho, a qual fundou junto a um grupo de amigos que lhe deram apoio e incentivo.

Pelos dons mediúnicos de Regina Célia, foi possível o lançamento desta obra, dons estes que se manifestaram para ela desde criança. Na época, eram incompreensíveis para sua família e para ela, que era uma criança.

Mais tarde, pelo estudo da doutrina espírita, descortinou para Regina novos conhecimentos e elucidou suas indagações.

Várias dúvidas e questionamentos serão suscitados para os leitores, os quais procuraremos esclarecer a fim da compreensão valiosa do conhecimento que rege as comunicações extrafísicas.

A autora levantava aos primeiros raios do alvorecer e sentia a presença do espírito da Nélia, dizendo-lhe: "Vamos começar a nossa tarefa?"

ONDE ESTÃO AS NOSSAS KARENS?

Com isso, a médium recebia em sua mente as páginas do livro e o impulso do registro em escrita, a chamada psicografia. Ela, na verdade, não tinha ideia do que redigia e veio a agradável surpresa, capítulos de um livro, e o mais especial: ali estavam fatos descritos de sua vida passada.

Mas o que significa mediunidade?

Esta frase de Allan Kardec traduz todo o significado desse dom maravilhoso:

"Para conhecer as coisas do mundo visível e descobrir os segredos da natureza material, Deus concedeu ao homem, à vista corpórea, os sentidos e instrumentos especiais. Como telescópio, ele mergulhou o olhar nas profundezas do espaço, e com o microscópio, descobriu o mundo dos infinitamente pequenos. Para comunicar-se com o mundo invisível, Deus deu ao homem a mediunidade"

Dentre algumas características da mediunidade, podemos citar: a mediunidade intuitiva, mecânica, semi-intuitiva e semimecânica.

A mediunidade intuitiva é a comum a todos nós, também chamada de inspiração.

Na semi-intuitiva, o médium tem consciência do que recebe. Ele tem um papel de intermediação da mensagem e pode obstruir ou ampliar o sentido realístico do que lhe é manifestado.

A mediunidade mecânica é uma mediunidade rara, na qual os pensamentos do espírito fluem sem a interferência do médium.

Na mediunidade semimecânica, o médium também tem consciência do que recebe e, simultaneamente, sofre um impulso para escrever ou se comunicar sem saber o conteúdo da mensagem que virá.

Tanto Regina como Nélia Sotto possuem uma ligação com a família Barella. Nélia Sotto foi mãe do capitão médico Francisco Renato Barella e é sua protetora espiritual na atual reencarnação, pois se encontra renascido entre nós.

Regina Célia, como citamos, foi uma das personagens da família Barella. No seu primeiro livro, "Enfim o caminho", que será lançado em audionovela pelo canal YouTube: Belas Mensagens e Músicas, ela foi Dayana, filha de Laísa e Francisco Renato. Depois, ela reencarnou como Karen Barella, sendo filha de Allan Barella e a índia Aneci, como relata em "Onde estão as nossas Karens?"

Vejam como as leis da vida são deveras interessantes: pelas bênçãos

302

COMENTÁRIO FINAL

do Criador, somos atraídos espiritualmente nas reencarnações para os nossos entes queridos, mantendo o vínculo amoroso entre as pessoas que se amam.

Pela lei de atração universal, compreendemos que podemos romper esse vínculo atrativo do amor, nos amarrarmos ao vínculo do ódio e nos ligarmos até a desafetos, que podem ser transformados em vínculos de amor, que unem e redimem.

Outra reflexão importante, algo que nos consola e que nos dá esperança, por mais que estejamos passando dores e provações, é que dias melhores sempre virão.

Vejamos: a jovem Karen Barella, pela circunstância de descobrir o caso fortuito de seu pai com a enteada, adoeceu gravemente e partiu para a espiritualidade com apenas quatorze anos de idade.

Que tragédia! Pensamos. No entanto, o Universo conspira a nosso favor e, pela da lei sábia de Deus que nos permite retornar à matéria em um novo corpo com a dádiva do esquecimento do passado, dias nublados se transformam em dias de ventura e grandes oportunidades.

Hoje, Karen Barella, em nova reencarnação, é uma pessoa feliz. Tudo ficou em um passado longínquo, adormecido. No seu inconsciente, ela vive uma vida plena, apesar das lutas inerentes a cada um de nós.

Outro fato sublimado foi a representação do amor incondicional da índia Aneci a seu esposo Allan e a sua filhinha, manifestado nas páginas desta edição. A índia deu à luz a Karen, porém ela possuía uma película que cobria os olhos. Duas índias da tribo descobriram seu problema visual e queriam levá-la para o cacique a fim de sacrificá-la, devolvendo-a a Tupã para corrigir. Acreditavam que essa era a maneira correta de procederem.

Allan partiu lépido em uma embarcação para Manaus a fim de proteger a filhinha e pediu para que Aneci o acompanhasse, contudo, Aneci sabia que, como mulher índia, muito dificultaria a vida do esposo e não teve coragem de segui-lo. Acreditava que Allan um dia voltaria com a filha já curada, pois essa foi sua promessa.

Todos os dias, ao entardecer, ela ia para as margens do igarapé que rodeava a sua moradia e buscava com seus olhos esperançosos o retorno de seu amado esposo com sua filhinha querida.

Nas páginas são retratados os sublimes exemplos do perdão, especial-

ONDE ESTÃO AS NOSSAS KARENS?

mente quando Allan Barella esclarece a Marie, sua esposa, que lhe fora infiel com Françoise, a sua enteada, a qual engravidara do filho Afonse.

Marie, pela da ação benéfica dos amigos espirituais, perdoa ao esposo, exemplificado o amor consolidado, superando as barreiras de ciúme e mágoa, seguindo os ensinamentos de Jesus: "Perdoar não somente sete vezes, mas setenta vezes sete".

Finalmente, a culminância do questionamento da família Barella: "Onde estão as nossas Karens?", que representa o título da obra, mostra que as meninas foram raptadas ainda pequeninas. E perguntamos: por que tanto sofrimento para os pais dessas crianças?

O Amor de Deus está sempre presente em nossas vidas, porém ao adquirirmos débitos em experiências mal vividas no passado, há o processo de resgate, por meio do processo de provas e expiações. O Criador só tem o sentimento grandioso do Amor, mas somos errantes e, muitas vezes, precisamos passar pela dor para correção do caminho de nossa jornada, a favor da nossa evolução. Somos livres no plantio, mas a colheita é obrigatória.

Então, o cigano Boris foi o agente do resgate das Karens e seus familiares?

Sim, Jesus preconizou: "Deve haver o escândalo, o resgate dos débitos, mas ai do escandalizador. Houve o resgate dos débitos representando que ninguém deve ser agente do mal na vida de outrem.

Quando contrariamos as leis do amor, o Universo processa por si mesmo atrações que nos imantam em circunstâncias tais que nos vinculam uns aos outros, conforme as leis de atração.

Porém, podemos neutralizar todos os nossos débitos ou anulá-los, pela assertiva evangélica: "Um bem cobre uma multidão de pecados". Recorremos novamente às palavras do Mestre Jesus: "Amai uns aos outros como eu vos amei".

E agora vamos aguardar a terceira obra de Regina Célia, ditada por Nélia Sotto: "Minha culpa, minha máxima culpa".

Que todos sejam envolvidos pela luz divina em suas vidas.

Pierre Maciel